移魂有术

——江波"魂"科幻专辑

江 波 著

中国科学技术出版社
·北 京·

图书在版编目（CIP）数据

移魂有术：江波"魂"科幻专辑 / 江波著 . -- 北京：中国科学技术出版社，2021.2

ISBN 978-7-5046-8967-2

Ⅰ.①移…　Ⅱ.①江…　Ⅲ.①幻想小说—小说集—中国—当代　Ⅳ.① I247.7

中国版本图书馆 CIP 数据核字（2021）第 020248 号

策划编辑	王卫英
责任编辑	王卫英
装帧设计	北京中科星河文化传媒有限公司
正文设计	中文天地
责任校对	吕传新　张晓莉
责任印制	徐　飞

出　　版	中国科学技术出版社
发　　行	中国科学技术出版社有限公司发行部
地　　址	北京市海淀区中关村南大街 16 号
邮　　编	100081
发行电话	010-62173865
传　　真	010-62173081
网　　址	http://www.cspbooks.com.cn

开　　本	720mm×1000mm　1/16
字　　数	235 千字
印　　张	18.25
版　　次	2021 年 2 月第 1 版
印　　次	2021 年 2 月第 1 次印刷
印　　刷	北京盛通印刷股份有限公司
书　　号	ISBN 978-7-5046-8967-2 / I·53
定　　价	46.80 元

自 序

魂系未来

在我的小说《机器之魂》中，有这么一段话：

"我认为你的确没有想过。我可以告诉你我是怎么想的，我是个印度人，我信仰梵天大神，他创造了一切，包括人间、天国和地狱，和你有关的每个人、每件事，都会在他的眼里。你的每个亲人、每个朋友、每个和你无关却善良正直的普通人，他们都会在死后得到梵天大神的庇佑，在天国里永生。而那些坏人，哪怕他死了，他的灵魂也会在地狱里永远受煎熬，为他所做的一切付出无休止的代价。这对你来说可能有些荒谬，但对我来说很重要。其他人，不管他信不信印度教，信不信梵天大神，他总是会相信某些东西可以永恒存在。这是人类的一个梦。所以这个望远镜在你的眼里不过是个废弃物，但是它对那些曾经建造它、使用它的人，对所有人类文明的后裔，它始终有价值，它是人类文明的象征物。我们要保留它，是为了保留人类关于永恒的那个梦。"

这段话是一个更换了机器躯体的人对一个机器人所说的，我以为这里揭示了人之所以为人的一种根本属性：生命短暂却憧憬着永恒。正是在这样的矛盾中，文明才有了永续的信念。

现代科学解构了许多东西，让人类学会了理性，然而科学无法替代生活。在日常生活中，我们仍旧秉承着各种价值观，甚至会相信一些并不存在的东西，比如：魂。

随着科技的进步，我们的生活越来越便捷，对世界的理解也越来越深入，但是生而为人，相信灵魂不灭几乎是一种本能。如果把人类当作客体来研究，必然也能科学地解释人类这种固有的心理，然而既然生而为人，也就被束缚在这种心理之中，极难解脱，也没有必要解脱，因为它是维持生命的信念。

伟大的无产阶级革命家周恩来总理，是彻底的无神论者，然而在临终前，仍旧对自己的妻子邓颖超说："我这一生都是坚定不移的唯物主义者，唯有你，我希望有来生。"

科学不可能抹掉魂的概念在人类社会中的存在，但它可以给魂以不同的阐释。它可以是大脑的结构，可以是意识的湍流，可以存储于DNA，可以成为纯粹的机械体……在这许许多多的可能性中，人们部分地满足了对于永恒生命的渴望。就像我现在写下文字，是因为相信它们可以永存，至少有一些可能，可以永存。

我们不可能经历未来，也不可能去证明任何未来的可能性，即便某些预测成真，那些做出预言的人早已作古，这些成真的梦想对于他们真正的个体毫无意义。这样的想法真是一件令人感到糟糕的事。所以不如反过来，相信我们的先人在某个地方活得很好，而一旦我们故去，将会和他们永远地在一起。而在未来的某一天，我们的后人也会追随我们而来，告诉我们后来关于未来的故事。

这是一种信念，并不真实，却无比重要，在潜意识中，它给人们的现实生活提供了持久性的动力。它让人生活在一种连续性之中，上承悠悠五千年，下启无穷的时代，无尽的文明。

这本小说集，围绕"魂"字展开。有的篇目中或许并没有魂出现，然而总会有某种信念贯穿始终。这是我把它们收入一本合集的原因。

　　魂系未来，我不断地写科幻小说，因为我一直相信我们能够向未来投去一瞥，抓住它的片羽吉光带回现实。它会成为一个标本，或许并不真实，却能启发心智。

　　这是一趟灵魂之旅，期待读者能和我一起踏上旅途，一同感受其中的惊异、无奈、喜悦和悲伤。

超波

2021 年 1 月 12 日

目 录

移魂有术

　　如果一个人相信他有前世，而且有很多个前世，他的生命一次次轮回，不断结束，却从未终结，他相信如此，而且以一种肯定的口吻告诉你，你一定会认为他疯了，因为这和现代科学观念水火不容。宇宙里没有去处，可以容纳从古到今无数个灵魂以及因人口膨胀而即将产生的更多的灵魂。

　　然而眼前这一个，却让我不得不信，因为他关于前世的回忆让我拿到了五百万。一个人可以疯疯癫癫，然而如果疯到了和钱过不去，那么就是真的疯了。他把信息告诉我，而我真的拿到了钱。这个事实意义重大，可以颠覆我的世界观。我一直是一个非神秘论者，一个人有前世，这充满了神秘色彩，让我不敢相信。然而，实实在在的五百万放在面前，还有什么世界观值得让人坚持？哪怕让我相信我的前世是他的一条狗，因为对主人俯首帖耳、恭敬有加而得到这笔飞来横财，这也值了！

　　我克制住自己的兴奋，平静地把拿到五百万的消息告诉他，他异常激动，"这是真的，这是真的！"他反反复复，只说这一句话。

　　我悄悄退出，把他一个人留在房间里。走出房门，我情不自禁地拿出那张小小的卡片，它代表五百万新欧元，或者我可以拥有阿尔卑斯山脚下某个著名度假地的一套别墅，永久产业，而且不用缴纳物业税。我情不自禁地在上面亲吻。作为一个著名医生，这显然有失风度，然而医生也喜欢钱，更何况是天上掉下来的五百万。天知地知，他知我知，想到这里，我的心突然一沉：一切手续合法，但谁知道有没有第三个人知道这笔钱，虽然是赠予，但是如果被人捅出去，只会引起无数羡慕嫉妒恨，决不会有什么好结果。

"梁医生！"屋子里的人突然大叫起来，我慌忙把价值五百万的卡片塞进兜里，推开房门，以专业的步伐走了进去。

"什么时候能给我做催眠？"他说，语气急促，迫不及待。

我清了清嗓子，让语调显得平静而专业，"催眠有一定危险性，你昨天刚做了深度催眠，如果再做，可能会对大脑造成损伤，造成不可逆的后果。我们最好等两天。"

"不行……"床上的病人大叫，"我要马上就开始。你拿了钱就要办事。"

我一时语塞。我很想把病历本狠狠地摔在他的脸上，扬长而去。然而这样只能一时痛快，没法堵住他的嘴，再说……一个阴险的念头不可控制地生长出来：只有他死了，这五百万我才能踏实地拿着。

好！我把心一横。

一个人既然想死，那么就成全他。我拿出一副公事公办的面孔，"我必须再次提醒，频繁地进行深度催眠会导致神经衰竭，进而导致脑死亡，甚至生命危险。催眠所使用的阿匹胺苯片剂，属于神经麻醉剂的一种，可能导致心律失常，甚至呼吸衰竭……"

"我知道！"年轻人暴怒，"你只管做就是了。"

我走出病房，拿着一份告知书，还有一份催眠协议。我决意要让他去死，但一切看起来都要符合规范，而且无懈可击。这对于一个决心昧着良心的医生，虽然有些麻烦，却并不是太难。

病人痛快地在上面签了字。我拿过来一看，倒吸了一口凉气。

王十二！这是他签下的名字。这是他认为自己应该是的那个人，而不是他自己。我感到被一个疯子戏耍了一回。

"李先生，你必须签自己的名字。"我正告他，然后给他一份新的协议书。

"什么？"病人有些困惑，"我签的当然是我的名字。"

这种情况屡见不鲜，我早有准备，"这是你的身份证。"我把身份证递过去，进入这所医院，必须抵押身份证，当然身份证也可能是假的，必须和国家个人信息管理中心核对无误才行。很多病人到最后都不知道自己是谁，也没有家属来认领。必须确认一个人的身份属实，这是精神病院全体员工数十年的经验总结，或者说血泪教训。

"李川书。"他把身份证上的名字念了出来，然后愕然地看着我，"这是我的名字？"

我不动声色地点头。他的病情加重了，昨天，当他宣称自己是王十二，至少还记得李川书这个名字。人格分裂的精神病患者就是这样，最初的时候，他们感觉自己曾经是某个人；然后，他们偶尔觉得自己就是某个人，但还对真正的身份有着清醒的认识；再后来，他们已经不知道自己到底是谁了，不同的人格在他们身上打架，让他们的行为变得古怪，失去逻辑。最严重的病症，不同的人格彻底地分隔开来，他们时而是这个人，时而是那个人，彼此间毫无关联，下一秒不记得上一秒的事。如果病情还有发展——病情不会不发展的，到了这个地步，死神已经在敲门。李川书的病情发展很快，他的臆想人格占据了上风。

"李先生，你先休息一下，晚饭后我再来看你。"我看他不再歇斯底里，趁机把协议书和身份证拿了回来，把床头的阿匹苯胺片放回药袋。

不管用什么办法，杀死一个人总是需要很大的勇气，我得承认，我是一个懦夫，方才的杀机不过短短的几分钟，就消失得干干净净。我慌忙掩上门，趁着病人仍旧平静，逃也似的走了。

医院在山上，远离市区。下晚班的时候，山道上通常没有车，因为习惯，也因为五百万，我把车开得飞快。突然间，迎面射来强烈的灯光。该死，会车也不关远光灯！然而我来不及抱怨，猛踩刹车，强烈的惯性让我重重地撞在挡风玻璃上，车歪出山道，撞上路边的墩子。对面的车缓缓开过来，有人下车过来看个究竟。

"你到底是怎么开车的！"虽然我一直认为自己很有涵养，还是忍不住破口大骂。

来人却一声不吭，只是走到我的车边，掏出一个手电筒，照着我。

"你干什么？！"我感到愤怒，同时有些惶恐，来人高大威猛，黑黑的身影颇有些压迫感。我的声音不自觉地小了下去，却仍旧保持着愤怒的语调，"开车要当心点儿，别拿远光灯晃人。把你的电筒拿开！"

他收起了手电，我依稀看到一张标准的黑社会似的冷酷脸，不带一丝表情，没有一丝歉意，只是直直地盯着我，就像狮子盯着猎物。我突然感到害怕，只想逃走，"快点走开，我要开车了！"我壮着胆子呵斥他，然而声音虚弱无力。

他扬起手，我闭上了眼睛，然后听见玻璃破碎的声音。车门被拉开，还没有搞清怎么回事，我就被拖拽出来。我不认识他，不知道他到底要干什么，只是本能地感到绝望，伸手紧紧地抓住车门，大声叫喊救命。猛然间，后脑一疼，眼前一黑。我昏了过去。

等我醒来，脑袋仍旧昏昏沉沉。阳光刺痛了眼睛，我伸手遮挡。

　　"梁医生！"有人喊我，逆着阳光，依稀间是一个黑色的身影。我回想起夜晚所遭受的袭击，猛然一惊，站了起来，"你是谁，我在哪里？"

　　来人缓缓向前走来，在我面前不到一米处站住。他衣着光鲜，西服笔挺而得体，左手上，两个硕大的红宝石戒指异常引人注目。

　　"我们在一个很安全的地方，放心，不会有事。"他缓缓地说，样子很沉稳，风度翩翩。这样的神态和语言让我安心下来，至少他不会抽出棍子来打人。"我被打晕了，"我回想起那个模糊的黑影，心有余悸，"有人袭击我。"

　　"办事的误会了我的意思，他应该把你请来。我已经狠狠地骂了他，希望梁医生不要介意。我会赔偿你的医药费和车子。"

　　他说得分外客气，我却心中一凛——眼前的人有钱有势，没准儿还是黑社会的大佬，我还能介意什么，能够全身而退就是万幸。

　　"我……"我嗫嚅着不知道如何应答，最后说："找我有什么事吗？"我连他的姓名称呼也不敢问。

　　"很好，既然梁医生这么客气，我就开门见山。你有一个特殊的病人，"他说，"他叫李川书。"

　　一句话仿佛惊雷，我的心突突直跳。这一定是那个五百万惹出来的事，五百万的钱从某个账户里取出来，一定惊动了某些人。

　　"不错！"我尽力掩饰心虚，"他有什么特殊？"我刚问出口，马上意识到自己失言，"哦，我不想知道太多。您想做什么？只要能帮忙我就帮，只要不违法就行。"

　　对方露出一个微笑，"梁医生太客气了。我只是想请梁医生帮一个小忙，绝对不违法。"他向前凑近一点，"我要一个详细的记录，包括这个病人的一言一行，他说的每一个字都要记录下来。当然，我会为此付出一点酬金，不多，一点小意思，但是梁先生你必须承诺记录完整，而且对这件事绝对保密。"

他既没有提到那五百万，也没有要求我去杀人越货，我慌忙点头，"好，好。我一定帮忙，怎么联系你呢？"

他从口袋里掏出一部手机，递给我，"你必须每天用笔记录，你们医院的那种记录册正合适，不要为了省事用电子簿。这里边有一个电话号码，每天下班前打这个电话，会有人告诉你在哪里交接记录。"

我接过手机。这是一部三屏虚拟投影手机，大米公司的旗舰机，好像叫 TubePhone，我只在网上见过，售价两万四千，是我两个月的工资。我从来没有敢奢想这样一部手机会握在我的手里，而他所要求的只是每天打一次电话。

我小心翼翼地把手机放进兜里，"放心，我一定会把这件事办好。"

他点点头，突然说："我知道你拿了五百万。"我的心头咯噔一沉，害怕地看着他。

"这五百万是你的。"他微笑着，"我可以告诉你，这五百万是从我的账户里拿走的，但是，它是你的了。"

我感到额头上沁出了一层冷汗。

"事情结束之后，你还可以拿到另外五百万。"他看了看我，脸上充满笑意，"一千万欧元的酬劳，这应该让你感到满意。"

我心头发怵，说出来的话不自觉也带着颤音，"这钱不是我去拿的，是李川书让我去拿的。我没动这钱。"

"别怕，这就是你的钱。你该得的酬劳。这当然不是小钱，这笔钱可以让人体面地过一辈子，所以，你必须把事做好。我相信梁医生你一定有这个能力。"

我麻木地点头。他微笑着向我伸出手，"我们的合作一定很愉快！"

连续一个星期，我生活在担忧和恐惧之中。让我监视李川书的人叫王天佑，那天谈话之后他让人送我出来，正是那个绑架我的大汉，一路上我连大气也不敢出。但是我的眼睛并没有闲着，沿途豪华庄园的派头展露无遗，我做梦都没有想到能在这样的一个庄园里出入，它像极了欧洲中世纪的田园，有模有样，有滋有味，甚至还有一两个穿着某种欧洲传统服饰的人，在小溪里泛舟，清理漂在水面上的落叶。虽然我的见识浅陋，但大致也明白此间的主人试图把一种欧洲的氛围复制过来，尽量原汁原味。这样的手笔和气魄让我感觉自己仿佛只是一只小小的啮齿类动物，在荒原上迷失了方向，没有藏身之地，甚至忘记了奔跑，而庄园主人巨大的阴影覆盖了我——他是飞翔在天上的猎鹰。

一千万欧元！我从来没想过能拥有如此巨大的一笔财富。有了钱，可以周游世界，然后去做自己喜欢的事。我还不知道那是什么，但是那无论如何不会是端坐在一群精神病患者中间，听他们讲述不知道属于哪个世界的故事，或者干脆没有故事，只有狼嚎一般粗犷的原始野性。

一千万！这个巨额数字平衡了我的担忧和恐惧。我悉心照顾李川书，比曾经照顾过的任何一个病人都要细致。我从来不打他，也严禁护士对他进行打骂。我和他聊天，记录他说的每一个字，然后按照电话中的要求，把包装着记录的纸袋每天丢进各种不同的信箱。

李川书不是那种喜怒无常的精神病，他只是人格分裂。大部分时候，他是李川书，但也有时，他叫王十二。每当他自称王十二，他就变得脾气暴躁，动辄发火。也只有当他变成王十二的时候，他才会记得给过我五百万，要求我给他办事。因此，我深刻地希望他一直是李川书。

不管是李川书还是王十二，他都是一个理智清醒的人，因此并不难于交谈。他显然对于自己为什么待在一所精神病院感到困惑，为此多次询问我，甚至威胁要踩死我。我只是一个小小的医生，根本不知道每一个病人背后的故事，然而被一个病人问倒是一件很丢脸的事，我只有很严肃地告诉他，医院有责任保密，他既然进了医院，总有原因，不准多问。

然而我却产生了一点好奇，到底这个李川书为什么被送到这里？

我找到院长。如果有人要送五百万给这所精神病院，那么合适的对象应该是院长而不是我，我看到院长，竟然有一丝偷了别人东西的愧疚。但愧疚归愧疚，钱的事我根本不会提，煮熟的鸭子还有可能飞了，我的一千万还没煮熟呢！

"宋院长，最近117号经常性臆想，他已经分不清现实，很暴躁，把他转到重症监护室吧！"我这样和院长开场。对于一个精神病人，送到重症监护室基本上等于死刑，我在医院的八年里，看见许多人被架进去，出来的时候都面目全非，不是成了彻底的白痴就是人事不省，成了植物人。他们要进行强迫性治疗，用大电流烧灼神经，甚至进行部分大脑切除，这是对付重症精神病人最后的手段。理所当然，院长拒绝了这样的要求，"这怎么能够上重症的条件，不行！"

"他自称王十二，还说自己很有钱。他家里真有钱吗？如果有钱，我们给他安排一个贵宾房，特殊照看。"

院长白了我一眼，"疯子说的话你也信？有一个单人房已经很好了。快回岗位上去，别老旷工。"

看起来院长并不知道关于五百万的事，他也并不关心这个病人。

"马上。我把他的卷宗拿回去研究一下，这个案例很值得研究。"我露出一副醉心于专业的样子。

"好了，你去跟老李说一声，暂时调用一下卷宗，就说我同意的。"院长很有些不耐烦，只想快些打发我走。

我很知趣地退出了院长办公室，到了病人档案处查阅卷宗。

他的卷宗简单得有些简陋。

"李川书。男，2055年7月8日生。家族无病史。根据病人家属的描述，该病人两年前离家，不知去向。2082年6月回家，逐渐有癔病症状，由偶尔发作发展为经常性发作。初步诊断为深度人格分裂。各种病理性检查均正常，体内未见激素异常，精神疾病诱因不详。发病未有攻击性行为，社会危害度低。建议住院疗养保守治疗，适当控制病人行为。"

这样的一个病历说明不了什么，关键还是他失踪的两年，也许就是这两年，他成了另一个人？我正打算合上卷宗，突然被备注栏里的一行小字吸引：病人家属要求对病人进行单人看护，并预支三年的看护费十五万元，接受器官捐献的声明，已签字。

我暗暗吸了一口凉气。这行简单的字里大有玄机，一个精神病人，只要身体健康，就是合格的器官捐献者。在精神病院这样的地方，因为各种原因死掉一个人是很常见的事，如果家属签订了一份这样的声明，病人就随时处于危险之中。一旦达官贵人们有需要，一个精神病人的小命又有谁在乎？

我翻到页首，把病人家属的姓名地址记下来。

当我找到李川书的家，不由大吃一惊。这是一间残破的瓦房，应该是上个世纪70年代的建筑，残破不堪，随时可能倒塌。这危房里只住着一个人，是个乞丐，浑身散发着酸臭味。我捂着鼻子问了他几句话，一问三不知。我丢下十块钱，然后逃出了屋子。转身看着这残破的房子，疑心是不是来错了地方。

转过身，我心中一凉——那个曾经打昏我的大汉就站在不远处，直直地看着我。他缓缓地走过来，我两腿发软，想跑都没有力气。

"老板有请。"他很简单地说。

我跟着他的车，一路上无数次想夺路而逃，却始终没有勇气。大汉的车是一辆彪悍的军用车，气势吓人，我的破车没有可能跑掉。

王天佑仍旧在那个豪华的会客厅里接待我。

"你去了李川书的家？"他半躺在沙发上，懒洋洋地看着我。我从小就知道，如果你真把此类的问话当作一个问题，那么就犯了幼稚病。这是要我承认错误。

我恭敬地站在他面前，低头垂眼，仿佛一个做错了事的仆人，"是。"

"好奇害死猫。你知道吗？"

"知道。"

"猫有九条命，你有几条？"

"一条。"

他问得轻描淡写，我答得小心谨慎。他抬眼看着我，"为什么要去那里？"

"我看到他的家属签订了器官捐献协议，一时好奇，就想去看看。这种协议一般家属都不愿意签。"我老老实实地回答，不敢有半句虚言。

他从沙发上起身，抓住我的手，"梁医生，我知道你是一个好人。你也要相信我是一个好人，没有恶意。李川书原本是一个流浪汉，他答应了我做器官捐献，但是后来又后悔了。他的神志也有些异常。这件事我不想太多人知道，所以把他送到了精神病院，他的器官捐献是定向的，你可以去查记录。但是事情出了点差错，他趁着我不注意偷看了许多机密资料，被抓住之后，居然装疯，谎称叫王十二。"

王天佑认真地看着我，"他从我的户头里偷钱，这是他偷偷窃取的机密。我不知道他还知道多少，所以私下请你来监视他。我不想有更多的人掺和在里边。这件事你知，我知，不能让第三个人知道，否则我也不会出一千万来请你。"

他的手很潮，黏糊糊的，让人感觉不舒服，但我也不敢把手抽出来，只是一个劲地点头，"我明白，我明白。"

他放开我的手，缓步走到窗前，"帮我好好照看李川书，如果他自称王十二，你就和他多谈谈。那些都是我的隐私，你要保密。"

"一定的，一定的。"我的话音刚落，落地钟突然响起，当……当……当……当，连续四声，每一下都让我心惊肉跳。

钟声刚过，一个女人的声音在背后响起，"王总，您的药。"声音委婉动听，我很想转身去看，然而心里害怕，终究没有这个胆量。

王天佑似乎有些意外，看了看钟表，"不是还有半个小时吗？怎么这么早。"

女人踢踢踏踏走进来，经过我身边，"您今天早上提前吃了药。"一股清香闯入鼻孔，我偷偷抬眼。进来的女子身材婀娜，穿着一袭紧身旗袍，露出白生生的胳膊和大腿，她正伺候王天佑吃药。也许有所感应，她扭头瞥了我一眼，正迎着我猥琐而胆怯的目光。我慌忙垂下眼，心脏突然间狂跳不止。

这个女人的出现成功扭转了我的思绪，让我暂时忘掉了险恶，浮想联翩。美女啊！都是属于有钱人的。等我有钱了，也要整一个，不，整好几个！

当她踢踢踏踏地走出去，我才回过神来，意识到自己正处在危险之中，马上凝神屏气，静静地等着王老板的训示。

他的脸上竟然现出了一丝犹豫。

"这样好了，"他说，"我让阿彪送你回医院。你留在医院里，全天候监护。我不想惊动你们的院长，或者任何其他人，你要明白，我不想让任何人知道我和一个精神病人有关。你所知道的一切必须烂在肚子里，明白吗？"

"明白，明白。"我慌忙说。

"另外，记住，好奇害死猫。按照我们的约定去做就好了，你知道得越少越好。"

他的话越是平淡，我的心越是忐忑。恐惧感压倒了对金钱的渴望，这样的一种预感变得清晰起来：不但拿不到钱，还可能把小命搭进去。

阿彪押送我回医院的途中，我满脑子都在想如何才能逃离陷阱，当然，我也想了如何保住五百万。可惜，我什么法子都没有想出来。

人生真是白活了，除了和精神病打交道，啥本事都没有。

那就听话一点，少点好奇。

问题是，听话了就能活着吗？

真的能拿到一千万吗？

我继续一丝不苟地照顾李川书。我知道王老板监视着我，因此不敢再有任何好奇，他也不再要求我打电话，而是由阿彪来取走每天的记录。过了两天，精神病院的人都把阿彪当作了病人家属，问我，"这个家属怎么这么奇怪，每天都要记录？"或者说："这个家属看样子不像好人啊，你要小心点，千万别被讹上了。"

我被这样的问题问得不厌其烦，又无法说明白，只觉得无比烦闷。在烦闷中，我再次走向病房，去照看这个给我的世界带来巨大变化的李川书。

他在床边坐着，似乎正在沉思，又有点像是痴呆。看他的这个样子，我明白此刻他是李川书。如此事情就简单了。

"李川书！"我大声喊。

出乎意料，他只是抬头看着我，目光呆滞。我不由愣住，往常这样喊他，他会猛然抬头，仿佛从臆想中回过神来，然后用比我更大的嗓门喊一声"到"。

"李川书！"我再次大声喊。

他仍旧没有应声。

李川书就要死了！凭着丰富的诊断经验，我意识到眼前的病患正进入一个转折点。一个人格彻底战胜了另一个，他的李川书人格不再活跃，也许永远不会再出现。

我略带怜悯地看着他。虽然看惯了医院里的生生死死，我的心也并没有完全僵硬，看到一个人死去，总会替他感到悲伤，虽然他的躯壳还在，还活着。

我准备退出门去，过一会儿再来和王十二说话。李川书却突然从床上跳起，一把抓住我，"我不要，我不要，我不要钱，求你放过我，把它抽出来，把它抽出来，求你了！"他的胳膊很有力，紧紧地箍着我。我用力挣扎，他却紧抱着不放，情急之下，我提起膝盖在他的小腹上用力一顶。精神病患者对身体的痛楚感觉迟钝，他丝毫没有放松，我再次猛击他的小腹，他猛然张口，喷出一口秽物。刺鼻的臭味让我一阵恶心，差点呕吐，我正打算呼救，他却软软地躺了下去。然而手指依旧抓着我的袖口。

我狼狈地站在屋里，脚下是瘫倒的病人，胸口一片污秽，我把袖口从他的手指间挣脱出来。一不小心，他尖利的指甲在我的手背上轻轻一划，居然留下了一道血痕。我厌恶地用脚把他的身体挪到一边，然后找来护士收拾场面，拿了件干净的工作服，去卫生间更换。为了清静，我特意走到四楼，这里的卫生间少有人来。

换好衣服，我正洗手，突然感觉有些异样。猛然抬头，镜子里，我的身后站着一个人，正直直地看着我。我大吃一惊，猛然转身，看清了来人的面目：她身着男装，却分明就是在王天佑的豪宅所见的女人。我吃惊不小，正想喝问，她却做出一个噤声的手势。我也就停了下来，怔怔地看着她。

她快速走上来，在我身上摸索，动作比安检处的警官还要利索。很快，她从我的口袋里掏出了那个昂贵的 TubePhone 手机，非常快速地把它装进一个闪着银光的口袋里。

"好了，我们可以谈谈。"她开口说话。

"就在这里？"我有点担心地望了望门。

"今晚十点，你假装睡觉，把这手机放在床头，假装不小心用枕头盖住它。然后出来见我，东阁轩林东包厢。"

"你要做什么？"

"救你的命。"她冷冷地说，"如果你想活命，就来。这个手机是个监控器。它不但能窃听，也能摄影。小心了！"她拿起银色的袋子，把手机倒入到我的口袋中，然后再次做出一个噤声的动作，悄无声息地向着门边退去。

等我回过神来追过去，她已经下了楼梯。我没有继续追，只是从口袋里掏出手机端详。工艺精湛的三屏手机闪闪发亮，可以照出我的模样。

突然间我心头一片寒意。真如她所说我已经快没命了？仔细想想前因后果，这样的可能性很大，我一个无权无势的医生，除了精神病人和精神病院，谁也不认识，如果真的有什么秘密，王天佑肯定轻易就能把我捏死。有什么比一个死人更能保守秘密的呢？我一直不愿意去想，巨额财富成功地蒙蔽了我的心智，而这个女人毫不留情地戳破了这层纸。

无论如何，晚上要赴约。

我隐隐回忆起她穿着旗袍的模样，退一步说，一个美女晚上十点有约，这件事本身对我就充满了诱惑力。

下楼，经过李川书的病房，我从小小的格子窗望进去。病人正躺在床上，上了夹板。夹板是对手足固定装置的俗称，再大力气的人，只要上了夹板，就丝毫不能动弹。病人似乎正在熟睡，口角边，口水不断流下。

我对他突然有了一种全新的感觉，不是医生对病人的高高在上，也不是对精神错乱者惯有的鄙夷，更不是对一堆行尸走肉的厌恶，我突然感到自己的命运和他紧紧地绑在一起，而我实际的处境并不比他更好。在那么一瞬间，我竟然和这个被捆绑在床上兀自流着口水的精神病患者有了一种休戚与共的感觉，这是多么让我惊讶。

我快步走向医生休息室，吞下两片安定，躺在床上，迫切希望来一场深沉的午休。

东阁轩是一个很高档的酒店，我闻名已久，却从来没有机会进去过。我在酒店外停留，担心酒店那光可鉴人的地面会不会显得我的衣衫过于寒碜，酒店服务生会不会在心底暗暗嘲笑。十点过了一刻，实在无法再拖延下去。我整了整衣服，鼓足勇气，向着那富丽堂皇的所在走去。

电梯直接进入包厢，当服务员礼貌地微笑着告诉我已经到了，我有些慌不择路地走出去。

这是一个很奢侈的包厢，金碧辉煌，让我感到浑身不自在。有人正等着我，不是一个，是两个。一个是已经认识的女人，另一个则是陌生的男人，还好，他看上去很斯文。

他们并没有说话，只是默默地看着我。女人起身，走到我身边，脚步悄然无声，就像轻巧的猫。她很快把我上上下下搜了一遍，没有发现异样才开口说话,"你把手机处理好了?"

"照你说的,假装不小心盖在枕头底下了。"

她示意我在桌边坐下。

偌大的桌子上排满美味佳肴,然而谁都没有动筷子。气氛冰冷,和热气腾腾的饭桌形成鲜明对比。一男一女都盯着我,我却不知道该盯着谁,于是只好不断地转移视线,看看她,然后看看他。我用一种精神病医生才具备的坚忍毅力坚持下来,显得面不改色,泰然自若。虽然这一次会谈可能会决定我的命运,他们又何尝不是?否则就不用冒着巨大的风险来找我了。我等着他们亮出底牌。

终于美女再次开口说话,"梁医生,这位是万礼运博士。你们是同行。"

"失敬,失敬!"我向万博士说,他微微点头还礼,却仍旧没有说一句话。

"我是王天佑的办公室助理,因此了解这件事的前因后果。"美女继续说,"他通过你监视李川书,这件事也是经过深思熟虑的。你是这家精神病院最蹩脚的医生,分派给你的病人不会引起任何注意,而且你很贪财。只要贪财的人,王天佑就能对付。"

我一时不知道说些什么。我是一个贪婪的平庸之辈,这就是王天佑决定利用我的原因?也许他们能找到一个更好的理由,至少当着我的面,可以说一说我为人随和之类。

我清了清嗓子,"你这么说是什么意思?"我企图质问她,然而语气软弱无力,听上去就心虚。

"你孤身一人,没有亲属,甚至连女朋友都没有一个。生活简单,除了到精神病院上班,几乎足不出户,网络游戏是打发时间的唯一方式。他会想办法把你干掉。"美女毫不留情,继续说,"你这样的人被干掉，尸体恐怕要发臭了才会被人发现，再合适不过。王天佑早就看好了这一点。"

一个美貌女人的嘴里说出来的话却如此毒辣，我嘴角抽搐，企图反唇相讥，却说不出什么来。

美女看出我的窘态，微微一笑，"别怕，我们会帮你对付王天佑。"

"你们为什么要帮我？"我几乎本能地问。

美女的脸上笑意更甚，"我们当然有自己的目的。但是你只需要关心自己的命，是不是？"

我把心一横，"横竖是个死，你们要是不把话说明白，我不会和你们合作。而且，我要向王天佑报告这件事。"

对面的两个人相互看了看，姓万的医生开口，"梁医生，既然我们露面找你，自然没有打算隐瞒什么。人为财死，鸟为食亡，一千万是很大的一笔钱，但是和我们想做的事比较起来，只是一个零头。"他顿了顿，看了看我的反应，我眼睛也不眨地看着他，等着他讲下去。

"王家是超级富豪。王天佑继承了他父亲的资产，然而，老王的死因很可疑。法医鉴定他死于心力衰竭，但是我有不同的看法。我是老王的家庭医生，他的身体虽然有些老化，但是并没有那么糟糕，根据他的死状，我猜想可能是被枕头之类的东西闷死的。当然，这样的猜想需要验尸报告证实才行。已没有这种可能，他的遗体已经火化了。"

"然而王天佑没有想到，他无法继承老王的财产。老王的资产冻结，根本无法解冻，也无法继承。除了庄园，他拿不到任何东西。"

万医生停顿下来，看着我，"王家的财产至少有六十五个亿。"

六十五个亿，这是一个巨大的天文数字，我不知道究竟算是多少钱，但是很多很多，就算用一千块一张的纸币，也能压死十个大汉吧。我用惊愕的眼神看着万医生，"你们想要这笔钱？这怎么可能拿得到？"

"所以我们需要你加入。"

我感到自己的心在颤抖，"你们到底打算怎么办？"

万医生看着我，"这件事风险很大，你要想清楚。"

"你的生命本来已经很危险，和我们合作反而会安全一些。"美女赶紧补充。

"我和你们合作，王天佑那种人，不会放过我的。我该怎么办？"

"我来告诉你事情的经过……"万医生不紧不慢，缓缓道来。

我认真地听着。事情慢慢地清晰起来，然而，一切都匪夷所思，虽然我从医科大学毕业，但这样的情形仍旧大大超出了所能想象的范围。

李川书的身上，居然有如此巨大的秘密。作为每天端坐在他面前的人，我居然毫无察觉。冷汗从额头上不断地沁出，身不由己，我卷入了一场谋杀中。

李川书坐在我面前。现在，他的名字叫王十二。

李川书人格已经很多天没有出现，而王十二一直就在我面前。我给他进行了深度催眠，往常，催眠所唤醒的人格总是王十二，这一次，我的目标恰恰相反，希望李川书能够出现。

他的确出现了。我从他的眼神里读出了这一点。

"你叫什么名字？"我不失时机地问他。

"李川书。"

"王老板怎么死的？你看见他死了吗？"我根据万博士的建议单刀直入。

"我看到了。"他说，"是他的儿子，他在骂他儿子。"

"他骂些什么？"

"我不知道，我听不清。"

"后来发生了什么?"

"王老板站起身,他的儿子很害怕。他走一步,他儿子退后一步,说话的声音都在发抖。王老板大声骂了一句……"

"我就是去死,也不会留给你一个子儿!"李川书突然尖着喉咙叫了起来,他在模仿王十二的骂声。

"然后呢?"

"他儿子跪下……"

李川书的声音越来越小,他的人格正在昏睡过去。

我赶紧提示他,"王老板后来死了,你看到了,他怎么死的?"

"他突然捂着胸口倒在地上。"

"死了?"

"应该死了,他再也没有起来过。"

"他儿子呢?"

"他爬过去看,很快站起来,从床上拿来一个枕头,蒙住他的头。"

这确定无疑证实了万博士的推测,也许王老板因为某种原因昏厥,而王天佑则干脆谋杀了自己的父亲。

"后来呢?"

"王老板儿子放下枕头,开始打电话。"

"王老板死了吗?"

"他肯定死了,一动不动,他儿子还用脚踢他。"

"还看到了什么?"

"后来来了两个白衣服的人,他们和王老板的儿子争论。再后来万医生来了。"说到这里,李川书的脸上突然显示出恐慌的神情,"求求你,把它拿出来,我不要,我不要!"他尖叫着,身躯剧烈扭动。万礼云对他来说是一个可怕的梦魇,哪怕在深沉的催眠中,他的潜意识也能感觉到莫大的恐惧。

催眠无法进行下去，我给他注射了昏睡针。他很快沉睡，而我则忐忑不安地站立一旁。

王天佑身边的美女叫卢兴鹭。我不知道为什么她和万礼云会有如此大的胆量，企图吞没亿万财产。虽然我是一个单身汉，但是我知道他们彼此间的关系一定不简单。在我面前，他们努力装出为了金钱而合伙作案的样子，然而他们彼此间的眼神还是泄露了许多信息。人不为己，天诛地灭。无论如何，他们看上去比王天佑要可靠一些，安全一些。我同意加入他们的计划。

根据计划，卢兴鹭每天下午两点会把 TubePhone 的信号导向另一个信号源，这样王天佑那边只会得到一些经过伪装的对话，而我有半个小时的时间可以和李川书深入交谈。王天佑并不想放过李川书，然而，在结束李川书的生命之前，他需要得到那些账户的秘密。整个世界，这个秘密只有着落在我眼前的这个病人身上。

王天佑的父亲王于德，他的曾用名就叫王十二。

一个亿万富翁，享尽人间的荣华富贵，眷念不舍。他惧怕衰老和死亡，动用巨额财富寻找长生的秘方，希望能活得长久一些，最好能够永远活下去。这个举动却让他加速死亡，这真是绝妙的讽刺。

当然，他的计划仍旧在进行，只不过有些偏离预定轨道。

李川书的躯体已经卖给了王十二。根据合同，王十二可以从他身上得到任何器官，代价是王十二给他两年予取予求的生活。

然而，如果让李川书知道后边发生的一切，又有一个机会给他重新选择，他肯定不会选择签约，或者说，如果我是李川书，肯定不会同意。

这不是从尸体上摘取器官的故事。万博士没有损伤他分毫，只是给他注射了一些针剂。根据万博士的描述，这是他十五年的心血，他可以使用药物更改人的 DNA 序列，更改后的 DNA 序列可以指导脑细胞彼此间的连接重建。当脑细胞按照一定的形式重现，一种记忆也就被灌输到了这个人的脑中。从理论上讲，这个技术能够把一个人的记忆完全灌输到另一个人的身体里，包括那些自我认同的潜意识。

王十二买下李川书的躯体，并不打算用作器官移植，他要的是一个完整的年轻躯体，然后把自己的记忆复制到这个躯体中，从而获得新的生命。这是一个现代版本的借尸还魂。

万医生首先在王十二的身体里投入一种 RNA 物质，它根据头脑的状况会生成相对应的 DNA 编码。然后，他把带有记忆编码的细胞从王十二身上分离，经过免疫伪装后植入到李川书的免疫系统，这种细胞中的 DNA 会制造释放信使 RNA，进入到神经细胞中对 DNA 重编。最后，李川书全身的免疫细胞和神经细胞都会被带上记忆编码，李川书的神经网络会逐渐改变，王十二的记忆会慢慢重现，王十二也就在李川书身上复活过来。在此期间，李川书就像生活在梦魇中，记忆逐渐丧失，意识混沌不清，经历无法言说的恐惧。当最后的时刻到来，李川书在自己的躯体里被压抑，他会完全成为另一个人。我一直以为这是精神分裂的病症，却从未想到这居然是因为记忆的重现。李川书并非精神分裂，而是有人在他身上复活。

这是一个胆大包天的计划，据说万博士曾经在小白鼠身上试验过，获得成功，但从来没有做过人体试验，谁也不知道有多少成功概率，而且这样的试验完全违法，王十二买下李川书的身体，属于在法律的灰暗地带游走。

能够下决心用这样的方法重获青春，这样的人非同凡响，他同样有个非同凡响的儿子，等不及接班，干脆杀了他。

然而，万博士的重生计划并没有终止，李川书仍旧活着，而王十二正在他身上复活。如果他真的能够完全回忆起王十二生前的情形，到底他是李川书还是王十二？一般来说，一个人把自己认定为另一个人，都会被送到精神病院。当王十二还是亿万富翁的时候，他有足够的手段摆平这件事，但是当他作为一个精神病人被捆绑在病床上，恐怕神仙也救不了他。更何况，还有一个亿万富翁正虎视眈眈地盯着这件事。

他们都是病人。

我充满怜悯地看了李川书一眼，我不是上帝，拯救不了任何人，我只能拯救自己。

我撸起李川书的袖子，拿起针筒扎进他的胳膊。这是一个汲取式针筒，针头钻进皮肤之后自动软化，然后，仿佛有一只小虫在他的皮肤下游走。很快，针筒里充满了各种人体组织的混合液，淡红的颜色，悬浮着各种组织颗粒。这样就足够了，我把样本筒摘下，放进兜里。然后端起记录本，开始在上面涂涂画画。

这一天，当阿彪来取记录本，我竟然对着他微笑。这个冷酷的大个子被我的异常举动弄糊涂了，愣愣地看着我，竟然也露出一个傻傻的笑。我飞快地逃走。

一个人身上蕴藏着巨大的潜能。作为医学院的高材生，我并不是没有潜能。只不过，潜能需要梦想和激情来调动，而我的身上，经过这些年的精神病院生涯，这两样东西已经稀缺，我成了一个贪婪而猥琐的小人，昏沉地过着日子。然而，求生的本能让我激情四溢，浑身充满能量。我仿佛回到了青葱岁月，在被窝里对着手机如饥似渴地阅读黄色小说的年代，每天晚上，把那个昂贵的手机塞在枕头下就直奔实验室，在那里忙活一个通宵，直到凌晨才回来，匆匆打个盹，第二天居然能够不犯困。我以十二万分的劲头投身到自我拯救的事业中。

有理由怀疑我得了某种强烈的亢奋症，然而，在这个非常时期，这是好事。

我在研究万博士的成果。

搞生物的公司最喜欢专利，因为他们知道，没有专利，他们的产品会一夜之间被各种各样的仿制品取代，因为生物制剂是最容易被仿制的东西，甚至不需要仿制，只需要得到母本，就可以轻易在实验室里大量复制——生命就是要能够复制自己，否则就不叫生命。凭着我的能力和条件，即便智商高达一百四十五，想搞出万博士那样神奇的研究可能性也基本为零，那需要天才的直觉、持之以恒的努力，还有一些小小的却是决定性的运气。但是复制它却很容易。我从李川书身上得到母本，我在实验室里研究 DNA 被 RNA 影响的过程，还有那些携带了记忆的 DNA 的特异之处，它们和大脑组织相关的基因组产生了很多变异，可以肯定，那就是和记忆携带相关的部分。这些异常的 DNA 很有活力，它们会不断产生 RNA，生成两种特殊结构的蛋白，和 RNA 装配在一起，形成类似病毒的东西，释放到细胞之外，去感染别的细胞。我毫不怀疑，如果把这些 RNA 提纯，注入某个人的身体中，他也会逐渐出现李川书的症状，自认为是王十二。我的确这么做了。RNA 长链加上一层薄薄的蛋白质鞘膜，它成了一种结晶物。很少量的活性物质封装在小小的玻璃管中，晶体细微，看上去像是白色粉末。我把它握在掌心，原本很轻的东西，却感觉很沉重。

这算不算是一种生物武器？这是一个巨大的问号。我制造了一种和病毒类似的东西。毫无疑问，如果我把这样的晶体大量复制，让它们和某些病毒一样能够在空气中传染，这个世界恐怕要变成一个巨大的精神病院。而且人们还不易察觉。所有的人都做同样的噩梦，所有人都有同样的精神分裂的症状，到最后，全世界都是王十二。这景象惨不忍睹，我也不敢多想。

但是我得救自己。这小小的病毒，就是我自卫的武器。

第二天阿彪来的时候，我让他进入办公室。我戴着防毒面具一般的口罩，在他面前不断地拍打记录本，粉尘扬起，借着窗户里透过来的阳光，我看见一些细微的颗粒钻进了他粗大的鼻孔。

这办法并不一定会奏效，然而有很大的机会，它会产生效果。

阿彪显然并不喜欢我的举动，他接过记录本，警惕地盯着我。可惜，他的特长是搏斗和枪械，对于病毒显然并不在行，也毫无警惕。一切似乎并无异常，他转身走出了办公室。

望着他魁梧的背影，我有一种欣快的感觉。知识就是力量，这句话此刻显得正确无比。然而，阿彪猛然转过身来，快步走到桌前，“脱下你的面具！”他低声说，声音很低，却充满威胁，就像他的外表一样。我一时愣住，惊愕地看着他。

还没等到我自己动手，他就一把把我的口罩抓了下来。

“你捣什么鬼？”他厉声质问。

一瞬间，我明白过来虽然知识很厉害，暴力却更直接，特别是像阿彪这样肆无忌惮使用暴力的人，虽然知识最后总能够胜利，却暂时只能无比委屈。

“我有点感冒，不想传染给你。”我镇静地说。

他抓住我的领子，把我拉到面前，“老实点！给老板做事，不要三心二意。”

他撂下狠话，把我重重摁在桌上，用记录本的支架不断地打我的头，直到我求饶为止。

阿彪走出屋子，狠狠地带上房门。

　　我绝望地瘫在座椅上。计划赶不上变化，这些精心提纯的 RNA 类病毒载体在空气中有大概半个小时的寿命，只要我三十分钟后再拿下面具，一切就完美无缺。然而阿彪粗暴地把一切都打乱了。携带着王十二记忆的 RNA 不仅进入了阿彪的身体，它同样在我身体里扎根下来。很快，我也会像李川书一样，变成一个精神分裂患者。

　　听天由命。我的脑子里没有别的东西，只有这个词。突然间，我想起还有最后的一个救星——万博士。解铃还须系铃人，就是这个意思。

　　当天晚上，我见到了万博士。我给他发了十三封电子邮件，请求见面，有十二万分重要的事情要和他商量。其实我并没有别的念头，就是想活下去。李川书的例子活生生地摆在眼前，我会逐渐地死去，而王十二的幽灵会占据我的躯体。我不想要什么财富，也不管他们想要我做什么，此时，压倒一切的念头就是活下去。

　　万博士显然对我突然的会面要求感到很不满，"我们说过不能随便见面。"他厉声呵斥我，"难道没有记住？"

　　"是的，但的确情况紧急。"我争辩，"这件事必须要让你知道。而且很危险了。"

　　"说！"他语气凌厉，黑着脸。

　　"我好像感染了李川书的症状。"我说。

　　万博士一愣，看着我，"这怎么可能？"

　　"这两天我经常短暂失神，我能记得一些关于王十二的事。这肯定不是从李川书口里讲出来的，那些记忆就在我的脑子里。万博士，有没有可能你的 DNA 修正出现了问题？它有传染性。如果是 RNA 单链病毒，的确可能发生传染。"

　　"这不可能。这不是病毒！"他仍旧坚持，语气却犹豫了许多。

"我确认了这件事，因为我从阿彪身上观察到了这种迹象，他这两天来，我总是看到他有精神分裂的前期症状，今天，他对我说他就是王十二。说完以后，觉得不对，威胁我绝不能说出去，还用记录本狠狠地打我。你看……"我露出头上的伤痕给万博士过目，一个确定无疑的证据能够支持这些半真半假的陈述。我并不是一个熟练的骗子，也没有这样的天赋，然而，情急之下，这些说辞自然而然地来到了我的脑子里，几乎不需要思考。

万博士半信半疑地看着我额头上的浅浅的瘀痕，眉头紧锁。

"万博士，"我再次小心翼翼地试探，"您所发明的这种 RNA 信使会不会发生变异？从一个人身上跑到另一个人身上？就像病毒一样？"

万博士疑窦重重，"这种 RNA 结构没有配对的蛋白质，无法装配成病毒，它们根本不具有传染性。除非……有直接的体液交换。"他狐疑地看着我。

我明白他的言下之意。透过体液交换的传染病很多，著名的艾滋病感染了数以亿计的人，然而，李川书是一个病人，受到严格的看护，根本不应该有这样的机会，更不可能感染阿彪。

我正色道，"万博士，我也是一个医生。不敢乱说，但是如果出于偶然，这些 RNA 链条能够遭遇相应的蛋白质配型，就很容易转化成病毒形态。能够传染。要不然，你从我身上采集一点血样去化验。你一定得想想法子。否则，这就是不折不扣的大灾难。你知道西班牙大流感！"

西班牙大流感在我的脑子里一闪而过。一个多世纪前的那次不明原因的灾难，病毒袭击了欧洲，死掉了成千上万的人，而流感爆发的原因却一直是一个谜。也许那只是一次非同寻常的基因变异，本质上和万博士的发明并无不同。

是的，如果万博士所发明的东西真的成了一种病毒，它的威力应该不下于西班牙大流感。当然，我并不担心人类，人类总能够生存下来，只不过需要一点代价。很多人，成千上万，十万百万千万，上亿的人会因此而死去。我所担心的，是我自己会不会变成那巨大数字中的一个。如果成千上万的人死去，我却能获救，那么这肯定就在我的备选方案中。最好的方案，当然是不要死人。我的天良没有泯灭，只是和生命比较起来，天良只能先放在一边。我望着万博士，希望天良这个东西在他身上的残存比我更多一些。

万博士沉默着。我不由焦急起来，"这种病毒发病比较慢，如果能针对性地破坏它的 DNA 转录，杜绝性状发生，那么也没什么。如果迟了，恐怕到处都是精神病。王十二的事情，也恐怕要尽人皆知。"

"跟我来。"万博士低声说完，转身就走。

我欣喜万分，却拿出满怀心事的样子，"这怎么办？我的手机还在枕头下压着，明天要赶回去，不然会被王天佑发现。"

"到我的实验室，一个小时足够了。但是你必须躺在车厢里。"

万博士的实验室建在深深的地下。我不知道它到底在多少米的地下，只是电梯足足运行了二十秒钟，对再慢的电梯，这都意味着很长的垂直距离。

跨出电梯，一堵墙出现在眼前，红的，蓝的，无色的液体，装在试管中，数以千计的试管琳琅满目，从地板一直堆到天花板。它们扭曲盘绕，形成 DNA 的双螺旋结构。

我发出一声惊叹，这简直是生物科学的行为艺术。

万博士快步走到一台设备前，这是一台巨大的计算机，上面有某个公司的商标。我知道这种机器是 DNA 分析仪，得到人类基因库的授权，可以分析所有已知的人类基因组。这种机器最简单的用途是预测一个人十年后的面貌，科学预测，八九不离十，因此受到大众的欢迎。于是它真正的功能被隐藏了，一个人的智商高低，性格如何，答案就藏在这两条双螺旋之中，双螺旋无法决定一个人最终的命运，却可以大体上将一个人归类到某种属性之中，它比任何东西都更清楚地说出你是谁。然而这样直截了当的揭露对于大多数人过于残酷，于是基因学家们很高明地把大众的视线从这些触痛中引开——他们用十年后的面貌之类无关痛痒的东西来遮蔽真实，让大众生活在一种虚假却温情的氛围中。

万博士显然用这种机器进行了一些非法的研究。他的研究成果就在精神病院的病房里躺着，而一个已经被烧成灰的人，正在这个躺着的人身上复活过来。

有什么事比扼杀一个人的灵魂、窃取他的身体更龌龊的呢？这可能是人类最卑劣的行径。当然，李川书签了字，心甘情愿。至少曾经心甘情愿。

万博士很快整好机器，示意我过去。

我走过去，把手伸进机器的窟窿里，一阵轻微的麻痒之后，机器开始发出嗡嗡的响声，似乎是风扇加大马力的声音。

我抽回手，"我的事情做完了，该回去了吧？"

"不，你在这里等着，我们要先看看结果。"

我就在这个地下宫殿里等待着。漫长的十五分钟过去，机器缓缓地吐出一张长长的纸。万博士并没有去看，他打开电脑上的软件，开始分析数据。我忐忑不安地拾起那张纸，上面画满了各种各样的符号和代码。我曾经见过这些稀奇古怪的东西，在一门专业课上，是关于基因代码学的，然而早已经忘得干干净净。徒劳地在纸上扫描了几眼之后，我放弃了努力，眼巴巴地看着万博士。

万博士全神贯注地盯着屏幕，似乎已经忘记了我的存在。

过了一会儿，机器吐出第二张纸。我瞥了一眼，照样是基因代码学。万博士把报告拿在手里看着，眉头紧蹙。

"你的确被感染了。"他突然开口，"但是……"他欲言又止，眉头锁得更紧。

"怎么了，我会变成第二个李川书，是吗？"我慌忙问，声音发颤。

万博士抬眼看着我，说不上是怜悯还是惋惜，"这些基因序列和给李川书注射的并不相同，它们是被打乱的序列，被重新装配过，如果要说真的表现性状，谁也不知道到底会发生什么。"

仿佛一个炸雷在脑子里炸响，我只感到思绪一片纷乱。是的，脆弱的 RNA 序列很容易发生变异，当我从李川书的身体里得到 RNA 序列，剧烈的环境刺激很可能让基因重组，变成难以预期的东西。我可能不会变成王十二，很可能变成一个彻底的疯子。

"万博士，你是说，我会被这种病毒搞成疯子，是吗？"我勉强发问。

"你会有很多错乱的记忆，所有的记忆混在一起，可能是李川书的，也可能是王十二的，更多的还是你自己的记忆，你会分不清现实。"

万博士所描述的，正是一个癔症患者的典型情况。这比精神分裂更糟糕，因为精神分裂的患者生活在此时或彼时，他们其实还有清楚的逻辑，只是不合时宜，而癔病患者，则生活在一团混沌中，在某种意义上，他们就是一团能够行走的肉。

我猛地跪在万博士面前。这个唐突的举动让他一惊，慌忙伸手拉我，"你这是干什么？"

"万博士，救命！"我用力在地上磕头，头磕在地上，发出嘣嘣的响声。万博士有些手足无措，"你这是干什么，站起来说话。"他用力拉我。我仿佛有无穷的力气，一个劲地磕头，他根本拉不住。

"好了，你先起来，要不然，我们怎么想办法？"他看着我，哭笑不得的样子。

我爬起来，额头上青紫一片。我的精神从崩溃的边缘恢复，不由为刚才的举止羞愧。"万博士，我……"我想说些什么，却不知道如何开口。

"你是不是做了什么？"万博士认真地看着我，"李川书体内的这种RNA序列只能在人体内环境生存，怎么会跑到你的身上去的？你要老实告诉我，否则不知道它是怎么感染你的，很难找到对症的办法。"

我知道他说的都是真的。我不想拿自己的性命冒险，于是把一切和盘托出。

"我只是想救自己的命。"最后，我看着他，可怜巴巴地说。

他的脸上浮现出一层怒意，然而尽量克制着，没有爆发出来。我也不敢说话，小心地察看他的脸色。

过了半晌，他说："我先送你回去！一切都要维持正常。不要让王天佑觉察。"他看着我，"我会想办法，你不会有事。但是……"他加重语气，"必须要按照计划来！我们的风险很大，稍有不慎，一切都完了！"

"是的，是的。"我忙不迭地点头。

半个月的时间在风平浪静中过去。我度日如年。

噩梦正一点点变成现实，我时不时会出现一些幻觉——那不是幻觉，是记忆，就在我的头脑里，只不过，那不是我的记忆。

李川书被锁在病房里，现实已经很清楚，他已经彻底变成了王十二。只不过，他显然并不理解为什么自己会落到这种境遇。最初的狂暴过去之后，他变得畏畏缩缩，听见房门的声响就发抖——那些五大三粗的汉子对付任何一个敢于耍泼的精神病患者从来都敢于下手。

　　我走到床前进行例行观察，他躺在床上，浑身散发着臭味。恍然间，我感觉那躺在床上的人就是我。我拼命压抑着这种念头，随手在记录本上写了几句，准备退出。

　　王十二却突然抬起手。他的手高举，五指插开，"五百万！"他说，声音低沉，却无比清晰。

　　我猛然间记起还有五百万这回事。那天的情形历历在目——眼前是一笔天文数字的巨款，而下方显示着我的身份证号码，当我的手颤抖着在屏幕上按下确认，"转账成功"几个字跳了出来。巨大的幸福感瞬间贯穿了我，无法言说。然而短短几个月，这笔带来巨大幸福感的巨款已经被遗忘到九霄云外。恍如隔世，恍如隔世！如果还有五百万放在我眼前，我会把它当作粪土一样抛弃。

　　我转身，麻木地向外走去，对王十二置之不理。

　　"我可以让你变成亿万富翁！我有很多钱，都可以给你。"王十二急切地呼唤。

　　我仍旧麻木地向外走。

　　"我给你账号，你可以去验证！"他说，"3373 6477 2478 6868 732。"

　　他嘶哑的声音仿佛有一种魔力，让我的脚步慢下来。当这串数字的最后一个音节结束，几个意义不明的字符串随之在我的脑子里浮现。我停下脚步，一种诡异的感觉涌上心头。

　　"过来，我告诉你密码。"他说，"这个账户里有一个亿，加上利息，至少有一亿三千万。"

　　我转头看着他，他也正努力抬眼看着我，眼里满是乞求。

　　我走了过去，低下身子，把耳朵凑到他嘴边。

　　"20570803，确认码，T-T-R-1-9-1-4，第三密码……"

　　我感到一丝凉意。不需要他再告诉我什么，这笔钱的来龙去脉在我的脑子里清晰起来，而这几个彼此间毫无关系的密码，仿佛在记忆中生了根一般牢固。

"都记住了吗？你可以写下来。" 王十二问。

我点点头，径直走出病房。我匆匆忙忙换下白大褂，准备去找万礼运。无意间，手指碰触到口袋，硬硬的，我的心一凉。那是大米手机，它监视着我的一举一动。王十二孤注一掷，企图用巨款来收买我，王天佑可能已经知道了这个消息。

我在办公桌旁坐下，强迫自己冷静下来。当王十二的记忆在我的脑子里重现，事情的来龙去脉变得清晰起来。我是一个最无辜的人，被卷进来只因为我是一个精神病医生，而且看起来容易受人摆布。此刻，我居高临下，把一切看得清清楚楚。问题仅在于，我该怎么做？

"梁医生，病人的镇静剂需要重开吗？" 护士走过我的门口，随口问。

我心中一动，站起身，"我跟你一块儿去拿药。"

我掏出手机，把它锁进抽屉，然后跟着护士离去。

当我从药房出来时，被人挡住了去路，是阿彪。然而他并不是奉命而来。

他的眼神里充满困惑，失去了那股彪悍的味道。他挡在我面前，"梁医生，我们得谈一谈。"

我看着这个可怜的人。正如我所预料，阿彪非常害怕，他外表粗犷，内心却很脆弱，一旦发现某些事情超出了所能控制的范畴，便惊慌失措。他是个危险人物，然而一旦被控制，就无比安全。

"跟我来。" 我冷冷地说，手心里却全是汗，生怕他暴起，把我结结实实地揍一顿，说不定还会把我搞残废。

　　然而他真的听从了，乖乖地站在我身后。也许他认为我给他下了毒，手里有解药，只有听我的话才能活命。有的时候，两个人之间的强弱似乎只是气场的对决。我必须去找万博士，急迫之间，气势如虹。而阿彪，却正是心理最脆弱的时刻，再强悍的身体也拯救不了他。

　　这不是我的计划，却正好帮了忙。我们坐进了阿彪的车。

　　"去找王天佑。"我下令。

　　阿彪看着我，"老板没让你去找他。"

　　"我必须去找他，"我看着阿彪，"否则我们都活不了。你出现了一些幻觉，对吗？"

　　"是的，"他犹豫着，"这两天我经常头晕，有一些奇怪的症状。你能帮我解决掉吗？"

　　"听我的，我们才能解决问题。去王天佑那里。"

　　阿彪服从了我的指令。

　　彪悍的军车在王天佑豪华的庄园里奔驰。突然，我命令阿彪，"从这里转进去。"前方是一条小小的支道，仅能通一辆汽车。这是一条幽静的道路，毫不起眼，两旁树木森森，即便是大白天，也显得阴冷。

　　"这里？老板不在这边。"

　　"照我说的做！"

　　军车快捷地打了一个转向，转入到这条林荫遮蔽的小路上。几个转折之后，一幢小楼出现在道路尽头。

　　"见过这幢楼吗？"

　　"没有。"阿彪老老实实地回答。

　　"在楼前停车，不要熄火，等着我。"我厉声说道，阿彪唯唯诺诺地点头。看见这样一个彪悍的大块头俯首帖耳，我不由得对自己将要进行的事充满信心。

我走到小楼门前。浅灰色的门紧闭着，我按下门铃，有人会从摄像头里看到我，然后大吃一惊，他会打开大门。我静静地等着。

门果然自动打开，我走了进去。这是一部电梯，我曾经来过。

万博士在电梯门口等我，他看着我，等着我解释。

"情况紧急，"我说，"李川书说了一个账户，王天佑可能知道。"

"你怎么找到这里的？"万博士并不理会我所说的紧急情况，他对我的突然出现感到不安。

"这里……"我指了指头，"我的病越来越重了，总会有些突如其来的记忆碎片。我想起来你的实验室到底在哪里了。我宁愿想不起来。"

万博士不再追问，侧身示意我进去，"来得正好，我也正想找你。"

实验室里没有别人。万博士在一台电脑前坐下，"我找到了一些办法，可以针对性地消除你身体内的变异DNA。"

"另一种病毒？"我问。

"你可以这么认为。我指定了几个特定的基因组靶标，这种病毒进入细胞核，能够摧毁那些已经变异的DNA，避免你的大脑性状进一步改变。"

"但是它无法把已经改变了的性状变回来。"

"是的。"万博士说，"所以越早越好，"他看着我，"在王十二的记忆占据你的头脑之前，必须消除那些已经变异的DNA，残存的RNA很容易控制，它们本身的生命周期很短，只要不让它们感染更多的健康细胞，你的免疫系统很快就能把它们清除干净。"

我露出了一个勉强的笑容，"那么最好的情况，我能保持现在的状态。"

"没错。"万博士把电脑屏幕转向我，"自己看看，你既然能复制记忆描摹RNA，你的基因学基础已经足够阅读这些说明。"他站起身，"我来做准备。"

他走向一旁，站在一个庞大的仪器边，打开一扇小门，开始从里边取试管。

我低头看着眼前的资料，这是一份关于"记忆描摹 RNA"的详细说明，有一章节是专门描述如何预防这种 RNA 侵入细胞的。对已经改变了的性状，没有办法复原，因为原本的性状已经被抹去。

我草草地浏览了几页，定了定神，开始说话，"我已经有了一些王十二的记忆，但是我并没有发疯，我还能清楚地分辨哪个记忆属于我，哪个记忆属于王十二。我想起来一笔钱，共有一亿三千万美元，这笔钱的利息每月按时汇入六个账户。"

万博士手中的动作停滞下来，他看了看我，把手上的试管放在架子上，然后面对着我，"你想说什么？"

"我那个不可靠的记忆告诉我，如果这笔钱的汇款不按时汇出，六组杀手就会奔向不同的目标。"

万博士的声音有些发颤，"我不明白你在说些什么？"

"那样也好，我已经把这笔钱转入我的账户，从下个月开始，也许就会有几场谋杀案发生，其中一件，也许就在这个庄园里。还有，如果没有人重设这笔钱的权限，再过半年，这笔钱同样会被冻结，半年的时间，说起来也不算太长。"

"你想怎么样？"万博士的额头上渗出了冷汗。

我微微一笑，"虽然我可能会变成一个疯子，但是在我变成疯子之前，我可以让几个人变成死尸。很简单，一场交易，怎么样？"

"你说吧。"万博士很快控制住情绪，平静地说。我知道，从此刻起，我们真正地站到了同一条战壕里，而且，我占据了优势。

"这件事需要卢小姐的配合，她在庄园里吗？如果在，我们今天就可以解决问题……"这是一个冒险计划，然而我知道，时间紧迫，再大的风险也值得一试。

我把一个药瓶交到万博士手里。他看了一眼，惊讶地抬起头，"阿匹胺苯片？"

我点了点头。

从小楼出来，阿彪仍旧在等着我。

"老板找你。"我刚上车，他就说。

"那正好。"我淡淡地说。这正和我的计划配合得天衣无缝，他不来找我，我也会去找他。

"我怎么办？"阿彪问，他显然知道王天佑这一次找我，凶多吉少。他并不关心我的生死，但是担心自己的性命。

我正对着他，"我给你五百万，你是不是能帮我杀了王天佑？"

阿彪断然拒绝，"这不可能。我不能对老板下手。"

"你自己的命也不要了吗？"

"不要拿这个来威胁我！"阿彪突然恢复了几分彪悍，"我是不会背叛老板的。"

"好吧！"我坐直身子，"但是为了你的命，你最好不要告诉任何人，我们今天到了这里。你的幻觉会让你精神错乱，你看到李川书的下场了，如果不尽早采取措施，你会和他一样。只有我能帮你。"

阿彪默默地开车，驰出小道，转向庄园内部。

我看了看表，四点一刻，"在这里等一等。"我告诉阿彪。

阿彪把车停在路边，并不发问，只是等着。

时间很快过了四点半，我让阿彪上路。绿草如茵，仿佛一块巨大的绒毯，豪华的房子就在绒毯上，远远看去，就像童话里的城堡。这景象触动了我的回忆，有一种亲切的感觉。这不是属于那个叫"梁翔宇"的精神科医生的记忆，它属于那个叫"王十二"的亿万富翁，这所房子曾经的主人。然而，我并没有抵触，只是看着那房子，感到一阵阵温馨。也许我是谁并不重要，我活着，看着，感受着，这就是一切。变成另一个人，似乎也并没有那么可怕。可怕的是，是否因此而精神错乱。

"你喜欢这所房子吗？"我突然问阿彪。

阿彪点点头。

"你记得老老板吗？"

阿彪不说话。

我知道他记得。他从小就在王家长大，他的父亲就是王十二的保镖，死得很早，王十二就像他的父亲。他并不明白身上出现的记忆错乱的症状，那正是王十二的记忆，其中也一定有一些关于他的部分；也许他看着镜子里的自己，会涌起一些莫名其妙的情绪，就像我此刻看着他，心中却充满了一种父亲的慈爱。

这件事真是奇妙，当我站在医院的门口威胁他，我想的是怎么搞死他，此刻，我竟然下定决心，必须要拯救他。而王天佑……想到这个名字，我的身体不自觉地微微发抖。我要他死！这是梁翔宇和王十二的同谋，一个为了活下去，一个为了复仇，在这个问题上，他们找到了公约数。

军车在房门前停下。

"押着我去见王天佑，"我低声说，"就像平常一样。"

阿彪下了车，外衣口袋里鼓鼓的，明显塞了一把枪。他像往常一样押着我走到门口。我不自觉地想靠近门框上的虹膜识别器，然而很快控制住，没有做出这个愚蠢的举动。

"老板，我把梁医生带来了。"阿彪对着对讲机喊。

“带他上楼。”王天佑的声音传来。我望了望门上方的一个角落，那是监视器的位置，如果王天佑就在监视器前，他会看见我正望着他。

王天佑坐在宽大的沙发上，跷着二郎腿，故作高深地看着我。

“那个李川书开口了？情况怎么样？”

“他说了一个账户，3373 6477 2478 6868 732。”我把账户报了出来。

“不错。”王天佑站了起来，“你的记性很好。那么密码呢？”

“他说这个账户有三重密码，他不肯说。”

“不肯说？”王天佑耸了耸眉毛，“难道他不是悄悄告诉你了吗？我知道密码，但是你来告诉我，对我们的合作是一个很好的考验。”

“他没说，”我保持镇静，“他只是告诉我，除了他，谁也不能使用这个账户。而且，这个账户生死攸关。”

“和谁的生死攸关？”王天佑保持着笑容，然而我能看出他的表情有一丝僵硬。

“一个姓万的医生。他说只有这个姓万的医生出现，他才肯说出密码。”

王天佑的心情变得轻松起来，冷哼一声，“这些都是我的隐私，和姓万的医生有什么关系。这是胡说八道。你是精神病医生，应该有很多办法让他开口说真话。”

“我可以试试看，”我说，“不过，如果我用药物诱使他开口，很可能会把事情搞糟。”我小心地看了王天佑一眼，他似乎有兴趣继续听下去，“这种保密性很强的东西，人的潜意识都会进行保护，很可能他只会说出一个假密码。”

“没关系，多试几次。”王天佑毫不在意。

“这会杀了他，”我说，“进行催眠诱导是很危险的行为。”

“这有什么危险？不过是多吃几次麻醉剂而已。”

"神经系统的多巴胺物质会被耗尽，神经衰竭，人会死亡。"我把专业知识描述得尽量简单些。

"他的整个身体都是我的，不用担心神经衰竭。他会死得很快吗？"

"我不知道，每个人都不一样。"

王天佑有些犹豫，显然，他并不想让李川书很快死去。

我仔细地观察王天佑的神色，他似乎有些不能确定时间，抬头看了看钟表。他的鼻翼翕张，神色有些恍惚。

卢小姐按时给他服下了药。

我走上前，用一种训练有素的温柔声音说话，"现在，我们把万医生找来好不好？"

"天天，到这边来。"随着一声招呼，王天佑晃晃悠悠地站起身，向我走来。

"我是谁？"

"爸爸。"在催眠的作用下，他看着我，就像看着王十二。

"我就是去死，也不会留给你一个子儿！"我忽然大声喊叫起来。

"爸，别这样！"王天佑畏缩着后退。

这正是王十二被杀死之前说的最后一句话，我挺直身子，手指如戟般指着他，像极了当日的情形。王天佑浑身战栗，脸部抽搐。他对父亲怕得要死，亲手杀死他之后，却又见到了他，顿时无比害怕。

"你这个不孝子，敢用枕头闷死我！财产，财产都是你的又怎么样？丧尽天良，我做鬼也不会放过你！"我说着做出打人的姿势，王天佑抱着脑袋蹲下身子，"不要，不要……你饶了我吧！"他开始号哭。

王十二的儿子就是这么不争气，是一个绣花枕头。我敢说，如果不是王十二晕倒在地，给他十个胆子也不敢动他老爸一根寒毛。

我可以吓死他。在药物的作用下，只要稍加诱导，恐惧几乎可以被放大到无限。然而这不是我的目的，我也不想犯杀人罪——哪怕永远不会被追查。

我只是想告诉他一些东西。我走过去，一把抓住他的头发，拉起他的头，附在他的耳边，"财产都是你的了，但是我们断绝父子关系，我会做鬼，一辈子让你不得安宁。"

王天佑只是哆嗦，嗯嗯呜呜说不出一句话。

我抬头看着万医生，点点头。万医生默默走上来，给他打了一针。

王天佑瘫倒在地。

"一切都按照你的计划来了，"万医生冷冷地看着瘫在地上的王天佑，"兑现你的承诺。"

"我们要看看效果。"我说，"明天，打电话给我，我们要把他送到精神病院去。然后，我们各不相欠。"

"你要记得自己的承诺！"万医生盯着我，满怀戒心。

"你可以一万个放心。"我微笑着，"只要我不变成精神病，你和小卢都安全。"

万医生从密道走掉。

阿彪走进来。我要他站在门外，他听到了全部的过程。

"他真的杀死了老老板？"他问。

"你都听见了。"我说。

阿彪默默地走出去，他再也不会为躺在地上的这个花花公子卖命了。

富丽堂皇的屋子里只剩下我和躺在地上的前亿万富翁继承人。我还有最后的事要做。

我走到书桌边，拉开抽屉，抽屉里有一把保险锁。我拧动锁盘，打开保险，眼前跳出一个屏幕。我把手按在屏幕上，启动了程序。

所有的现金，证券，股权，不动产……一切的财产都从王于德的名下转移到了一个叫李川书的人名下。指纹，虹膜，DNA，一切可以验证身份的东西都从我身上转入了这台电脑，然后通过预留的后门进入到国家个人信息管理中心。当最后的转移完成，屏幕上出现了一个巨大的摄像头。我露出一个微笑。咔嚓一声后，一张卡片从缝隙中弹了出来。

我捡起卡片，这是一张崭新的身份证，我的头像就印在上面，傻傻地微笑。

从今天起，我就是李川书！

我收起身份证，把书桌恢复原样，然后走出门去，让阿彪送我回精神病院。

一晃十年。

当我厌倦了白雪皑皑的布朗峰，决定回去看看。虽然精神病院不是什么光彩的地方，但毕竟，那是一个我生活了八年的地方。人总是会念旧的。

很远我就看见了曾经的精神病院的金字招牌——李川书精神疾病研究院。欢迎的队伍排得老长，站在最前边的是宋院长。

"宋院长，很久不见，很久不见啊，您老看上去气色不错！怎么敢这么麻烦大家！"我热情地和他握手。宋院长的老脸上露出受宠若惊的表情，"这哪敢当，李老板，您是我们的大贵人。应该的，应该的！"

我微微一笑。十年前我是梁翔宇，要在宋院长面前装孙子，一旦我成了亿万富翁李川书，宋院长就再也不记得曾经存在过一个叫"梁翔宇"的人了。钱真是好东西，至少可以让一些人彻底忘掉过去。

我走过热烈的队伍，走进这片熟悉的土地。一个宽敞的院落里住着特殊的病人，我走过去，和他打招呼。他猛然一惊，"你是谁，你要干什么，是不是要抢我的钱，我有很多钱，我是亿万富翁。"他说着像兔子一般跑掉了，躲进了门里。

"他的病情看起来比十年前好多了？"我问宋院长。

"哪里，一直都这样。晚上的时候，像杀猪一样嚎，如果不是您有特殊吩咐，早就给他上嘴套了。"

我点点头。虽然是我的催眠才让他生活在潜意识的恐惧中，然而这是他咎由自取，我既不内疚，也不怜悯。

当天晚上和万医生通电话，告诉他我要去拜访。他喜出望外。自从那次事件之后，我远走欧洲，他和卢小姐结婚，已经有了一个可爱的宝贝儿子。我们保持着亲密的朋友关系。一个亿万富翁很容易有几个好朋友，特别是如果你真心赞助他们的事业。

"有个特别的人，你一定要见见。"电话那边，万医生显得很神秘。

我知道是谁，却也不道破。万医生和我提了好几次，那个人总在庄园周边出没，衣衫褴褛，面黄肌瘦，他像是在等待什么机会。我很感谢万医生的好意，然而我一直派人跟着他，对他的动静了如指掌。

我见到了万医生和小卢，还有他们六岁的儿子大宝。大宝很可爱，小小年纪已经能明白光速有限，跨进了相对论的门槛。见到他，果然是聪明伶俐的孩子。午餐时分，万医生兴致勃勃地给我讲述关于一种记忆增强新药的最新进展，他确信这种药物会永久性地改变人类历史进程，小卢悄悄地捅了捅我的胳膊，示意我看窗外。窗外，绿草如茵，却有一个黑乎乎的人影在草皮上行走，龌龊不堪，仿佛一只动物。

十多分钟后，我站在他面前。

他认出了我，恨恨地盯着我。

"你应该感谢我，如果不是我，你已经死在精神病院里了。"我说。

他无动于衷，仍旧恨恨地盯着我。

"每个人都得到了他想要的东西，李川书得到了享受，王天佑得到了梦中的财产，万医生得到了自由，你得到了年轻的生命。我只是把你们丢下的捡起来。大家都很满意。"

他仍旧无动于衷。

我拿出一张卡片，递给他，"这里是五百万，你可以在任何一家银行支取。如果你想拿回你失去的一切，这是一个很不错的开始。"

他并没有拒绝卡片。我向他微笑，然后回到了庄园里。回头看去，他已经不见了踪影。

第二天，我正在吃早餐，阿彪把报纸送过来，"老板，有消息。"

我看了看阿彪所指的地方，那是社会八卦版内一条不起眼的消息——流浪汉银行内取五百万遭哄抢，当街被群殴致死。

我点点头，心安理得地喝下了一口咖啡。因果报应，这事怨不得我。

我走到窗边，万医生一家正在草坪上玩耍，其乐融融。王十二，李川书，还是梁翔宇，我不知道自己究竟是哪个，和生活本身相比，这也并不重要，只要你不是把它看得太重要。

"李叔叔！"大宝叫喊着向窗边跑过来。

我笑嘻嘻地应了一声，从窗口跳出去，把他抱起来，高高地举起。

"李叔叔，为什么我总觉得很早就认识您？"当我把大宝放下，他兴致勃勃地问。

"因为大宝乖。"我随口夸赞他。

"但是……"大宝歪着头，"我好像记得您姓梁。"他睁着圆溜溜的大眼睛，天真无邪地看着我。

我心中一凛，不由得向着万医生夫妇那边看去。

人间蒸发

"你好！"我向着新来的室友露出一个傻笑。

"你好！"他也向着我傻笑，那样子就像一个纯粹的疯子。因为我老是不停地给室友讲故事，前前后后已经有五个人忍受不了，发疯自残，被警察搬了出去。我希望这第六个能有比较好的耐性。我走过去在他的床沿坐下，"有时间吧，我们来讲故事吧！"他盯着我，不置可否。于是我自顾自地讲起来。

这个故事要从三个月前说起。

我叫约瑟夫·康斯坦丁诺维奇·贝利亚，今年三十八岁，是一名高级职员。我所在的公司掌握着俄罗斯百分之三十二的石油和天然气，而我恰好又在一个关键岗位上。因此我有很多钱，蓝色的卢布，红色的人民币，绿色的美钞，我都有，而且很多，还有更多的债券、股票。我在莫斯科郊外有一所高级别墅，德高望重的普京家族也住在那个社区。因为和上流社会混在一块儿，我算是一个准名流。我的妻子年轻漂亮，我的车豪华舒适，我吃饭从来不用付账——作为炙手可热的首席代表，那些二道贩子轮流请我吃饭，每天都有，就算这样，也应接不暇。众多的二道三道贩子们为了能和我吃上一顿饭，都急红了眼，恨不得一年不是三百六十五天而是五百六十三天，或者我是一个吃货，见到美味就把一切都抛到脑后，还流水作业。可惜不如他们的愿，我精神正常，身体健康，遵守严格的作息规律。

我们的社会有着无与伦比的便利。社会保障系统关爱着每一个人。姓名、财产、亲属、社会关系、学历、政治面貌、常用邮箱、呼叫号码、信用记录、指纹、DNA、历史……甚至小学六年级是总统奖学生还是问题少年，出生时剖腹产还是顺产，都在那一份被称为"档案"的资料中记录着，它像影子一样跟着你，一直存在，在你死掉，被烧掉，化成灰之后也一直存在。直到那一天，系统重新组织，发现这是一份两百年前的档案，它才会失效，被删除。

照理说，像我这样有身份有地位的人不需要担心这些。只有那些流浪在城市边缘、一无所有也无可事事的人们才需要担心这个东西的存在。这东西的存在是一种威慑，它是社会安全部手中大把的牌，如果你闹事，可以按照需要来整治你。然而我是一介良民，而且是俄罗斯统一党的忠实党员，绝对不至于被整，也就并不关心它。我只知道，我们的社会安全部关爱着每一个人，我们幸福安定的生活全靠它。我是这幸福安定中小小的一部分。

然而，那一天，事情发生了改变。这是一个再偶然不过的偶然，我碰巧经过社会安全部，碰巧看到一个窈窕的女子走进了大门，于是就鬼使神差地跟进了门。大厅里的漂亮前台问我是不是来查档案的。我头脑一热，就说是。

一切就这样发生了。一扇厚重的大门打开后我进入一个宽敞明亮的大厅。我在一台终端前面读到了我的档案。整个大厅里边有五百台终端，然而只有我一个人，其他的机器一半黑着屏幕，另一半已经被拆走，只留下一个个黑洞洞的窟窿。

　　档案的第一页，显示了我的名字：约瑟夫·康斯坦丁诺维奇·贝利亚，然后是公司，住址……我看见了自己美貌的妻子，还有存款明细，我惊讶地注意到，十二家银行的账户都整齐地列在上面。我正好昨天统计了全部存款，这个数字正显示在所有账户的下方，一分不差，我倒吸一口凉气……我最好的朋友列夫的名字也出现了，最后的记录是半个月前我和他在金手指酒吧一道喝了两大瓶伏特加，这个记录不算太正确，因为两天前我和他刚一起去洗过土耳其浴。后边是更多的社会关系，长长的一串，包括了所有我记得不记得的人。最令我印象深刻的是三天前的一项记录。

　　人物：瓦列里娅·马尔林

　　职业：擦鞋人

　　活动：擦皮鞋，支付六百卢布小费

　　我摸了摸后脑勺，那里边有个芯片，存着我的社会安全号码。据说这个东西是一个阳谋，社会安全局根据这个可以探查你脑子里所有的一切。当初施行的时候，被许多人反对，还死过人，然而最后还是对新生婴儿强制执行了。从前我以为这只是一个传言，可当我看见自己的记录，马上意识到传言是真的。难道除了这个办法，还有其他的可能吗？

　　我匆匆忙忙地浏览记录。还好，我们的国家对于性问题仍旧保持着谨慎态度，并不打算把它和社会安全联系在一起。任何跟性有关的东西都没有出现在档案里，除了我是个男人、我老婆是个女人之类。这让我结结实实地松了口气。可能那些无私的方案提出者也认为这个问题实在过于隐私，考虑到自己的子孙也会面对这个，他们微微高抬了贵手——当你欲望勃发的时刻，芯片会自动将这些东西滤去。

　　正当我怀着迫切心情查看自己的档案时，进来了两个穿制服的人。他们发现了我，很惊讶，几句盘问之后把我带到了前台。那个前台也很惊讶，她以为我就是来检查系统的。这显然是一个重大的工作失误。我看见了一些不应该看见的东西。社会安全局从来没有想到过有人敢太岁头上动土，闯到局里来捣乱。他们检查了我正在查看的机器，确认一切资料并没有被改动。我被扣押起来，在一间宽敞却冰冷的会议室里度过了二十四小时。二十四小时后我被告知可以回家。不敢多说一句，我赶紧走出去，几乎小跑着出了大门。直到坐上车，才松了口气。

车在高速公路上飞驰，带着恐慌，我想跑得快点，狠狠地踩油门加速，突然间油门弹起，再也踩不下去了。我靠边停车。交警很快会来，一张罚单不可避免。我狠狠地砸方向盘。居然会发生这样的事，这可是价值六十万欧元的进口比亚迪 X8 啊！我掏出电话，打算给销售员打电话，我琢磨着言辞，想狠狠地臭骂他，然后让他立即出现在我面前，解决问题。然而，号称走遍世界都不怕的卫星手机上，信号格居然是零。我想下车去试试信号，推了推车门，纹丝不动：车门居然没有办法打开。这真的让我出离愤怒了。这些垃圾的制造商，经销商，保险员，他们都应该上法庭，去蹲监狱！愤怒归愤怒，我被困在一辆车里，不能出去，也不能求救，就像一只无法主宰命运的老鼠。毫无办法，只有等着。手机自动关机，连娱乐也无法进行，我只能在无聊中等着，看着一辆又一辆的车飞驰而过。

一个小时过去，两个小时过去，至少有三百辆车从我的车边经过，我收到了无数好奇的目光，警察却还没来。又一个小时过去，警察还没有来，我开始兜骂警察局，拿着纳税人的钱，做着世界上最低效的活。又过了一个小时，我祈求警察快点来，这么明显的违规，怎么还不来抓。最后警察终于来了，我就像看见了亲人，激动地扑到车窗上大喊大叫。

来的的确是警察，然而不是交警。两个粗壮的汉子打开车门，把我从驾驶位上揪出来压在后车厢上。一副冰凉的手铐锁住了我的手腕，然后我听见："你被捕了，你可以保持沉默……"我想抗议，一张刺鼻的胶条突然贴在嘴上，我一个音节都发不出来。

"豺狼，豺狼，我是猎豹，被盗车辆已经找到，我们逮捕了疑犯。车辆完整。请指示。"警察和上级联络。我扭动身体，想告诉他们这是我的车，他们一定是搞错了。警察马上让我明白到底是谁犯了错：一记专业水准的勾拳击中了我的腹部，很重，一股酸味从胃里涌出来，憋在嘴里。封嘴的胶条一定是某种高科技，东西憋在嘴里，撑得腮帮子鼓胀，却一点也没有渗漏。最后我只有咽回去，同时再也不敢挣扎。

在看守所我终于搞明白到底发生了什么：我的车辆送出了报警信号并自动锁死。我想起买车的时候，那个中国销售员自豪地告诉我，车辆配有世界上最先进的防盗系统，方向盘会侦测驾驶者手纹，发现手纹不对就会自动锁死，把窃贼关在里边，同时报警。我想这些该杀的汽车制造商肯定没有考虑过误锁的可能，结果就把我送到了这个两平方米见方、一片漆黑、四面都是发泡塑料、坐下都很困难、找死都没可能的地方。

这个与世隔绝的地方绝对安静，安静到心脏仿佛敲鼓般在跳。我感到恐惧，大声叫喊，没人理睬。他们把我晾在那里，整整两天。

过了两天，终于有人提审我。一个看起来胖胖、挺和善的小伙子坐在我的对面，用一盏很亮的灯晃我的眼睛。

"说吧，约瑟夫·康斯坦丁诺维奇·贝利亚在哪里？"

"约瑟夫·康斯坦丁诺维奇·贝利亚？我就是。"

"别拿我当傻子。你抢了车子，车主失踪了，如果你没有杀人，最好老老实实说。不然，杀人的罪名你就逃不掉。车主失踪了，而你就坐在他的车子里。就算找不到尸体，也可以给你定罪。"

我激动地站起来，"我就是约瑟夫·贝利亚。我不知道你们怎么回事，我开着自己的车子，结果却发生了事故。你们却跑来把我抓起来，关了两天。然后指责我杀人！难道这就是文明执法？"

那胖子不紧不慢，"坐下，别吵。"

这居高临下的声音让我想到那个两平方米见方的小黑屋，让我马上冷静下来。我坐下，"你们要我说什么我都照实说，但是我就是约瑟夫·贝利亚，要怎么样你们才能相信呢？难道你们不能找个人来认一认吗？我的驾照，还有社会安全号，你们可以查！"

胖子冷笑，把一个东西丢在我面前。我捡起来，看了看，那是某个人的驾照，我并不认识。我怀疑地看着胖子，他用一种怜悯的眼神看着我，"这就是约瑟夫·贝利亚的驾照，不认识吗？"

我再次察看卡片，那的确是我的社会安全号，然而那照片……那照片居然是一个女人！而且性别上也明明白白地写着女。

我觉得荒唐透顶，"约瑟夫·贝利亚怎么可能是一个女人的名字？"

"如果是一条狗的名字我也不会惊讶。"胖子冷冷地说，他敲了敲桌子，"你觉得我连男女都分不清吗？还是说你在短短三天时间里完成了变性手术却没有让任何人知道？"

这突如其来的打击让我有些发蒙。胖子得意地看着我，"说吧，约瑟夫在哪里？"

我把事情从头到尾说了一遍，那天我就是走进了社会安全局，结果不小心看到了自己的档案，然后被关了二十四小时，出来之后，开车上高架，然后就是警察。胖子仔细地听着，我的陈述引起了他的兴趣。

"你去了社会安全局，还看到了自己的档案？"

"是的。就是这样。"

"别骗我，社会安全局是一级保密单位，你居然能随随便便进去。"

"就是那样进去了，也没人管我。"

胖子好像思考了一下，然后我再次被关进了小黑屋。

再次提审，还是那个胖子，"那么，你有什么证据可以证明你就是约瑟夫？"

我从来没有想到居然有人会问我这个问题。我是约瑟夫·贝利亚，难道还有假？但是这个问题却把我问住了。显然驾照已经不能作为证明，我的行车电脑也认为我并不是主人，我想了想，说："你们可以核对指纹。"显然警察并不是非常弱智，胖子说："我们核对过档案，约瑟夫的指纹和你完全不同。"

突然我有了主意，"我可以带你们去我家，让我妻子来辨认。她是我妻子，肯定能认出我。"

"嗯，人证有法律依据，可以帮你。不过，你不是想逃跑吧？"

我以头抢地，赌咒发誓，绝对配合警察同志的调查，不会逃跑。于是我获得了在两个壮汉的押送下回家的权利。他们警告我，如果发现有一点不老实就会对我采取行动。什么行动他们没说，我也没胆子问。想起马上就要见到亲爱的老婆，我不禁激动万分。五天的时间过去了，我就像人间蒸发一样，她一定焦急万分。

索菲亚就站在门口，两个警察就像两个铁墩似的一左一右把我夹在中间。"索涅奇卡！"我激动地叫着。她看着我，看得出来也很激动，"你死到哪里去了？五天连个消息都没有。"说完她疑惑地看着警察，"出了什么事？"

警察面无表情，"夫人，这个犯罪嫌疑人在您丈夫的车里被擒获。目前他面临盗窃杀人罪的指控。然而他坚持说您能出面证明他就是约瑟夫·贝利亚。为了尊重公民的合法权利，我们奉命把他带来请您辨认。请注意：您的每一句话都可能成为呈堂证供。"警察说完当着索菲亚的面按下了录音键。

"他难道不是我丈夫吗？"索菲亚疑惑地看着我们三个。刹那间我感到大事不妙。

"夫人，根据档案记录，您的丈夫是一位女性，58年生，职业为自由撰稿人。事件发生当晚她应该在车里，然而她失踪了。这个男人开着她的车。"

我的老婆张大了嘴，目瞪口呆。我再也忍受不了这荒谬绝伦的事，冲着左边的警察大声吼起来，"难道你们不能问问我的妻子，和她结婚的是一个男人还是女人？"

警察动作麻利地用胶带封住我的嘴，"很遗憾，先生，你不能对证人做任何误导。只能说事实。"说完他转向索菲亚，"女士，虽然我本人并不赞成同性恋，但是作为一个法律工作者，我需要提醒您，法律并不禁止同性结婚，但法律禁止伪证。"

三个男人用直直的眼光看着门里的女人。她不知所措地看着我，又看看警察。最后她低着头，"我不知道怎么回事，但是档案总不会错的。"

"这么说您认为这个人并不是约瑟夫·贝利亚？"

"我不知道，可能他从前是，现在不是了。"

"您的回答让我感到疑惑。那么，他究竟是不是和您结婚的那个人？"

索菲亚再次看着我。我焦急地看着她，希望她能够证明我的清白。显然这是一个过高的人品要求，或者说我一直低估了她的智商，面对大是大非的问题，她毫不含糊，"我和约瑟夫·贝利亚结了婚，你可以去查档案。"

"我明白了。那么根据档案，这个人并不是约瑟夫·贝利亚，所以您认为他并不是您的丈夫，是吗？"

索菲亚显然已经想通了这个复杂的逻辑，她说："是的。"

我使劲地挣扎，试图把胶带扯下来。我要对着这个曾经和我同床共枕十三年的人大声叫喊，然而警察把我塞进了车里。

回到警局，我几乎疯了。世界出了某种异常，某个女人代替了档案中的约瑟夫·贝利亚。在所有人的眼中，她就是约瑟夫，而我则是一个患有妄想症的骗子，甚至可能是杀人凶手。所有人都有档案，我却没有，没有档案意味着我成了一个不知道是谁的家伙，连空气都不是。我用头在发泡塑料上撞来撞去，痛不欲生。然而冷静下来之后，我还是原谅了索菲亚，毕竟，我上回刚跟她提过，任何东西都有可能是假的，面孔可以改造，性别可以重塑，金钱可以盗窃，思想可以灌输，档案却绝对假不了。我们的这个时代，到处都是档案，每天都在产生档案，就像实时监控录像，绝对假不了。她不相信档案难道相信一个夹在两个警察中间的人？虽然这个人看起来就是和她同床共枕了十三载的丈夫。

看到我冷静了下来，胖子又一次提审了我。

"怎么样，想起来自己是谁没？"他毫不怜悯地讥讽我。

我垂头丧气。

"再给你一次机会。还有什么人可以证明你的身份？"

"我有很多生意伙伴。他们轮流请我吃饭，他们肯定可以证明我就是约瑟夫·贝利亚。"我的心里重新燃烧着火焰。

于是，我再次被两个警察夹着前去一个高级酒店，根据约瑟夫·贝利亚的日程安排，这一天他应该和梅维德夫先生一道用晚餐。梅维德夫是一家进出口公司的代理商，警察查阅了我的档案，确定这就是半年前定下的日程，不存在欺骗的可能性。他们同意带我前往。我万分感谢他们再次给我机会，然而到了酒店，我马上就明白了，他们并非是想给我机会，而是想给他们自己一个机会。这家酒店有很多漂亮的姑娘，她们用少得可怜的布片遮挡着关键部位，在餐桌和男人们的目光中穿梭。两个警察的目光在她们身上打转，仿佛饥渴的警犬。最后，我不得不提醒他们，我们已经到了约定的包间。

两个警察身着便衣，伪装成保镖。他们如梦初醒，开始履行职责，拥着我进了包间。

酒楼叫作人间天堂，奢华的摆设，漂亮的小姐，还有高层次的价钱，这些东西都很有特色，唯一没有特色的是菜肴。梅维德夫先生已经点了一桌毫无特色的丰盛晚宴恭候着我。我走进包厢，眼前是一个似曾相识的家伙。我热情地伸出双手，想要拥抱他，"波列西，我亲爱的兄弟！"

两个警察偷偷把身份查询终端对准了梅维德夫，嘀嘀两声之后，人脸识别从档案库返回确认，那是货真价实的波列西·梅维德夫。警察一个站在门边，另一个站在窗口，这样我和梅维德夫都没法逃跑。一旦梅维德夫确认我就是约瑟夫·贝利亚，他们就会把他带回局里进行全面的身份核实。仅仅通过人脸识别是一件非常不严肃的事情。

梅维德夫却没有和我拥抱，他满脸狐疑地看着我，"约瑟夫·贝利亚？"

我心里咯噔一下，往常梅维德夫会迫不及待地接受我的拥抱，然后重重拍打我的背，连续说出三个好朋友的名字，然后邀请我入座。我强迫自己镇静，发出两声爽朗的大笑，"是啊，我就是约瑟夫·康斯坦丁诺维奇·贝利亚。怎么，半年不见，就不认识老朋友了？"

梅维德夫仍旧狐疑地看着我，最后他犹豫着从口袋里掏出一样东西。那是一个人脸识别器。他拿那玩意儿凑近我的脸。我心里再次咯噔一下，这可不是什么好兆头。突然间，他扑通一声跪在地上。

"请高抬贵手放小弟一条生路。要什么值钱的东西，都给你。钱，尽管动手拿。"他一边说一边从手腕上脱下劳力士，从钱包里拿出信用卡，还有口袋里的一根名贵的烟斗、一只漂亮的打火机、两块丝绸手绢，使劲往我手里塞，拦都拦不住。

我恍然大悟。他把我当成了黑社会。一个系统不能辨认的人，还有两个五大三粗、穿黑西装、戴着墨镜、一进门就卡死逃生通道的魁梧汉子。让人不想到黑社会也很困难。

我长叹一声，抱着最后的希望，我问："波列西，半年前我们见过面的，我就是约瑟夫·贝利亚。你能想起来吗？"

梅维德夫跪在地板上，整个人都在哆嗦，然而他是个诚实的人，"我每天都请人吃饭，实在记不住那么多人。半年前的确和约瑟夫·贝利亚先生一起吃过饭。他是不是约瑟夫·贝利亚先生，这个人脸识别器帮我认定就行了，没记得他长什么样儿。"

我差点晕过去。警察兄弟把我扶上车。在车上，我强打精神，"这个老板是个弱智，连人都不会认，只会用人脸识别器。"话一出口我马上后悔了，两个警察也用了人脸识别器来鉴定对方。我小心地察言观色，他们好像还没有体味到我的话对他们的智力也提出了质疑，因此并没有反应。我赶紧加上一句，"能不能明天我们再来一次，明天的那个老板肯定能认出我。再试一次就好！"这一回他们有了反应，"行了，别试了。天天陪你上这种地方，小姐个个这么风骚，还只能看不能碰。这不是逼得老子天天想入非非，谁受得了！你就回局里等候发落吧！"两个警察哈哈大笑起来，我躺倒在后座上，只想昏过去。

警察们不再给我任何通融的机会。我从小黑屋挪到了一间囚房，这个囚房有个吓人的名字：死刑公诉待囚室。我每天大喊大叫，拍打门窗，然而无济于事。终于过了两天，胖子警察又把我提了出去。

我看到了一张死亡通知单，这是给我老婆的。约瑟夫·贝利亚失踪了十五天，档案系统没有接收到任何更新，于是她被系统认定为死亡，所有的财产和债务转移到她妻子名下。我可以想象老婆发现那笔巨额财产该有多么惊喜。她不知道我已经是一个亿万富翁了，还以为车子和房子就是我的所有财产。我不禁暗暗后悔：为什么平时没有努力一点，留下一个儿子女儿之类的，这样我也不可能变成女人，巨额财产也可以留给自己的血脉，而不用若干年后被不知道哪来的男人和他的野种瓜分。这样的事情应该让我这样一个血性男人很愤慨，然而我却很平静。可能，所有的精力都已经被耗尽了，而这就是命运。我平静地问："我会被判死刑吗？"

胖子站起来，拉开门，"你被释放了。现在就可以走。"

我简直不敢相信自己的耳朵。他们把我关进了死刑公诉待囚室，此刻却要简简单单地把我放出去。

"走吧！别看了。"胖子说。

"能够告诉我为什么吗？"我小心翼翼地提问，生怕打破这来之不易的自由。

"你没有档案，没法对你提出公诉。当然，小心点，别以为这是好事，你在外边被人打死了只能当成狗尸处理。自己小心吧！"

我就这样来到了大街上。走了一个上午，享受了自由的身份后，我突然发现，自己的确就是城市里游荡的一条狗。自动贩售机可望而不可即，我身上没有一分钱；原来的信用卡已经作废，而且，它们属于那个叫约瑟夫·贝利亚的女人，和我无关；救济乞丐的机构不能对我进行施舍，因为他们不能确认我的乞丐身份；我一踏上免费的城市公交就会触发警报，所有人就会同时发出威胁性的喊叫，把我赶下车。我想回家，虽然索菲亚已经收到了死亡通知书，然而我活生生地站在她眼前，她总不至于置之不理。然而，警察已经警告我，虽然我没有档案，警察局却在我的肚子里安装了另一个芯片，就像非洲大草原上那些动物保护者给猎豹安上的示踪器,当然这个芯片的目的不是保护我,一旦我进入我的房子周围五百米,警察就会马上得到通知,然后赶来将我驱逐。这是他们在不得不释放我的情况下,为了保证约瑟夫的遗孀不会受到骚扰而采取的措施。我游荡了一天,在中心广场的喷水池里喝水,从垃圾桶里捡来两截烂香蕉充饥。

傍晚的时候,我坐在自由大厦的高处,脚下是两百六十五米的高度。自由大厦得名的原因是所有人都可以自由出入,所以我才能坐在这里而没有被保安当作乞丐驱赶。我坐着,想着事情的前因后果,觉得这个世界了无生趣。

警察们放我出来,并不是为了给我自由,而是一个处理问题的简单方法。如果提出公诉,他们要给我建立档案,要找出我的姓名、财产、亲属、社会关系、学历、政治面貌、常用邮箱、呼叫号码、信用记录、指纹、DNA、历史……甚至小学六年级是总统奖学生还是问题少年,出生时剖腹产还是顺产。这意味着要和社会安全局打很多交道。显然他们没有这个能力和耐心。把我放出来自生自灭,最坏的情况,他们仅仅需要处理一具无名尸体,这就简单得多。我很想跳下去遂了他们的愿。然而,两百六十五米的高度很吓人,我坐了一会儿,爬了下来。

我去找列夫·涅杰林。他是我从小玩到大的朋友,不至于像其他人一样六亲不认。我徒步穿越整个城市,走了整整两天,终于来到了列夫的房子前。我已经快要倒毙在地,走进他的院子,我听到他在问:"谁啊?"我晕倒在台阶上。

醒过来,我躺在一张大床上。列夫走过来,看着我,"怎么会这样子?"

"我怎么知道!我被人整了,似乎档案出了问题。我被人冒名顶替。"我把这些天的遭遇告诉他。列夫沉默着。

"列夫，你可别不认我。我就是约瑟夫，你当然能认识我。"我赶紧说。

"你老婆也认识你！"他抛给我一句。

我恐慌，就像溺水的人竭力去抓救命稻草，"我们从小一起长大的，你当年掉下树，还是我把你背到医院的。"

列夫打断我，"别多说了。"他停顿一下，"我给你爸妈打过电话，他们说自己已经搞不清楚到底生了儿子还是女儿，反正五年没见过面，就当没生过。还好一切都结束了，他们的档案一切正常，仍旧可以拿退休金，悠闲生活。"

我无话可说。

列夫站起来，"先吃个饭，好好休息一下。你是不是约瑟夫·贝利亚，我们从长计议。"

列夫不能收留我，因为收留需要入档，而我是一个没有档案的人，他也不能把我当成狗养着。他给了我一些钱，然后把我带到一个律师事务所。他在网络上搜索了很久，知道这个律师专门为这些无档者打官司。然后他走了，说自己再也无能为力。

我热泪盈眶地和他拥抱告别，走进了律师事务所。夫妻本是同林鸟，大难临头各自飞。至于朋友，你更不能指望他们在你落难的时候两肋插刀，那个时候他们的希望正是你再向自己的两肋插几刀，多流几滴血，说不定就能落在他们的碗里。所以说，列夫已经是很好的朋友，他给了我吃的，帮我请了律师。虽然他不敢承认我就是约瑟夫·贝利亚，心底里还是承认的。就凭这个，我知道自己没有看走眼。

律师坐在气派的办公桌后边，双眉紧锁，"你的案子有些麻烦，一般来说，无档者都是些无产者。他们需要建档，需要社会承认。你本来有档案，却被搞丢了，这实在很麻烦。"

我非常恳切，非常焦虑地说："律师，只要能够恢复我的身份。我可以给你三分之一的财产，价值七千万欧元。"

律师用嘲笑的眼光看着我，"的确是很多钱，但是那不是你的，是约瑟夫·贝利亚的。"

我把心一横，"如果能证明我就是约瑟夫·贝利亚，就算把所有的钱都给你，我也在所不惜。"

律师笑了笑，不置可否。

虽然律师对于打赢我的官司没有任何信心，他仍旧答应我试一试，毕竟，成为一个亿万富翁的诱惑是巨大的。就算输了，对他也没有什么损失。于是我经常性地出入法庭，和各色人等一遍又一遍地讲述我的遭遇。法院的等级也逐渐升高，最后到了最高法院。

最后庭审的时刻到来，我坐在控诉席上，听取命运的最后裁决。

证明材料装满了六个大型文件袋，社会安全局的人用三个小时的时间朗读材料，证明约瑟夫·贝利亚确有其人，女性，有完整的档案记录，于今年四月份失踪，已经宣布死亡。

显然，形势对我很糟糕，我面对的是完整的证据链条，最致命的是，没有一个证人能够证明我就是约瑟夫。所有的人都不想和档案对着干，我的存在只是一种多余。律师告诉我，已经有人私下告诉他，那是一次系统错误，在我看到了自己的档案之后，他们认为有必要加强安全，于是决定反馈操作，让我头脑中的那块芯片进行一次清理，剔除我的部分记忆。这种操作并不常见，只用于罪大恶极的人物或者退休的重要部门领导人身上，我看了自己的档案，虽然并不是故意的，然而罪大恶极论的是结果而不是动机。操作出现了某种故障，我的记忆安然无恙，社会安全局的档案却出现了问题。系统问题是可以弥补的，社会安全局修复了漏洞，于是我的记忆成了体制之外的东西。效果上是一样的，档案系统运行正常，作为异常因素，我被排除在外，自生自灭。显然，我已经不能知道我是谁，因为一旦明白了我是谁，一个凭空而来的人物就会让完美的档案系统出现缺口。这是决然不能发生的事。

律师认为我们就像两只蚍蜉，企图撼动整个体系的根基。也许我们只有最后一点机会。

我的律师站起身，声音坚定，"法官同志，鉴于我的当事人情况非常严重，所有证据都证明他不是约瑟夫·贝利亚，然而，为了法律的尊严和对人权的尊重，为了避免任何误判导致一个无辜者成为牺牲品，我恳请进行DNA鉴定。"

法庭上一阵议论纷纷。这个重磅炸弹不同凡响，联邦遗传鉴定法一百零六条规定：DNA鉴定作为最直接、最有效、最具科学性的身份鉴定办法，只有在其他证据都不成立的条件下才可以进行，DNA采样是每一个婴儿都必须进行的神圣义务，而DNA库，是联邦最高保密单位。一旦进行DNA鉴定程序，所有的其他途径都被封上。审判长翻出厚厚的法律宝典，让我看仔细。然后非常大度地给了我公民权，允许我进行选择。

DNA鉴定也许是唯一的搞清楚我是谁的办法。我迫不及待地同意了。我被绑在椅子上，两个全身套在白色中的人抓住我的手，抽去了600CC的血液，据说是为了反复验证，让结果无懈可击。最后，结果出来了，约瑟夫·贝利亚的DNA样本和我完全不符，只有百分之六十四的吻合度，而只有百分之九十九点九九九九的吻合度才能够达标。法庭当众宣布结果，认定我不是那个系统中的人，从生下来开始就不是。这个判决当即生效，而且是最终判决，因为这里是最高法院。

"不对！"我大声叫起来，这是我最后的机会，我不得不冒着藐视法庭的危险咆哮，"如果我不是约瑟夫·贝利亚，那么系统里的那个人是谁? 人类 DNA 有百分之九十九相同, 任何两个人至少也可以百分之九十九吻合, 我怎么可能只有百分之六十四的吻合度? 我怀疑那个记录究竟是不是人!" 根据我浅薄的知识, 人类和臭虫或者蟑螂之间, 也有某种基因相似度, 我模模糊糊地记得这个程度高于百分之五十, 而猩猩和人类之间, 百分之九十以上吻合。如果我和系统里的那个纪录只有百分之六十四吻合, 意味着我们当中某一个肯定不是人。

审判长居高临下地看着我, 眯着眼睛, 似乎在思考我提出的质疑, 最后他说:"案子结束了。DNA 是科学家的事, 本院只按照法律程序进行审理判决。" 我仍旧站在控诉席上, 这里距离审判长最近, 我听见他小声地嘀咕,"谁在乎他是什么!"

退庭了。我歇斯底里地发作了一通, 倒在法庭长廊的椅子上, 感觉呼吸不畅, 好像要死掉似的。满头银发的审判长经过, 同情地看了我一眼,"小伙子, 如果不想被饿死就发疯吧! 那里边虽然不是很友好, 但管吃管住就是不管你是谁。"

故事讲完了, 我看了一眼室友, 考虑是不是要开始讲第二遍。他正望着我, 泪流满面,"兄弟, 你的故事怎么和我一模一样!" 他给了我一个熊抱, 然后我们两个抱头痛哭, 活像两个十足的疯子。

乌有之乡

这三天来，胡志强天天做梦。

他梦见一幅山水画，月光，高山，虬枝，风动枝摇。万籁俱寂，月色如水，人沉醉其中，恨不得时间就此停下，人世间永远凝固在这一刻。他总是会在这个时刻醒来。现实中他躺在床上，睁眼就是天花板，耳边传来低低的嘈杂声，那是各种声音在都市上空混合之后穿透双层隔音玻璃所特有的声响。一层辉光照在床上，不是月光，是对面的玻璃幕墙所反射的 LED 街灯——他忘了拉上窗帘。

这是一个很美的梦。胡志强甚至想，如果一直在梦中，不曾醒来，那该多好。他躺在床上回味。

为什么会反复做这样的梦？胡志强辗转反侧，试图分析可能的原因。这是一幅画，然而胡志强是一个脑科专家兼心理专家，这个职业很少和美术发生联系，最近的一次是六个月前的一次美术展，然而那是一次后现代抽象派展览，除了几张略微有些人形的素描，其他作品除了颜色块还是颜色块，他什么都没看懂。这是一幅水墨画，充满古典的中国风，然而胡志强非常肯定自己是个西派人物，对国学之类不感兴趣。至于漫无目的的想入非非，诊所的生意忙得让人透不过气，清醒的时候，他从来没有想到过一星半点。

让人费解，匪夷所思。一个人的梦总是和潜意识相关，虽然胡志强不是非常赞同弗洛伊德，但对这个论断百分百赞同。他本人是这方面的行家，半真半假地给客户解释他们的梦，绝大部分情况下都能让他们欢天喜地地离去。换作他自己，这一套就不行了。通常而言，他并不在意自己做了什么梦，即便偶尔被噩梦惊醒，也只是擦擦汗，翻身继续睡。然而这一次不同，这个梦境太清晰，就像刚发生在眼前。更重要的是，这个梦居然连续三天重复而且如此优美。这简直能要人命！

胡志强在床上静躺了半天，没有丝毫头绪，索性起床，走到窗前，推开窗户。喧嚣声伴随着热浪迎面扑来，胡志强闻到了一股强烈的都市气息。

他的十八平方米蜗居在八楼，是噪音最大的楼层之一，而距离窗户不远处，正好是一条高架路，绵延不断的车流形成了移动的光带，从远处看，这是绝妙的风景，然而对于这幢号称"都市空中花园"的巨楼，却是绝对的败笔。胡志强感到心烦意乱，于是点上一支烟，狠狠抽了两口。

窗台上的两盆仙人掌长势旺盛，在灯光的映衬下，一根根硬刺显得甚是扎人。胡志强把注意力集中在这两株仙人掌上。这种沙漠植物适应了沙漠的极端气候，糟糕的都市环境对它们来说简直像是天堂。

应该多养几株，胡志强想，好养活。

梦境的印痕逐渐地消散。胡志强的心情慢慢恢复平静。

好吧，不用多想了，一个梦而已。明天还要上班。

"我的梦总是很准。"

胡志强礼貌地点头，"比如说……？"

"有一次我做梦，看见一个邻居从门里走出来，在门口绊了一跤，磕在台阶上，碰掉了两颗门牙。"来客停顿了一下，看着胡志强，"第二天，我亲眼看见他磕在台阶上，就和我梦里一模一样。"

胡志强淡淡一笑，"可能是你记错了。这种事经常发生，这可以被称为记忆错乱。你看到了一些事，时间久了这些事就发生混淆。这是错觉。"

"这不可能是错觉！"来客激动地挥舞手臂，否定医生的说法，"这不是一次两次，我经常遇到这种事。梦里的事在现实中兑现了。"

"你认为我能帮你什么？"

"我……这是一种毛病吗？我想你是不是能帮我治好。"

胡志强再次微笑。是的，他是一个精神病专家，然而医生的能力是有限的。眼前的这个人，逻辑清楚，思维敏捷。至于他为什么能梦见明天的事，这八成只是臆想，还不构成精神病。

"这样吧，"胡志强微笑着说，"我给你开一些安神补脑的药，你可以回去吃了试试看。我们先看看疗效。"

来客看医生这样就想把自己打发走，有些着急，"别，大夫，你一定要帮我看看。你是最有名的脑科大夫，要是您也没办法，我就完了。"

胡志强笑着摇摇头，拿起笔准备开药。

来客一拍脑袋，"我想起来了，怎么看您这么眼熟！我前两天做了个梦。梦见有人被窗台上掉下来的花盆砸死了。死掉的人我不认识，但是我看到了花盆是被人推下去的，那个人就是你。"

胡志强愕然，"你说我？"

"是的，就是你。你看样子被吓着了，眼睛瞪得很大，很害怕地看着地上的尸体。"

胡志强皱皱眉。这个人冒冒失失闯进来，说慕名而来，却说出这么奇奇怪怪的话。

"然后呢？"他耐着性子说。

"后来我就醒了。"来客突然意识到自己可能得罪了医生，赶紧说，"这只是一个梦，当不得真。一定是我梦里看走眼了。您还是先给我做个 CT 检查之类的，看看我脑子里是不是多了什么东西。"

"好吧。"胡志强收起笔，把方子撕下来，揉成一团，丢进纸篓。

"大夫，您这是……"来客尴尬地看着胡志强。

胡志强正襟危坐，"我真的没办法。你还是另请高明吧。"他按下铃，让秘书把来客领出去。

"别，您听我说……"来客躲着秘书，试图继续和胡志强说话，"我可不是开玩笑，我已经找了很多医生，他们都没办法，我是慕名而来的，很多医生都给我推荐你。别不相信，前两天，我梦见你站在台上拿奖，就是昨天电视台放的那个，我真的是先梦见的。你可千万要当心，你的那个事，我梦见了！"

秘书连劝带推，把他推出门外。

"大夫，你一定要当心，花盆……"门外有隐约的喊声。

胡志强摇摇头，他的眼光落在桌上，左手边放着名片，那是来客递上来的。

"新新时代报 记者 任强"

胡志强随手拿起来，想丢进纸篓。然而犹豫了一下，又放下，随手塞进了抽屉。

是人都会做梦，把梦当真就不好了。

胡志强走到阳台上，点了一支烟。他怎么会对客户这么失礼，这是从来没有的事。客户就是上帝，哪怕是个弱智，也是上帝。

胡志强把烟掐灭。不许再犯！

胡志强又在做梦。

他梦见一个微笑。天空有三只老鹰,两只并排,另一只在它们下方,它们正在黄昏中飞行。浑圆的红彤彤的夕阳挂在地平线上方,天地相接处一片亮丽的赤色。三只老鹰向着夕阳飞翔,它们的身影被柔和的红色光线勾勒出来,形成三个黑色的剪影。上方的两只鹰向下挥动翅膀,而下方的鹰正向上挥动翅膀,情景就此定格——三只鹰,红色脸盘的太阳,在黄昏的天空中勾勒出一张笑意盎然的脸。这幅画面静止了好一会儿,逐渐地,一张真正的人脸从红色夕阳中浮现出来。那是一张老人的脸,他微笑着,正看着胡志强,似乎意味深长。

一种恐惧感紧紧地攫住了胡志强,他只觉得这张笑脸中蕴含着无穷的危险,不由打了一个激灵。

他发现自己正躺在床上,望着天花板。

难道真的是中邪了?这一次不是关于那幅从来没有见过的水墨画,但是也足够奇怪。老天爷画出来的笑脸,一个老人的笑脸。这都是什么乱七八糟的东西。

胡志强翻身起床,他发现自己又没有拉窗帘。走到窗边,他突然有种奇怪的感觉,似乎自己曾经就这么做过。记忆错乱!他想起自己白天对客户所说的,这种事也同样会发生在自己身上。他改变了主意,没有去拉窗帘,而是打开了窗户。他想透透气。

仙人掌就在眼前。胡志强伸手去碰触,尖而硬的刺扎在手心里,带来一阵微微的刺痛。这种刺激让他的感觉稍微好点儿,至少让他感到清醒了许多。突然间,他感到手中一空。胡志强心中一悸,探出身子,向下张望。仙人掌带着花盆,正直直地向下砸去,而楼下的人行道上,正走着一个人。

"哎……"胡志强试图警告，他的声音还没有完全发出来，就听到一声惨叫。

花盆正正地砸中了那个人，他仿佛被抽掉骨头般软了下去。胡志强看见红的白的液体溅得满地都是。

天哪！胡志强感到一阵害怕，他缩回头，心脏扑扑狂跳。这不是真的，这不是真的！他使劲告诉自己。稍微冷静之后，他再次探出头去。夜晚的街道上灯火通明，一个白色的人影正躺在那里，几个人站在远处，指指点点，胡志强发现有人正向上张望，他赶紧缩回头，关上窗，拉上帘子。突然间，他听见了隐约的警笛声。

他呆坐在床上，脑子里一片空白。他等着警察登门，给他戴上手铐，然后带他去幽闭的小黑屋里进行折磨，稍有不满意，就会受到打骂，电视剧里有很多类似的情形。这还是其次，现在他成了一个杀人凶手，他是一个社会名流，小有身份，颇受尊敬，但很快，他就会变成一个人人唾弃的杀人犯，无地自容。这也是其次，最重要的是，那个人死了，而他要承担直接责任，想到一个人的生命就在自己的手中终结，他就感到不寒而栗。医生的职责是治病救人，他却杀了一个人。

纷繁复杂的思绪让他呆坐在床上，一动不动，仿佛灵魂出窍。外边的喧闹声慢慢沉寂下去，而警察一直没有来……

胡志强猛然翻身坐起，天已经大亮，光线透过窗帘照进来。胡志强意识到自己竟然睡过去了。他匆忙起身，胡乱洗漱之后出了门。也许是因为这个小区特别有名，住了很多上流人士，警察不方便晚上进行调查。但出了人命，警察终究会来的。他愿意认罪伏法，但是在警察来带走他之前，他要找到那个奇怪的访客，访客所说的一切都是真的，既然梦成了现实，他想知道接下来会发生什么，是不是除了蹲监狱还有别的选择。

走出小区大门，胡志强发现几个警察正在巡逻，一条警戒线拉在路边，一辆外地车牌的车被拦下靠边，一个警察正在盘问。巡警看了他一眼。胡志强赶紧低头匆忙走过。

走过警戒线他连看一眼事发现场的勇气也没有，加快脚步几乎是跑着过去。

他跑步冲向自己的诊所，抽屉里放着那个奇怪访客的名片。

名片上没有电话，只有一个地址。三宝大街 999 号。

这是一个很冷僻的巷子。很难想象这被称为一条大街的，来回就一条车道。巷子里已经有一辆车，胡志强只好把车停在路边，走路进去。

999 号在巷子尽头，是一个老房子。很久以前的洋楼，已经破败，窗玻璃上积满灰尘，墙角边长满苔藓，门前的石板开裂，几株野草从缝隙中长出。这里很少人来。然而任强却住在这里，至少名片上是如此。

他发现门铃是光亮的，说明它经常被人使用。胡志强急切地按下门铃。

任强出现在他面前。他看着医生，眼光冰冷，全然不像昨天去诊所那个土头土脑的家伙。胡志强原本想好一见到他，就用力揪住他，大声质问，然而看到他的眼神，竟然有些害怕。

"跟我来。"他简单地说。这话仿佛有魔力，打乱了胡志强的一切计划，他乖乖地跟着任强走进去。

客厅狭小而且光照不足，当胡志强适应了黑暗，看清了正对大门的墙壁上挂的东西，他不由自主地叫了一声，"天哪！"

墙上挂了一幅画。山水画，是一幅杰作。月光如水，高山仰止，苍松枝虬叶劲，一根根松针尖利得仿佛要扎破纸面。

这三天来，他每天晚上做梦，梦里就是这幅画。栩栩如生。

任强转过身，点点头，"你见过这画？"

胡志强点点头，额头上冒出冷汗。一个人的梦真的能变成现实？他是一个有名的脑科大夫，精神病学家，从来不相信这种怪力乱神的东西。此刻，不由他不信。他只觉得脊背嗖嗖发冷。

"来了？"突然里屋传出一个虚弱而嘶哑的声音。

"来了。"任强对着门，毕恭毕敬地说。

"让他进来。"

这声音仿佛是从坟冢的缝隙中传来，没有一丝生气。胡志强拼命控制自己，没有夺路而逃。他是来寻找真相的，决不能这么没有志气。

任强示意胡志强跟着他。里间的小门打开，他们先后走了进去。

进去之前，胡志强一直盯着画。画上有个人物，正在月光下舞剑，这是他的梦里没有的。进门的一瞬间，胡志强仿佛看见画上的人转动眼睛，也正盯着自己。

他的胆魄在这一瞬间烟消云散，他打算马上逃离这个鬼地方。然而一双有力的手拉住他，把他拉进了门。

门倏然关上。

胡志强惊魂未定，腿脚发软，一屁股坐在地上。

屋子不大，只有十几个平方，很黑，左侧的墙边隐隐约约地排列着许多大玻璃罐。屋子尽头有一个躺椅，上边坐着一个人，看上去是一个老头。右边还有一扇门，紧闭着。

"对客人要有礼貌！"老人训斥任强。

"是。"任强很恭敬地回答。

"医生，站起来吧！"老人平静地说。

　　胡志强整理衣服，站起身，他强迫自己强硬起来，"我不知道到底发生了什么，但是你们必须给我一个解释，你说做梦看见的，我不信。给我解释，否则我就去报警……"他的声音突然间变得很轻，他看清了那些靠墙的架子上瓶瓶罐罐里装的是什么，在医学院的日子里，他每天都和这种东西打交道，然而突然在这里看见，却让他不由自主感到害怕——那是人脑，一个个人脑，泡在类似福尔马林的溶液里边。一束电线从墙后边穿出来，伸进瓶子里，散开，仿佛一只八爪鱼，伸出触手，把脑子紧紧包裹在内。

　　密密麻麻的人脑，至少有三十个。

　　胡志强咽下一口唾沫。虽然他见惯了各式各样的人脑标本，然而他第一次看见有人把脑子摆成这种阵势。

　　"的确是梦。但不是任强的梦。"老人说。

　　"那是谁的梦？"胡志强勉强说，他只想快步离开这里，残存的一丝理智让他仍旧站着。

　　"你的梦。"老人说。

　　"我的梦？"胡志强疑惑地反问。

　　"你梦见了前厅的画，是不是？"

　　"是的。"胡志强有些惊疑不定，他从来没有和任何人说过这个。

　　"我梦见了你。"

　　"我不明白……"

　　"你走进了我的梦，孩子。你走进了我的梦。"老人喃喃地说。

　　"您能否……解释得清楚一些。"

　　灯突然间毫无预兆地亮了。整个屋子里异常明亮。老人坐在椅子上，全身黑衣。他直直地看着胡志强。那张躺椅胡志强很熟悉，是安伦公司的产品，最先进的医用手术椅。胡志强的眼光落在老人的头部，他戴着一个小小的头罩，电缆连接着头罩和椅子。

老人咧开嘴，冲着胡志强一笑。胡志强只觉得耳边一阵轰鸣。这张脸，这诡异的微笑……是的，就是这样一个诡异的笑脸，昨晚让他从睡梦中惊醒过来。

"你在我的梦里，我在你的梦里。"老人说，低柔的声音仿佛具有磁性，正把胡志强的魂魄吸走。

"这不是真的！"胡志强失魂落魄，喃喃自语，不经意间他瞥见了任强。任强正盯着他，眼里闪烁着一丝嘲弄，他似乎正幸灾乐祸，被胡志强感受到后，心里更是一沉。

"别着急，慢慢来，你有时间适应。但今天，我希望你了解一些东西。"老人说着点点头。

任强走到胡志强身边，做出一个请的手势。

胡志强没有挪动脚步，并不是他不想跟着任强走，而是腿脚发软，走不动。

任强架住他，半推半拉地向着里边走。里边有一道隐蔽的门。门打开，任强把胡志强推了进去。

门里边的一切让胡志强目瞪口呆。

这是一个展览馆，展览着世界各地各种各样奇怪的梦境，用图片配上文字说明来描述每一个梦。

这些离奇的梦，每一个都很古怪。比如有人梦见了血一般的天空里，太阳是蓝色的。还有从悬崖的高处往下落，发现了一个神秘山洞，洞里边，找到了失窃的珠宝。最神奇的一个梦，做梦的人看见一起凶杀案，他看见了凶手的脸和每一个细节，甚至包括他打手机时上面的电话号码，惊醒过来之后，梦境栩栩如生，他不得不打电话找警察，警察根据他的说法，果然当场抓到了人，而报案人打电话的时候，凶杀却还没有发生。

胡志强在这个案例前站住。他听说过这件事，然而不过是当作一桩奇闻。他曾和朋友们谈论过这件事，认为其中必有隐情，真相只有一个，说不定那个报案的就是凶手之一。然而在这里看到这个案例，他不禁疑虑重重。这些梦境，难道都是真的？

"这些梦毫无相似之处，唯一的相同之处就是——它们都应验了。"任强站在一边解释。

"世界上竟然真有这种事！"

"有很多这种事。但这种神奇的能力，只有很少的人才能拥有。某些人偶然会做这种梦，有一些是预言，更多的是已经发生的。但是极少的人，会一直做这种梦。"

"我是其中之一？为什么以前从来没有发现？"

"谁也说不准，二十二岁那年他们找到我，我才发现这种能力。一百六十万人里边，只有一个人会有预言梦，但只是偶尔做梦，会做预言梦的人里边，只有不到十分之一能保持这种能力，我们需要的就是这种人。如果他们不找到你，可能这一辈子你也不知道，只是有时候觉得一些场景似曾相识。"

"他们？"

"这是一些为了高尚的目标而存在的人。你还没有加入，我无法告诉你更多。"

任强示意胡志强往回走，"今天就到此为止，你先回去。"

"回去？"胡志强想起自己来这里的目的，慌忙说："你梦见我推了一个花盆下来，结果真的发生了，我真的杀了人，你告诉我接下来怎么办，你还做了什么梦？"

任强微微一笑，"没关系，你可以放心回家。如果有任何麻烦，我们都会替你解决。"

"真的？"胡志强半信半疑。

"你了解得越多，就会越明白我们的力量到底有多大。你可以一万个放心。"

任强的语气让人不由不信。胡志强不知道该说什么，只有暂时相信任强的说法。

他们顺着原路退回。老人已经不在那儿了。

"我可以知道那个老人是谁吗？他说我走进了他的梦里。"

胡志强注意到任强的脸上有一丝转瞬即逝的不快。

"他是首席梦师。我的引路人。"

"引路人？你是说他带你进入了这个神秘组织？"

"没错。"

"首席梦师，他是你们当中最强大的一个？"

"你问得太多了。"任强干脆地终止了话题。

胡志强三天没有出门。掐掉电话，紧闭门窗，蜷缩在沙发上。

他三天没有睡觉，生怕一睡下去就会做梦。他害怕眼睛会动的画，那个老人，还有那张诡异微笑的脸。

这些梦境变成了现实，让人感到不可思议。他更害怕任强。四天前，当任强告诉他，他会用花盆砸死一个人，他嗤之以鼻。第二天，花盆真的被自己碰掉，不偏不倚地砸中了目标，而且就在自己眼前。不幸的人脑浆四溅，当场死亡。他当场傻了。然而当他从三宝大街回来，小区门口的警察早已经不见了，现场没有任何痕迹，他抬头看自己的窗口，两盆仙人掌赫然映入眼帘。

他不知道怎么描述当时的感觉，这比他真正杀死了人更可怕。一切都只是幻觉？是任强看见了未来，还是他控制了他的梦，让梦超乎想象的真实，仿佛那就是现实？胡志强看着平静的小区和窗台上的两盆仙人掌，回想昨晚经历的一切。他使劲拧了拧脸上的肉，希望如果此时是梦境，他能够醒来。要么花盆砸死人是一个梦，要么眼下他就在梦里不能自拔。无论哪个选项，都让胡志强不寒而栗。这些人不仅仅是预言师，他们能在别人的脑子里催生幻觉，改变现实的方向。

这太可怕了！

胡志强不敢睡觉，不敢出门，只是蜷缩在沙发上，张大充满血丝的眼睛，强迫自己不要睡着。

然而睡眠是不可阻挡的，他还是睡着了。

他居然梦见了任强。这个身强力壮的年轻人仿佛抓小鸡一般把老人抓起来，扔在地上。他被惊醒了。

这不可能是真的！他告诉自己。

这可能是真的！他再次告诉自己。那些人之所以找到他，不正是因为他也有同样的天赋吗？

外边黑漆漆的，正是半夜。

"我的梦总是很准。"胡志强突然想起任强说过的这句话。他仿佛看到任强幸灾乐祸的神情。也许他的梦和任强一样准。他像弹簧一般从沙发上跳下来，抓起外套，冲出门。

外边在下雨。胡志强没有回头拿伞，他冲进雨里，钻进汽车。

车子很快开动起来。突然间，胡志强感到有些不对劲。他转头，任强居然坐在后座上，看见他转过头，微微一笑，"我等你很久了。"

胡志强很快镇静下来，"你在我的车里干什么？"

"你做了什么梦？"

"不关你的事。"

"三天来我一直在这里守着，就是想看看你做什么梦。不妨告诉我。"

胡志强紧急刹车。他沉默了一小会儿，说："为什么你要监视我？"

"告诉我你梦见了什么，我就告诉你为什么。这个交易很公平。"

"你自己不会做梦吗？你的梦不是一向很准吗？"

任强挤出一个笑容，"每个人都有自己能看到的，也有看不到的。说不定你可以告诉我一些新奇的东西。"

"你为什么这么关心我的梦？"

"好奇而已。告诉我你梦见了什么？"

"我梦见……你在那个屋子里，就是到处都是脑子的屋子。"

"哦，还有呢？"

"你对着我笑。然后我就醒了。"

"就这样？"任强微微皱眉，看着胡志强，带着几分怀疑。

"是这样。"胡志强毫不回避他的眼光，"轮到你告诉我这一切是为什么。为什么找上我？"

任强并没有回答。他接着问，"这么晚，你想去哪里？"

"三宝大街999号。"胡志强毫不犹豫地回答。

"很好。这一次是你自愿去。在那儿你会看到更多东西。"

雨下得很大。再一次，在巷子里停好车。胡志强跟着任强踩着水跑过去。

他们进了门，打开灯。

任强一言不发，走进里屋。胡志强跟上去。

他再次看见了那些排列在架子上的人脑。老人并不在。

任强走到一个大玻璃瓶前站住,"我们长话短说,我来告诉你答案。"

"这些罐子里装着很多人的脑子。你是脑科专家,肯定比我更熟悉它们。只不过,这可不是标本,它们全都是活的脑子。它们活着,从活人的脑袋里取出来,一直活着。"

胡志强舔了舔嘴唇,活体大脑。这听起来惨无人道。某些蒙昧的原始部落有吃人脑的习俗,他们以为吃掉一个人的脑子就会得到那个人的智慧和生命,然而这里是文明昌盛的 S 市,只有疯子才会这么以为,把这么多人的脑子取出来泡在福尔马林似的溶液里,就可以得到他们的智慧。"真是疯了。"胡志强说。

"没有人发疯。你已经看到了,你的梦多么接近真实。如果利用这个脑阵,你更会发现一切妙不可言。"

他拿起那个小巧的头罩,"想试试这种感觉吗?"没有等胡志强回答,他已经放下,"等你成为合格的梦师,你才有机会。"

胡志强摇头,"你还没告诉我为什么找到我。"

"做伟大的事业总需要天赋。你碰巧有这种天赋。"他走到右手边的门前,推开门,"我们再进去看看。"

胡志强半信半疑地走过去,他向门里边张望。门里边仍旧是那个巨大的展厅。

"我已经看过了。"他说,拒绝走进门里。

"你只是看到了展览而已。左手边,有一个螺旋扶梯。"

胡志强转身,他担心这是任强的陷阱,"我不想去,你可以直接告诉我前因后果。"

"你担心我会做些什么?"任强仿佛看穿了胡志强的想法,"我不会那么干的。你是被选中的人,我的任务只是引导你。前因后果自然有人会告诉你。"

胡志强看着他，突然之间，他有种强烈的预感——他必须下去。任强说的都是真的，然而还隐藏了些什么。他想起梦中任强残忍地对待老人，不知道老人的命运如何，很可能死了，那样狠狠地摔在地上，对一个老人来说凶多吉少。如果那真是将要发生的事，他要阻止它。

胡志强进了门，顺着楼梯走下去。

楼梯很深，直下大概十多米，然后是一条笔直的隧道。隧道里有灯，尽头是一扇门。

任强挤到胡志强前边领路。他准备打开门，突然停下，"你上回来的时候，看到前厅的那幅画，那幅画曾经在你的梦里出现过，是吗？"

"是的。"

"你看见那个画上的人有些什么异样吗？"

"没看出来，只是我的梦里没有那个人。有什么问题吗？"胡志强毫无破绽地撒谎，他认为不能对任强讲真话。

"没什么。"任强转身推开门。

这里像是一个图书馆。无穷无尽的书架，无穷无尽的书。房屋里还有几张大桌子，宽敞的扶手椅零零散散地分布在桌子边，其中一张扶手椅上坐着一个人。

扶手椅转过一百八十度，椅子上的人向着胡志强微笑，正是那个被称为首席梦师的老人。

"欢迎回来，胡医生。我知道你一定会回来。"

一切看起来和梦中的情形毫不搭边，老人一切正常，而任强则恭敬地站在一旁。

胡志强微微有些怒意，"你们扰乱了我的生活。"他扫了任强一眼，"我要求你们停止这么做。不然我要去告你们。"胡志强马上意识到自己的话属于陈词滥调，非常可笑，但这是他所能想到的最有威胁的话。

"我只是希望能得到一个最优秀的梦师。我们需要有天赋的人，找到一个合适的人不容易，一个像你这样有极高天赋的人，更是凤毛麟角。"

老人的话很诚恳，打动了胡志强，略微沉默之后，他问："你们到底是什么人？"

"我们中绝大部分都是梦师。当然，对外有一个更好听些的名字：发展预测学会。这个机构你在读博士期间可能听说过，但是你嗤之以鼻。"

发展预测学会。胡志强想起学校里的确有这么一个学会，曾经有人找过他，想让他加入。他拒绝了。

骗子和神棍，这是他对于那些预测达人的评价。此刻，一个骗子和神棍的学会正在要求他加入，而他正在很认真地考虑这个问题。这似乎是一件彻底荒唐的事。

"我真没有想到……我一直以为这种事是伪科学。"

"这种认识很好地保护了我们。我们是秘密机构，我们给政府的某些部门提供意见，然而他们在公开场合从来不承认这点。我们帮助他们预见未来，采取决策。作为报答，他们保护我们。政府中只有极少数要人知道我们的存在。可以想象，如果所有人都知道我们是梦师，我们有预见未来的能力，我们当中没几个能活下去。好的情况是他们把我们当作神，坏的情况是把我们当作恶魔，总之我们不会被当作人看待，好的情况还没有得到验证，坏的情况已经发生过很多次。所以我们一直是秘密机构，表面上，我们就是故弄玄虚的一群妄想狂。至少这样，我们可以正常地生存下去。"

"这就是你们的秘密机构？我为什么要加入这样一个秘密机构。预测未来，这种事有什么意义？我的事业很美满，我对预测未来毫无兴趣，我宁愿多治疗几个病人。"

"一个人的力量是单薄的，如果你只是一个人，那么你的梦的确没有太多意义，只是偶尔，你能看一眼即将发生的事，对这个世界并没有什么影响。然而我们是一群人，已经有许多成功的经验积累。"老人站起身，走到书架边，拿出一本书，放在桌上，"这本书里记录着所有的成员，包括已经死去的，总共有一千六百多个名字。"他微笑地看着胡志强，"你对于这份名单是否有兴趣？"

胡志强摇头。

"好吧，只需要知道大概。"老人缓缓地翻动书本，"这些人绝大部分是人群中的精英，其中很多名字在历史上也必然熠熠生辉。他们加入，当然不是为了看一眼未来。他们预测未来，然后试图改变它。"

"你是说改变未来？"

"是的。改变它，将它彻底引导到另一个方向。避免那些丑陋的、无益的、注定失败的事情发生。"

"这可能吗？"

老人微笑着合上书本，"学会成立了五十二年，我们已经阻止了三十多件重大恐怖袭击，成功地改变了三次总统大选的结果，避免了两次局部战争，还有许多次的暴乱。至于让那些烦躁的人们得到心灵的平静，则无法计数，我们让这个社会更加和谐。让世界尽可能地美好，这是我们的最终目标。"

胡志强沉默着。如果他们能够像任强一样，给人制造幻觉，那么改变未来并不是一件不可能的事儿，他们可以假扮上帝，给各种人以各种梦，就像他在梦中看见天空中展露的笑脸。这样的异象对于大众就不是巧合那么简单，人们会相信这背后必然有某种含义。

事情看起来符合逻辑，但却大大超出了胡志强知识的藩篱，并且将他的人生观打得粉碎，他只觉得成千上万的蚂蚁在头脑中踯躅，把脑子搅成一团糨糊。沉默良久之后，他说："这究竟是怎么回事？为什么这样的梦能够存在？"

老人站起身，"你是在问为什么像你这样的人能够预测未来？我并没有确定的答案，至今也没有一个确定的理论体系来解释我们的能力。我们并不是理论家，而是实干家。当然我们也并非一无所知。跟我来。"

老人领着胡志强走进了书架深处。光线幽暗，空气中散发着书香，胡志强恍惚间感到自己进入了一条时光隧道，回到了青葱的校园时代，而前边领路的，是一个须发皆白的魔幻法师。

"就是这里。"老人突然停下，他们面前是一个巨大的书架，密密麻麻的书一排排，从地板直到天花板，"这些书能给你提供可能的答案。"

胡志强走上前。

《薛定谔的猫——世界的量子力学图景》《真实的世界》《关于六十五个梦的分析》……

"这些理论并不是最重要的，当然如果你想了解情况，可以看一看，最好从最上面一排开始。"

胡志强在图书馆度过了整个晚上。他翻来覆去想入梦，想看一看未来，却始终睡不着。

老人的话一直在他的脑子里徘徊。

"每一个人的脑都有特殊之处，向外散发着微弱的信号，也受到外界的微弱影响。地球上各种各样的事件错综复杂，汇聚成各种可能的图景，每种图景都会有一定的概率发生，距离此刻越近，某种图景的概率就越接近一，在紧接的一个瞬间，概率几乎就是一，所以人们常常觉得时间流逝，一切都很正常。他们通常意识不到这是可改变的。梦师的特殊之处在于脑波能够和地球上的未来图景谐振，看到那些最大概率发生的事件。如果梦师的能力足够强大，能够看到的未来就越远，那么未来就越有可能改变。这就像开夜路的司机，我们的未来在前方的黑暗之中，随着车子的前行而逐渐浮现，一般人只能看见一团黑暗，无法上路，梦师就是那些能够看得更远的司机，他们可以更安全地驾驶。"

"这是可改变的。"胡志强对自己喃喃自语。

他已经被说服，他甚至明白了任强给他设下的局。任强故意去诊所，告诉他整个事情的经过，让他在潜意识中留下印象，然后，借助脑阵，进入他的潜意识中。他的脑波比常人更敏感，从好的方面说，更容易接受那些通向未来图景的谐波，从坏的方面说，也更容易被定向激发，尤其是在梦中的场景已经被预先植入的情况下。

他想到自己的梦境，这是未来的场景还是一次被控制的梦？他认为这不是任强控制的梦，毫无必要，他不由为那个对自己的职业充满自豪的老人担心。

一个合格的梦师，在背后推动整个社会的走向，这事至少比一个一个地治疗病人看起来更富有意义。胡志强翻开了那本名录，看到了许多显赫的名字，他惊讶地发现自己的导师——强式精神分析法的创始人王大镛——也赫然在列。他在十三年前死了，胡志强参加了追悼会，然而他的头脑就在脑阵之中，就在三宝大街 999 号，他并没有死。导师做出了这种选择？！脑阵，那个小小的房间，那些浸泡在液体中又通过电缆联系在一起的活的头脑矩阵。

"一个人可预见的东西是有限的。所以我们设计了脑阵。在 S 市，三十四位杰出的梦师贡献了自己的大脑，他们仍旧活着。没有任何强迫，他们的脑子通过计算机网络对外交流，只要他们觉得生活失去意义，随时可以终止生命。但是他们都很愉快。脑阵通过首席梦师的协调可以预见更远的未来，更广阔的图景，还有那些可能变更未来的细节。他们很享受自己给人类带来的这种安全感。"

脑阵！一个个活的大脑通过电缆连在一起，它们都是最杰出的头脑。它们的能力如此之大，以至于整个世界的未来图景变得异常清晰。当一切还没有发生，有人就已经了解最后的结果，这是多么巨大的诱惑。透过脑阵，首席梦师几乎把整个世界都掌握在手中。

这些超级人类已经走得更远。他们不仅仅预测未来，他们还更改未来，甚至在不知不觉中改变人类。当人们在深夜中熟睡，脑阵发出的信息悄无声息地潜入，植入人们的潜意识中。当他们醒来，任何事仿佛都没有发生过，然而该改变的已经改变，有的人变得软弱，有的人变得暴躁，有的人对于某样东西变得分外敏感，甚至，昨天的好朋友今天会成为陌路人——脑阵几乎无所不能，它可以深入而不留痕迹地把世界搅得天翻地覆。

"所以，我们需要一个有能力也有自我控制力的首席梦师。当然，我们有秘密的监督，然而，一旦一个首席梦师决定让世界陷入噩梦，后果在被纠正之前是极其可怕的。"

是的，后果极其可怕，也极其诱人。肯定有心术不正的人试图成为首席梦师。他们会使用各种手段。任强的脸浮现出来。胡志强几乎断定他想要做些什么。然而，他的梦境并不够清晰，他无法知道何时何地，或者那只是一个隐喻式的梦。

如果老人所说的一切都是真的，那么他具有这种天赋，他应该能够看清那些将要发生的事情。

胡志强再次强迫自己趴在桌上，试图入梦。他没有成功。

他不知道是不是有机会在任强不在场的情况下和老人谈谈这个

问题。

不知不觉中，他睡着了。

连续三个星期，胡志强居然没有做任何梦。

他关闭了诊所，到医学院进行深造。这是梦师联合会给他设计好的身份掩护。

他夜以继日地学习关于梦师的各种技巧，绝大部分和他做心理医生的理论并没有太大不同，最大的不同之处在于医生只针对病人进行分析，梦师却需要对所有人的潜意识进行分析，没有脑阵的帮助，这是不可能的。梦师仅仅是预言家，结合了脑阵的梦师却可以成为他人的引导者，隐藏在黑暗中的推手。

胡志强对脑阵产生了强烈的兴趣。然而在获得正式的梦师资格之前，他没有机会真正接触脑阵。他废寝忘食地读完了所有关于脑阵的资料。这些资料并不难懂，当然有些部分并不是他的专长，比如人脑如何和计算机结合，但是他明白生理学。一颗大脑离开了它的生存环境，它是否还是一个大脑，哪怕它仍旧活着？他仔细研究关于脑阵的理论，却产生了巨大的疑问。他准备找李老谈谈。

李老就是他梦见的老人，首席梦师。

任强仍旧跟着李老。三个星期内，胡志强见到李老四次，每一次任强总是在场，站在一边，似乎是李老的贴身保镖。他对于胡志强和李老的谈话并不感兴趣，只是默默地站在一边，一句话也不说，只当自己是空气。胡志强却始终感到不自在，那个噩梦挥之不去，他想警告李老，却一直找不到机会。

"我对脑阵有些疑惑。那些贡献了自己头脑的人，哪怕当初他们是自愿的，成了脑阵的一部分之后，他们还是自由的吗？"

"当然，他们和计算机网络紧密结合在一起，随时可以表达他们的愿望。"

"单是三宝大街999号脑阵就有三十四个头脑，在全国，总共有十七个脑阵。这几百颗头脑在脑阵里，他们的所有想法都会明白无疑地被首席梦师捕获到。过去的三十年间，没有一个头脑要求结束生命，哪怕这样的想法也没有。这是事实吗？"

"没错。"

"这是一件费解的事，"胡志强说，"如果是正常的人生态，那么十万人中，每年会有大约二十人自杀，产生自杀念头的概率大概是两百到三百，千分之二到三。这和统计数据相符。这是一年，如果累计三十年，那么一个群体发生自杀想法的概率至少上升到百分之五。所有脑阵有近六百颗头脑，如果三十年间一起自杀意念都没有，那么就意味着某些方面出了问题。"

老人微微抬了抬眉毛，"说下去。"

"我想脑阵在伦理上是有缺陷的，它把人脑从身体里剥离出来，也就消除了它的独立人格。大脑的活动是对外界刺激的反应，他们被禁锢在脑阵中，无法和外界发生互动，他们所接受的一切都被首席梦师控制。在某种程度上，是首席梦师决定了他们的生死。"

胡志强有些收不住自己的想法，他本想用一种委婉的方式来表达对于脑阵的不安，然而面对默默聆听的李老，他一股脑儿地把最真实的想法说了出来，"操纵一群人，操纵他们的自由意志。我觉得这样的做法很恶心。"

任强显然并不是空气，他听到了胡志强大逆不道的说法，猛然转过头，"你胡说些什么！我们所做的一切都是为了让社会更美好。这些前辈梦师为了自己的梦想编织脑阵，他们当然是自由的。"

李老制止了任强的责难，"你的顾虑不无道理，但是不用担心，脑阵不是囚室，而是天堂。"

"何以见得？"

"我是首席梦师，我每天接触脑阵，他们很快乐。"

"那么你和他们有交谈？"胡志强两眼放光。

"不是交谈。他们的脑波非常和谐，让人沉醉。"

胡志强略有几分失望，"如果您没有和他们单独交谈，怎么能断定每一个人都很快乐？"

李老微笑着，"梦师不需要交谈。我们通过脑阵来感受人群的潜意识，也通过脑阵感受彼此。"

"那可能是梦师控制了脑阵的输入。说到底他们的喜怒哀乐取决于您，甚至可能，他们的生死也取决于您。"胡志强仍旧没有放弃主张，"所以您说，我们需要一个具有自我控制能力的首席梦师。虽然脑阵里的每一个头脑都是独立个体，他们却并不能分辨到底在做什么，这一切都要依靠梦师来提供，这也是原因之一吗？"

"我们需要一个具有高度责任感的首席梦师，因为他是最后做出决定的人。脑阵并不是工具，也不是被梦师所控制的傀儡，他们感受那些漂移的脑波，和梦师一道解读，减弱或者加强可能的趋势。梦师和脑阵是平等的伙伴。"

胡志强的表情表明他并没有被说服。

李老保持着微笑，"如果某些东西和你的常识相违背，最好的办法是实践。对人来说没有绝对真理，只能在体验范围内判断真假。我可以给你提供一次机会。"

"这怎么行！"任强失声叫了出来，"只有合格的梦师才能使用脑阵。"

"每个人都是从不合格到合格，我们可以帮助他。"

"但是他才来一个月，连适应性训练都没有做。我计划好下个月带他去 B 市的训练中心，已经预约好了。"

"没关系。"李老淡淡地说，他看着胡志强，"既然他能够走入我的梦里，他天然适合梦师的职业。"

"可是……"任强仍旧试图争辩，却被李老无可置疑地否决了，"我们不用墨守成规。"

"你准备好了吗？"李老问胡志强。

胡志强有一丝慌乱，他只是想搞清脑阵的问题，却没料到李老打算让他体会脑阵。脑阵是绝高密级，只有通过了资格认证的梦师才能接入。

"我……"胡志强不知道该说什么，他发现任强在狠狠地盯着他。

"没关系。你会找到自己的路。"

胡志强躺在手术椅上。他最后一次睁开眼睛，李老正注视着他，他勉强露出一个微笑，心情忐忑不安，仿佛就像初次约会中的等待，又有点像战士冲锋前的守候。头罩缓缓地降落下来，胡志强觉得头顶有一阵压力。然后他感到很深的倦意，很快就失去了知觉，陷入昏睡。

他仿佛正在云中漫步，白色迷雾四处弥漫，没有上下，没有前后，方位失去了意义。甚至没有自身，他在那儿，却没有形态，仿佛只是一道思维的电波。他看到一缕光，便向着光线靠拢。光线是游移的，他也随之起舞，突然间，微弱的光线变成了巨大的光柱，照射在雾气上，化作七彩，一条彩虹般的大道从眼前一直铺到天边。

我应该走上去，他这样想。一瞬间他成了一个人，是一个翩翩少年，穿着丝绸般柔软的白袍，手中拿着一管竹笛。他抬脚走上彩虹桥，越走越高，心情越来越快乐，最后，他拿起笛子吹奏起来。悠长的笛声在整个空间回响。金色的大鸟从天边飞来，绕着他盘旋，发出清脆的啼叫应和着笛子的曲调，突然之间落英缤纷，各种颜色的花瓣从天而降。

彩虹桥的尽头是一片虚空，他停下来，继续吹奏，越来越多的飞禽走兽凭空出现，簇拥在他身旁，仿佛被笛声所迷醉。白色迷雾慢慢变得澄清，蓝天在上，白云在脚下。一曲终了，竹笛倏忽消失不见了，他微微一笑，纵身跳入眼前的虚空。

白衣少年转眼间不见了，他又化作了一缕游魂。无穷的深渊，永不停止的下落，时间仿佛到了尽头。然而他沉浸在狂喜之中，哪怕最漫长的等待也仿佛只是一瞬。天空中出现了太阳，红彤彤的，仿佛夕阳的颜色，却正正地挂在头顶。三只鹰从远方飞来，两只在上，一只在下，它们的翅膀并不动，保持着固定的姿势，仿佛正在滑翔。突然间它们扇动翅膀，上边的两只翅尖朝下，下边的一只翅尖朝上，刹那间，它们和太阳一起，构成一个巨大的笑脸。就在这一瞬间，他冲天而起，一头扎进了太阳之中。红色的太阳仿佛一个绵软的球，又像是海绵一般把他牢牢地吸住。

他感觉到自己融化在这无物之阵中，被扯散，被吸附。这是从未有过的体验，他感到自己正沉入一个欢乐的海洋，就像一滴水融入大海。在大海的底部，他感觉到一些蠕动的小东西，它们仿佛小小的毛虫，被包裹在厚实的茧中，然而不甘拘束，使劲挣扎。他近距离地靠近它们。显然小东西也感觉到了他的存在，它们变得惊恐不安，一些快速地扭动几下，倏忽之间消失得无影无踪，另一些把自身扭曲起来，又突然间张大，仿佛受到惊吓的河豚，张开身体，让自己显得大一些，希望敌人就此退却。少数的几只小虫并不在意他的到来，自顾自缓缓地蠕动。他对其中一只产生了兴趣，贴近它。在更贴近的距离处，那并不是一只小虫，它仿佛一个玻璃的瓶子，又像一个放大了上千倍的细胞。他给了它们名字，叫玻璃虫。玻璃虫透明的壳子里边，无数的小点飞快地游移，杂乱无章，彼此间不断碰撞，就像一场欢乐的盛会。他穿了进去。突然间，一切都消失不见了，瓶子，还有里边的一切，仿佛从来不曾存在过。这一瞬间，他突然意识到，在世界的彼岸，可能一个人正从梦中惊醒，大汗淋漓。

忽然间，周围的一切都开始生长，变得巨大，曾经的小虫成了巨无霸，他仿佛一个渺小的水分子，四处游荡。一些不曾被注意的裂隙显现出来。裂隙里，有一层浅浅的膜，闪烁着五颜六色的光，他好奇地靠近去看个究竟。突然间，一个气泡从裂隙中冒出来，快速增大，很快，形成了一只新的玻璃虫，随着众多的其他虫子一同摇摆。玻璃虫不断地从裂缝中生成，然后毫无征兆地毁灭，生生不息。绵延不断的暗红色平原上，永远伫立着这样一座奇特的森林。

他好奇地在裂隙上方游走，想看一看究竟那里边有些什么。他不断地下降，再下降，试图进入裂隙深处，然而那并不是一条深不见底的沟，而只是一道深色的条纹，他撞在条纹上。突如其来的巨大张力仿佛要将他撕裂，他感到自己的身体鼓胀，然后是绵绵不断的拉力，他仿佛要被吸入到裂隙中，被无限压缩，压缩，再压缩。

救命！这是他唯一的念头。

深色条纹所散发的力量突然间消失，他恢复了自由。他不断向上，向上，直到玻璃虫平原的全貌展现出来。玻璃虫仍旧在蠕动，然而数量越来越少，暗红色的地块露出它的原貌。看上去，它就像一块大脑，布满脑回。

极致的欢快再度袭来。他沉浸在一种忘我的快乐之中，然后渐渐地陷入沉睡。

胡志强醒了过来。他不愿意睁开眼睛，他仍旧在回味脑阵中童话般的经历。

李老柔和的声音传来，"你觉得怎么样？"

胡志强睁开眼睛，没有说话，只是点头。

"脑阵和梦师并不存在控制和被控制。脑阵是基地，而梦师就是尖兵，彼此获益，彼此共生。不用担心伦理，新的关系，必然有新的伦理。"

"我明白，"胡志强说。他翻身从手术椅上坐起来，"我看到的，就是梦吗？"

"你看到了第一层次。你还没有学会怎么观察这些梦。这就是我要教给你的东西。还有，你必须学会在脑阵中做梦。"

"在脑阵中做梦？"

"是的，只有这样，你才能把自己的梦放入别人的梦境中。"

胡志强想了想，"那么我在梦中看到的屋子外边那幅画，就是您放在我的梦中的？"

"并不完全如此。我只是广播了我的梦，而你跳了进来。"

"什么意思？"李老总是话里有话，胡志强不想让自己去猜。

"这是一个梦局，只有有缘人才能解开。你就是那个有缘人。我把图景通过脑阵传播出去，我们有许多点，能够传播和加强这样的谐波图景，我在全市进行广播，上千万人，但只有你的脑子抓住了它，把它变成了真实的图景。连续三天，然后我终于找到了你。我让任强去把你找来。"

胡志强看了看四周，"任强呢？"

"他上班去了。晚上是梦师的工作时间，白天，我们都有自己的正当职业。"

胡志强觉得机不可失，"李老，我到这儿之前做了一个奇怪的梦，和任强有关。"

"梦见你杀了人？任强和我说了，这是他不对，不该吓着你。一个梦师不能滥用自己的能力，我已经警告过他，你也放宽心，不用太计较。你们以后还要合作。"

胡志强本想说关于任强袭击李老的梦，然而李老的话引起了他的兴趣，"您是说我推花盆那个梦？我看了点资料，大体了解，但您能给我详细解释一下吗？"

李老微微有些惊讶，"你说的不是这个？"

"我还有一个噩梦，不过您能先把推花盆的事告诉我吗？"

李老略微迟疑了一下，"好吧，这样的事你迟早也要了解。早点告诉你也无妨。"

"梦师可以改变他人的梦境，这不是一个秘密。然而必须要经过脑阵才能进行，只有脑阵形成的脑波流才能在不引起伤害的前提下，悄然改变一个人的梦境，最终改变他的潜意识。如果没有脑阵，进入一个人的梦境甚至改造一个人的梦境，这几乎是不可能的，但是有一些例外。如果两个人的脑波高度契合，他们偶然就能做同样的梦，甚至梦见彼此。而一些高级梦师会利用这一点来控制别人的梦境。"

这和胡志强所理解的并不完全相同，"您是说任强并不需要脑阵，就让我做了梦？"

"是的，这是极少数梦师拥有的能力，我们称为裸梦。梦师通过自己的脑波影响他人，这是一种高超的技巧，同时也需要很多锻炼，一般人感觉不到自己的脑波存在，梦师能够感觉到脑波，但是无法自由操纵，只有极少数人能够通过锻炼达到控制脑波的程度。"

胡志强被深深地吸引，这简直是一种超级能力，"那么我能做到吗？"

李老微微一笑，"你曾经见过厅堂里的那幅画。"

"是的。"

"你看见了那个人的眼珠在动。"

"对。"

"那是一个测试。能够感觉到画中人视线移动的人很少，最近二十年，在整个 S 市只有三个，包括你在内。"

"另两个是……？"

"一个是我。另一个已经在脑阵里，是你的导师，王大铺。"

胡志强感到振奋，他的天赋在此刻得到肯定，他会拥有一种从来不曾梦想过的超级能力。

李老却严肃地看着胡志强，"但这是一种危险的能力，一个人的脑波控制力很有限，进入他人的潜意识，你会搞不清到底什么是他人的，什么是自己的。如果迷失的状态一直延续，就会成为病患，在医学界，通常把这样的病例归类到精神分裂里。你的脑波很强烈，也很有力，任强虽然做了一次，但是他也被吓坏了，你差一点儿把他也拽进去。同样，如果你对别人这么做，也很容易受到反向的影响。"

李老郑重其事，"所以你要明白，梦师绝对不能滥用这种能力，害人害己。我已经警告了任强。"

胡志强感到心中一凛，慌忙说："我记住了。"

"你还有另一件事，是什么？"李老问。

"哦，"胡志强仿佛从睡梦中醒过，"我梦见任强对您进行攻击。"胡志强原原本本地把自己的梦描述给李老。

李老脸色严肃，沉默了半响，"有这种事？"

胡志强将要继承 S 市首席梦师的消息传遍各地，引来各种议论。一个新人，哪怕资质再高，短短的三个月就要继承首席梦师，用直升机来形容也嫌不够。

胡志强在进行最后的练习。他成功地抓住一条玻璃虫，在它彻底崩溃之前，把它塞到了另一条玻璃虫里边。被抓的玻璃虫在各种碰撞之下很快分崩离析，释放出无数的小黑点，和那些原有的黑点一道疯狂移动，四处碰撞。很快，玻璃虫显示出不适的症状，急剧扭动，眨眼间，消失得干干净净。

这会是一个诡异的梦，毫无逻辑，也缺乏征兆，然而却足够狂野。当那个人醒过来，他将对此感到纳闷，同时回味无穷。这是一个毕加索式的梦境，希望那个年轻艺术家能够就此开窍。

玻璃虫森林逐渐变得稀疏，黎明已经到来，人们在逐渐脱离梦境。

"胡志强，做得不错！"有人找到他。

"老师，我做得还很不够。"胡志强谦虚地回答。

被胡志强称为老师的人是王大铺，在现实世界中，他曾经是胡志强的老师。在仅有的几次脑阵实习中，胡志强居然从脑阵中识别出了王大铺，并成功地建立了点对点联系。这连李老都没有料想到。从来没有人能和进入脑阵中的人物单独交流，脑阵是一个整体，这个观念居然在短短的三个月中就被胡志强打破了。这也让胡志强感到安心，那些奉献自己、构造脑阵的人们仍旧活得自由自在，没什么比这样的事实更让胡志强感到这是一项具备充分道德感的事业。这也让李老安心，这充分证明了胡志强驾驭脑阵的能力，首席梦师对于胡志强来说，不算高不可攀。

"据说你要成为首席梦师，就在今天？"

"是的。今后向老师请教更为方便。"

"从你第一次来，到今天不过九十三天，你是最快获得这个重要位置的人。"

"多谢老师夸奖！"

"但是我也有些疑惑，为什么李寻欢要做出这样仓促的决定。你的能力很强大，但也有很大的缺陷。"

"老师请指教。"

"你缺乏经验。经验对于梦师来说是最可宝贵的财富。我不是想阻止你得到首席梦师的位置，只是给你提一点忠告。务必牢记，对于梦师，最重要的能力不是创造力，而是区分梦境和现实。"

"我会记住这点。"

白色迷雾从眼前退去。胡志强醒过来。梦中和老师的对话犹在耳边。

梦境，现实。对一个梦师来说，这两样东西也许真的已经融为一体，无法区分，也没有区分的必要。但是老师既然这么说，自然有道理。

胡志强从床上翻身起来。他看着对面的脑阵，三十四颗杰出的头脑就在那里，沉默着，在不知不觉中推动整个 S 市的人们向既定的方向前行。有朝一日我的头脑也会摆放在那里吗？胡志强想。忽然之间，他感觉有些不对劲，他发现有一个罐子是空的。他揉了揉眼睛。没错，这是一个空罐子，而且那个位置上原来并没有罐子。

胡志强怀着狐疑的心情走过去，罐子上标注着每一个头脑曾经属于的名字。空罐子上也有同样的标签。

李寻欢。

这是李老的名字。

"看到了？"他听到冷冷的问句。惊吓之中，胡志强扭头望去，任强就在门口，脸上带着讥讽的微笑。

"你怎么在这里？"

"我怎么在这里？"听到这句问话任强不由得激动起来，"我怎么不能在这里，我在这里八年，这就是我家。"

胡志强看见了任强手中的东西，他不由得倒吸一口凉气，那是一把枪。毫无疑问，任强并不是来道贺的。

胡志强冷静下来，望着任强，等待他说出自己的来由。

任强大踏步地跨上来，冰冷乌黑的枪口顶住了胡志强的脑门，"动手吧！"

"动什么手？"

"没看见吗？"任强向着屋角抬了抬下巴。

那是一张手术床，床上躺着一个人，正是李老。

胡志强不由得紧张起来，"你要干什么？"

"胡医生，我知道你的医术高明，对于开颅取脑这样的小手术，自然是手到擒来。李老就拜托你了。"任强突然之间变得分外客气，这样的变化差点让胡志强吐出来，不过他终于明白了任强的目的，他要把李老的脑子取出来，安插进脑阵。

"李老从来没有说他要进脑阵。就算有，那也要再过几年。"

胡志强感到脑门上受到重重的挤压，任强的语气重新变得异常凶狠，"你不做手术，我可以找人来做，但是你的脑子就会变成一摊脑浆。明白了？"

在枪口的威胁下，胡志强的眼神变得麻木，进行手术似乎是唯一的选择。他木然地看了任强一眼，"我没做过这种手术。"

"没关系，我相信你的医术。"任强不怀好意地笑着。

"我一个人没法进行手术。"

任强似乎触动了什么开关。一面墙向后退去，呈现出一个宽敞的空间。李老的手术床自动移动到中央。琳琅满目的手术设备排列在手术台前，两条自动手臂上下翻动，很快把李老的身体全面控制起来。这一切胡志强再熟悉不过，这是安伦公司的自动手术室，借助这个仪器，不需要任何护士的帮助，一个医生就能完成全部作业。甚至可以说，并不需要医生具有多少手术经验，只要他能够明白机器在做什么，适时下达指令。

任强肯定明白这些，所以才毫不犹豫地要求胡志强完成手术。胡志强似乎陷入了极大的痛苦中，他的脸部扭曲，说不上是什么表情。任强用枪再次顶了顶他。

"你难道想用枪顶着我上手术台？"

任强后退一步，挥挥手，"去吧，别耍花招。李老的性命就在你手上呢。"

胡志强艰难地跨出两步，扭头看着任强和他手中的枪。

"快去吧。你是个聪明人。"任强对着胡志强露出微笑，然后还挤眉弄眼。

胡志强尽管十万个不情愿，但还是一步步地向着手术台走过去。他启动了程序，拿起手术刀。任强露出一个冷笑——这个胆小鬼果然选择了屈服。

一旦投入到手术中，胡志强就成了专业人士，聚精会神，全然不理会任强就在不到两米的位置上，拿着枪，随时可能一枪打爆自己的头。

手术很顺利，一颗头脑被小心翼翼地放在托盘上，装进了罐子里。

任强俯身看着手术台上的李老，"李老，我已经把您挪进了脑阵，这是您的夙愿，我帮您了结了。"他的语气毕恭毕敬，仿佛李老仍旧活着，正在手术台上沉睡。

突然间任强暴怒起来，一把抓起手术台上李老的身子，狠狠地摔在地上。

胡志强惊呆了，眼前的景象和他梦中所见一模一样。

任强在李老的尸体上狠狠地踢着，边踢边骂，"谁让你放弃我，谁让你放弃我！我才是最好的梦师。"突然间，他呜呜大哭起来，抱住李老的尸体，"李老，我做了八年的梦师，一直给您老鞍前马后，没有功劳也有苦劳，我的能力大家有目共睹，谁都知道我才是您老的继承人。您不该放弃我，不该啊！"突然他又哈哈大笑起来，"李老，我一直是很尊敬你的，但是你被这个该死的奸贼杀死了，我会帮你讨还公道。"

任强站起身，眼睛里杀气腾腾，盯着胡志强，"是你杀了李老。你要给他偿命。"

眼前站着一个疯子。胡志强清楚地明白这点。他没有慌乱，也没有反抗，只是冷冷地看着任强，眼神中带着一丝怜悯。

任强嘴角抽搐，举起枪，正对着胡志强的脑门，狠狠地扣动了扳机。

脑浆迸射出来，胡志强直直地倒下去。

任强仿佛用尽了全身最后一点力气，颓然坐倒。

"232号特别危险，你们只能隔着单向玻璃窗看看情况。病人行为激烈，别被吓着。"护士交代了一下，转身走了，顺手带上了门。

隔着玻璃窗，232号正趴在地上，用舌头在地上舔着。突然他跳了起来，向着一边扑去，使劲地用头碰撞墙壁。墙壁是泡沫特制的，然而232号非常用力，很快警铃响起来，两个护警冲了进去，把他抓起来，强行摁倒在床上，注射了镇静剂。

"唉……"李老发出一声叹息。

"我没有逼他。当天的事如果按照他的计划发展,他也是这个样子。"胡志强似乎有些内疚,听起来仿佛在给自己辩解。

"我明白。"李老看着静静地躺在床上的任强,他头发蓬乱,形容憔悴,完全是一个地道的疯子。李老再次发出一声叹息,"有人以为梦师风光无限,其实很多梦师最后都进了精神病院。任强太可惜了。"

李老没有明说,胡志强很明白。一个梦师,最重要的能力是区分现实和梦境,大多数梦师都认为自己能够做到,其实他们远远不能达到这样的境界。驱动梦乡的巫师,最有可能被梦乡所吞没。任强是一个非常优秀的梦师,然而他始终没有明白这一点,最后被胡志强有机可乘。

在枪口离开胡志强脑门的一瞬间,他冒了极大的风险,让任强进入了幻觉,如果任强有那么一丝清醒,此刻在精神病院里躺着的,可能就是胡志强。

但这是不可能出现的情形。如果任强有这样的悟性,他早就成了首席梦师。他做过各种各样的梦,却从来没有做过这样一个梦,哪怕李老把这样的画挂在了入口处。

月光,高山,虬枝,风动枝摇。万籁俱寂,月色如水,天地间仿佛只剩下一个身影,他翩然起舞,手中剑光如织。

首席梦师是这样的人,人在尘世间,心在缥缈的乌有之乡,超脱凡俗,灵台空明,在万籁俱寂中起舞。

追踪灰影子

　　李兵从来没有想到自己会成为一只鸡。此鸡不是寻常鸡，而是鸡群中的战斗鸡。没有办法，十八个并行刺蛇CPU，三千G的内存，5G每秒的Internet接入速度，这样的一台机器，不成为战斗鸡简直就是对不起观众。表面看起来，机器一切正常，系统资源却严重匮乏，CPU资源占用率85%，网络则完全阻塞。某个黑手在背后操纵一切，让李兵成了一只肉鸡。看着主机箱上不断闪烁的蓝光，李兵手脚冰凉，心如死灰。

　　他默默地站起来，走到实验室尽头，打开开关盒，把电源开关拉掉。屋子里顿时一片漆黑。刀锋250X4的主机箱中响起一阵噼啪，电源风扇发出悠长的Biu声，然后一切都沉静下来。李兵站在那儿，就像一个融入黑夜之中的鬼魅，他想起那个无月无星的夜晚，也是这么黑暗而沉静。

　　那天晚上李兵在实验室上网。李兵玩一个叫《星际世界》的游戏，这个游戏的要旨是在尽量短的时间里，采集最多的资源，转化成各种兵，然后在英雄的领导下进行群殴。其中也有讲究，战术操作，战略合作，没有几年时间的锻炼，是不能成为高手的。李兵是一个高手，他玩这个游戏已八年，成了一个骨灰级玩家。他的三个账号，战绩分别是756胜298负，1420胜234负，370胜0负。在《星际世界》的玩家中间，提起Zoe，无人不知无人不晓，此账号三年前出山，经历大小三百余战，战无不胜。

李兵像往常一样玩了三把。轻松胜利之后正准备退出，这时，他收到一个消息，来自一个叫USB的家伙，"兄弟，账号卖吗？"

李兵毫不犹豫，"不卖！"

"三十万，欧元。"

李兵倒吸一口凉气，心脏急剧地跳动了两下。三十万欧元，那可是三百多万人民币，而且还不用交税。从前有无数的人打过这账号的主意，然而，最高的价钱也就是两万人民币。三十万欧元，这么高的价码让人心惊肉跳。

冷静下来之后李兵认定这是一个骗局。于是仍旧说，"不卖。"

"不要后悔，有人给我开价三万块。我想你打到这个战绩挺不容易的，给你个公道的价钱。"

这人的口气仿佛李兵的账号已经是他的囊中之物。李兵气不打一处来，"你以为你是谁？老子出来混的时候你还穿开裆裤呢！"说完这句话李兵下了线。

走出大楼，外边很黑。天上没有月亮，也没有星星，稀稀疏疏的几盏路灯勉强让人能看清路面。

李兵在门口小站了一会儿，点上根烟。一片漆黑的天空黑暗而沉静，李兵重重地吐出一口烟。他想了想，决定回到实验室里去，再和那个神秘的USB谈谈。毕竟，人生不是轻易地能找到机会的，虽然说谁也不知道网络的那边是不是坐着一条狗，可是也不能排除那是一个钱多人傻的主。

USB 已经走了。李兵怅怅然地准备下线。也许这个机会就这么丢掉了，一次意气用事改变了人生轨迹，本来也许明天，他就可以到银行，去实现数钱数到手抽筋的梦想。李兵留了个心眼，那个人说有人出三万块就可以把 Zoe 账号搞到手。不怕贼偷就怕贼惦记，在离开之前，他修改了 Zoe 密码。他用了强密码，十八位数字字母加上两个特殊字符。

回到寝室李兵发现起居室留了一张条子：我今晚有事，不回来。是欧阳达华留的。这个花花公子，肯定又去哪里幽会老情人了。然而通常他并不会郑重其事地用书面通知的形式告知李兵。李兵翻过纸条，"老妖来了，风紧，我的那部分就靠你了，下周三之前搞定。欠你三百个鸡腿。立此为据。欧阳达华。"

"老妖"是李兵和欧阳达华给实验室主任取的昵称。他有半年的时间在美国，另半年回国带博士。他回来的几个月，就是实验室最忙碌的季节，简称忙季，通常从四月份开始，九月份结束，就像太平洋上的季风一样准时。眼下，老妖突然改变了行程，提前回国，这意味着忙季提前开始。没什么可怨天尤人的，近来连太平洋上的季风也开始抽风，更何况人。李兵和欧阳达华必须打起精神，投入到伟大的科研工作中去。欧阳达华是位公子哥，从浙北来，家里已经给他留着几千万。似乎他在学校唯一的目的就是泡妞，虽然人聪明——要不然也上不了山青大学，但是心野了就没办法。相比之下，李兵简直就是劳模，唯一的不良嗜好就是玩《星际世界》。老妖回来了，欧阳达华的家庭作业也只有落在劳模李兵头上，谁让他们不幸被分配在同一寝室呢。

李兵早早地洗洗睡了。老妖布置下来的任务很多，他只有两天时间去完成，包括欧阳的那部分。睡着之前，李兵赌了一个誓：如果让他赚到三十万欧元，他马上申请保留学籍一年，回家天天玩星际。三十万欧元摆在老妈面前，她也没啥好说的了。晚上他做了一个梦，因为没有见过欧元长啥样，梦里无数的人民币在天上飘，上边写着"欧元"两个字。

　　忙碌的日子一旦启动就像黄河泛滥，一发而不可收。在老妖的监督下，李兵成了学术忙人。老妖的课题是关于22世纪中国的网络安全。在全球化的大背景下，中华和平崛起犹如长江之水，浩浩汤汤，顺之者昌，逆之者亡。然而总还是有那么一些不和谐音，试图和这世界大势对抗。老妖的课题属于国家重点工程项目，"997"项目基金，目的是找出这些不和谐音的幕后黑手，定位，收集胡言乱语的证据……剩下的东西由专门的国家律师和国家安全部处理。

　　连续两个星期，李兵没了休息日。忙得昏天黑地，这样的日子却给了他很多的成就感，至少他明白了：长江之水，浩浩汤汤，顺之者昌，逆之者亡。他为自己能跟着老妖进入这样一个课题项目，从事这样一份重要工作而分外自豪。自豪归自豪，老妖在的日子，他不能用实验室的机器玩星际，这让他总觉得心里痒痒。这瘙痒感因为欧阳达华的存在而越发难耐——欧阳用了他的学术调研成果交差之后就玩起了人间蒸发，还托人送了一张病条给老妖，然后再也没见到人。鬼都知道他一定是跑到什么地方逍遥去了。

　　说起实验室的机器，李兵不无自豪。老妖按照超最高级的配置配备机器：5000G 的硬盘，带 10G Flash 存储，200G DDR 内存，IAM 生产的 Dou 512 超级主板，10G/S SAS7 网络适配器，重中之重：主板上配置了十八个刺蛇 CPU，每一个 CPU 有 16 个核，想象一下 288 个 5GHz CPU 内核同时狂奔的情形，任何数据处理都不过转眼间工夫。IAM 公司一月份发布 Dou 512 主板，完全是一块概念板，目标是赚取眼球，一块板子一万刀，一个刺蛇 CPU 五千刀，一个板子配上十八个

CPU，整整十万刀，就算人民币刚升了值，从 6 : 1 变成了 5 : 1，整整五十万人民币配置一台 PC，看起来有些疯狂。然而老妖手里有很多钱，还不是他自己的，于是该咋整咋整。用他的话说，咱们是抓贼的警察，贼都升级了，变成了法拉利，总不能让同学们还开着摩托去追，好歹也得是法拉利，超法拉利就更好了。这机器，没说的，三年五年决不过时。人不能鼠目寸光，要有长远打算。

长远打算有老妖在，李兵不用动这个脑筋。他迫切的愿望是跟着老妖混出一个名堂，好歹在核心期刊上发表两篇 Paper，挣取经验值，更迫切的是，他想老妖放过他两天，让他继续用这超法拉利机器玩两把星际。超级牛 X 的 ID，只有和超级牛 X 的机器结合才般配。

欧阳达华的一个电话让李兵把这想法提前了，甚至不顾老妖近在咫尺的危险。

"你在战网上吗？"欧阳的语气很急，看样子已经快被人灭了。

"干什么，我在实验室呢！"

"有人在用你的账号呢。"欧阳焦急起来，仿佛那是他的财产，被人抢了。

李兵心一沉，"什么？"

"有人在用你的账号玩星际，Zoe 那个。"

李兵的心沉到了底，他想起那个叫 USB 的家伙，这天方夜谭的事情居然成了现实。他挂了电话，直接上网奔着"星际世界"而去。

两分钟后，李兵来到欧阳所说的那个战网。这里正热闹，大家踊跃观看超级 ID Zoe 的出现。账号已经被盗了，十八位的加强密码没有起到作用。李兵用了一个马甲，这个马甲叫"上帝看片"，战绩是 0 胜 0 负。他给 Zoe 发送信息，"你偷了我的账号！你是个贼！"

Zoe 没有回应，反而很快下线，明显是做贼心虚。李兵在键盘前面大发其火，狠狠地敲桌子，国骂不绝于口。突然间他收到了信息，是USB发来的，"怎么样，兄弟，账号卖吗？"

李兵正抓狂，他马上扑到机器上，"你是谁？为什么偷我的账号？"

"我只是买了一个账号而已。你说是你的账号，有根据吗？"

李兵一时噎住。政府三年前推行网络游戏实名制，所有的 ID 都可以去注册真实资料，这样子，如果发生账号被盗的问题，法院可以受理案件。李兵从来没有想过要去实名注册。老妖是实名注册的忠实拥护者，在课题讨论会上，老妖告诉李兵，实名注册有若干好处，其中之一便是虚拟财产可以得到保护。此刻李兵深刻体会到这一教诲的语重心长，他实在应该早点把这个账号注册保护起来。后悔药是没有的，他只有继续和那个不知何方神圣的 USB 纠缠下去，希望对方良心发现。

"大哥，这个账号我练了三年了。好不容易，您老就发发善心吧！"

"大叔，我给您跪下，要我做什么都可以，只要把账号还给我！"

"大爷，您老仙福永享，寿与天齐，我来世做牛做马报答您的恩德！"

USB 一直沉默着，也没有下线。李兵有些绝望，无计可施，他决定破罐子破摔，反正三年以后又是一条好汉。Ctrl+C，然后 Ctrl+V，"USB，你这个进化不完全的生命体，基因突变的外星人，幼稚园程度的高中生……你去过的名胜全部变古迹，你去过的古迹会变成历史，18辈子都没干好事才会认识你，连丢进太阳都嫌不够环保。"

用抄来的语言泄愤不是一个好办法，就像隔着靴子挠痒。李兵傻傻地看着屏幕，恨不得把那个人从屏幕里边揪出来暴打一顿。

突然间 USB 有了动静，"好小子，终于露出真面目了。泼妇骂街的本事不小。"

"男人要有志气，你不是张大维的博士生吗？网络安全的博士生连这点事都搞定不了，岂不是笑话。你说呢，李兵？"

李兵有一种毛骨悚然的感觉，账号被盗也就算了，这个人居然连自己的真实姓名、真实职业、真实性别都一清二楚，"你是谁！！！！！！！！！！"如果面对着他，李兵肯定要大声地叫起来，但是在《星际世界》里，他只有用十个感叹号。

"哈！"USB发过来最后一个信息，然后下线了。

李兵很快发现了自己的潜力。他疯狂地阅读各种关于网络安全的论文，在网上搜罗各种黑客工具，钻研各种操作系统漏洞和防范办法。他惊讶地发现，从前自己并不是没有才华，而是没有动力。当USB用一种特殊方式深刻地羞辱他之后，他就像上了发条的机器青蛙，开始疯狂蹦跶起来。他发现学术也是一件非常有趣的事，当他理解了各种网络协议，了解了各种后门和木马，他有一种酣畅淋漓的成就感，这种成就感，只有在高中时代，参加数学奥林匹克的时候感受过。老妖对于李兵的表现非常满意，三天两头表扬他，很快，李兵也明白过来，老妖并不是冤大头，对于自己学生的表现有着清醒的认识，只不过，之前他并没有对李兵和欧阳有多少期望。

关于Zoe账号的事，只有欧阳知道。欧阳对此表达了深刻同情。然而同情归同情，他还无比惋惜地说："早知道这样，还不如卖了呢！"

在学术上颇有造诣的人，一般被称为牛人，如果关系更亲密，会被称为牲口。Zoe账号被盗事件之后两星期，欧阳在某些场合下改称李兵为牲口，从此他可以省出更多时间往水秀大学跑。"兄弟，有时间给我指点一下。"起床刷牙的时候，他经常对李兵说这句话，然而刷完牙就忘了。他的生活，仍旧沉浸在美女、游戏和呼呼大睡之中。

根据各种迹象，李兵判断自己的机器中了木马，而且是最卑鄙阴险的那种，躲藏在角落里进行偷窥，时不时窃取重要数据发送给躲藏在幕后的窃贼。李兵用最新版本的银山杀毒把整个电脑都查了一遍，却什么都没有发现。这是一个狡猾的病毒。杀毒软件会探测整个系统，一旦探测到符合病毒特征的文件便将它揪出，隔离，删除。高级病毒同样会探测整个系统，如果发现了杀毒软件在活动，它就将自己包装成普通文件，老老实实地不做任何动作，而一旦杀毒软件停止活动，它便重新苏醒。李兵采用非常规手段来寻找这个木马——他中断了机器的链接，用一个虚拟的网络世界对可能存在的病毒进行欺骗，然后他把机器设置在待机状态，检测所有进程，最后他用自己编写的汇编程序实时监控是否有进程向网络端口发包。这是守株待兔，如果木马病毒并不活动，也就没有效果。持久的等待是对耐心的考验。人和机器比耐心有欠公平，然而李兵有解决的办法——设置好陷阱之后，他回寝室去睡觉了。

起居室亮着灯，这表明欧阳已经回来了。欧阳的卧室门虚掩着，里边透出闪烁的光。毫无疑问，他正在《星际世界》中撒欢。《星际世界》是一个强者通吃的世界，讲究的是强强联合，只要胜率达到六成以上，就不难找到合作者，而胜率达到八成以上又玩了上千把，全世界的强者都会抢着来抱你的粗腿。这和现实世界有着异曲同工之妙。自从李兵把自己最早的账号，756胜298负那个以三个鸡腿的代价交给欧阳保管，欧阳就成了《星际世界》的强者。后边他的战绩也很不错，250胜44负。欧阳的水准李兵是知道的，不是菜鸟，也绝不是强者。有了李兵给他的基础，他就俨然成了强者。游戏世界又一次和现实异曲同工。

欧阳听到了李兵的响动，大声嚷起来，"牲口，我快不行了，快点来！"

李兵不予理睬。

"快点，是 Zoe 啊！"

李兵猛然向前跨了两步，一把推开门，一步抢到欧阳身边，看着屏幕，"哪里？"

不用欧阳回答，他看见了 Zoe 的英雄，一身红色盔甲的神族英雄火云。火云正带领着一队冲锋兵和两只巡航舰对欧阳的基地进行扫荡，虽然兵少，然而火云的超级精神力让他的部队士气高昂，以一当十。

看着自己的心血结晶在别人的遥控下纵横逍遥，李兵心里一阵绞痛。他并没有接手欧阳继续打下去，而是默默地看着。Zoe 以风卷残云的姿态横扫整个地图。那个操纵者对神族有着深刻的理解，兵种配合恰到好处，微细操作也很有功力，是个高手。李兵估计如果用一个新账号和他对战，胜利的把握只有五成。

"你傻了？"欧阳看着对手获得胜利退出游戏，埋怨李兵。

"你小子，没事别喊我。忙着呢！"李兵转身走出门，欧阳有些莫名其妙，"你怎么了？有什么事说出来，别憋坏了。"

李兵关上门，把自己锁在屋子里。

第二天，李兵检查成果，一个小小的异样引起他的注意。那是一个信息包，解开了，可以发现里边包含着一个 IP 地址。这不是任何正常程序发送的东西，肯定是一个木马。李兵查阅内存记录，经过几次成功的反伪装之后，他找到了信息包的源头。他大吃一惊：那是一段经过编译的代码，嵌入在《星际世界》的游戏里边。也就是说，他每一次玩星际都会自动地把大量信息发送出去。这些信息隐藏在星际游戏的数据流中，根本不会被发现。李兵咽下一口唾沫。卑鄙！

IP 的检查结果让李兵劲头十足——那居然是一个校内的 IP。他利用实验室的资料很快给 IP 定了位，结果让他目瞪口呆。

30 号楼 308，正是他和欧阳的公寓，那是欧阳的机器地址。

李兵仿佛吃了一个苍蝇。

老妖注意到了李兵的消极情绪，他找李兵谈话。谈了什么李兵已经全然不记得，因为整个过程中他只想着怎么回去收拾欧阳。然而，老妖的最后一段话还是引起了李兵的注意：国家的网络安全形势很严重，就是内部的机器，很多都被病毒感染，被别有用心的人当作枪使。我们的任务很重要也很光荣，一定要鼓足干劲，力争上游。我看好你，别让我失望。

"枪"这个词引起了李兵的注意，某种可能性浮现出来。也许欧阳并不是那个盗取了账号的人，他只是被利用而并不知道。这种想法很快左右了李兵的大脑，他走出实验室，有一种迫不及待的渴望把欧阳从被欺骗被利用的蒙昧状态解放出来。

肉鸡！

这个词从欧阳嘴里蹦出来。他张大嘴，瞪着李兵，"你是说我成了一只肉鸡？"

"肉鸡？什么意思？你的电脑上有病毒，我的账号就是被你电脑上的病毒偷走的。"

"那就是肉鸡。有人把我的电脑当成了肉鸡，太恶心了。"欧阳有些激动过度，"我要赶紧查查。"

李兵拦住他，"不用着急，我们慢慢来。你先给我讲讲肉鸡是怎么回事？"欧阳的脸上现出一丝尴尬。

"肉鸡"是一个专有名词，专指那些被黑客埋下木马、受到控制的机器。一台受到控制的机器说起来并没有多大价值，然而考虑到人们都有窥视的欲望，这躲藏在黑暗中的控制便有了价值。还有更多的衍生价值，比如说盗取账号、盗取虚拟货币，这不像偷窥那样一拿一个准，还要看运气和胆量。

很多人贩卖肉鸡，他们并不是黑客。黑客这个词带着点技术狂人的味道，而这些肉鸡贩卖者不过懂得皮毛，他们有一个新称呼：灰客。欧阳就是一个灰客。

李兵不相信欧阳是一个灰客。虽然没有黑客那么纯粹，至少也算一个技术活。而欧阳看起来怎么也不像能做这活的，他甚至搞不清楚到底什么叫网络协议。为了证明自己，欧阳出示了灰客手册，那是一份简单的文档，介绍了如何在对方的机器中种植木马，如何进行远程控制。很简单，初中文化的人就能掌握，对欧阳这样的山青大学高才生简直就是小菜一碟。欧阳没有告诉李兵——这毕竟不算什么光彩的事。

"给我看看你是怎么做的。"

欧阳展示了一把。看起来这像一个傻瓜软件，会使用鼠标的人就不会迷失方向。欧阳找到一只上线的肉鸡，激活远程控制。那边的活动一目了然，李兵看到她正在和一个网友聊天。欧阳激活了摄像头，于是她的模样在屏幕上显示出来，那是一个小姑娘，看起来不到二十岁，眉目清秀，正聊得投入。

"你知道她的QQ账号和密码？"

"没有，我不干那种事。"

李兵了解这个兄弟，偷窥归偷窥，做贼的胆子他还没有。然而，既然这木马控制软件可以控制另一端的一切，胆大的人肯定会用来做一些更出格的事。

"你也被人盯着呢，我来帮你查查。"

欧阳的机器上病毒泛滥，简直是病入膏肓，不可救药。然而这不是重点，李兵相信存在一个木马，和坑害他的那个性质相同，那才是他要找的东西。在隔离那些大大小小的病毒之后，李兵仍旧用被动探测的手段监测欧阳的机器，果然，他找到了要找的东西。这木马隐藏在木马控制软件中，一旦欧阳使用这个被称为"灰影子"的软件上网控制肉鸡，他的机器就成了一只任人宰割的肉鸡。

这个具有讽刺意味的结论让欧阳抓狂，"螳螂捕蝉，黄雀在后。"他喃喃地说，脸色难看得像死了老婆。

"这个软件是哪来的？"

"偶然在网上看到的。"

李兵不信任地看着欧阳。

欧阳如实交代了他成为一个灰客的经过。那天从水秀大学回来，玩了两把游戏，然后上网，突然有人找他，问是不是想发财，他当然没想法，于是又问是不是想看 MM，这下子没挡住诱惑，看了几张图片。那图片看起来就像偷窥照，摄像头拍的，不是特别清晰，却绝对有诱惑力。后边的事情顺理成章，那个人提出要卖一些更刺激的图片给欧阳，欧阳不肯，那人软磨硬泡，欧阳也软磨硬泡，要求他免费。最后那人崩溃了，丢下一句话，"算我倒霉，还说能挣钱，连你一起三个，没人付钱。给你算了。下回要看自己用灰影子去抓鸡。"他给欧阳发送了一个大包，欧阳打开，里边全是各种图片，以女性的裸体为主，主题明确，而且看起来都像是偷拍。就像被一把钥匙打开，欧阳的聪明头脑开始运作，根据几个关键字：灰影子，抓鸡，挣钱。Google 很快帮他锁定目标。灰影子程序被下载到机器上，欧阳很快学会了抓鸡，一个通宵，他不懈地发送垃圾邮件和病毒网页链接，成功地让三台电脑成为肉鸡。其中的一台机器有摄像头，是一个漂亮女学生，于是，偷窥成了他每周的必修功课。

欧阳陈述的同时李兵继续检查机器。他研究欧阳的机器怎么在实验室的超法拉利上边种植木马。情形看起来并不复杂，那个灰影子程序让欧阳的机器成了肉鸡，然后有人通过这肉鸡连接到实验室，欧阳有远程登录的账号，那个人利用了这个账号。这个人是谁呢？处心积虑，一心想要盗取账号，李兵想起 USB，他竟然可以开出三十万欧元的价钱买一个账号，肯定很有钱。重赏之下，必有勇夫。这句话流传几千年了，到今天也适用。

李兵恨得牙痒痒，最后一拍桌子，叹了口气。这个贼的技术太高了，抹掉了一切痕迹。

事情发展到这个地步李兵已经放弃了希望，士气一落千丈，从学术忙人变成了隐形人，整整一天没在实验室出现。老妖给他打电话，问问情况，表示一下关心。李兵在电话里声音嘶哑，有气无力，好像很快就要死掉了。老妖说好好养病吧，争取早点回来，我这周末就回美国去参加国际会议，你要是身体没问题就和我一起去。

美国！李兵一下子精神起来，这个国家虽然不如从前那么牛哄哄，全世界到处派兵，可是瘦死的骆驼比马大，美国人民的生活仍旧是洋房小车高热量，是所有富豪和中产阶级喜欢的地方，去过一趟美国，才不枉在地球上活一趟。他后悔不该给老妖装病。在这个大好消息的刺激下，李兵重新活跃起来，第二天就去实验室，连续三天泡在那儿，把老妖要拿到国际会议去发表的论文从头到尾研究个透。

当他大概明白了老妖的论文到底在说些什么，他倒吸一口凉气。当天晚上，他没有睡着，整夜都在琢磨那论文。第二天他提着行李和老妖一起上了飞机。

国际会议很成功，老妖的论文受到了热烈追捧，作为这个世界上人口第二、上网人口第一的大国，中国的一举一动都受到世界的关注。老妖作为国家网络安全项目的带头人，自然逃不掉被热情友好的国际友人包围的明星待遇，连李兵也顺带沾了光，一个星期吃香的喝辣的，看美女、玩赌博，差点把资产阶级的腐朽生活都经历了一遍。然而好景不长，两个星期很快过去，马上就要回国。

李兵提着大箱子从大门出来，箱子里装满了各种美国货（从世界各地，包括中国进口到美国的货）。上车之前他恋恋不舍地看着住了一个星期的大房子。和这个三百多平方米、带花园车库喷水池的别墅相比，学校宿舍就不是人住的地方。

老妖摁了摁喇叭，"别看了，走吧！这房子也不算贵，六十多万美元。你以后肯定能买得起。"

六十多万美元并不是一个很小的数目，然而也并不大，不到三十万欧元。想到曾经有人愿意花三十万欧元买下自己的 ID，李兵追悔莫及。他恨极了那躲藏在暗处的黑客，用一种不光彩的手段把自己的心血偷走，考虑到这一份心血可以换一座宽敞舒适的别墅，他的心就像害了严重的病，拔凉拔凉的。

去美国之前他有一个不眠之夜，从美国回来的晚上，李兵再次失眠。时差是个问题，不过对于李兵这样精力旺盛、神经系统强健的青年学子来说，毫无疑问，这不是一个主要问题。第二天一早，他早上 8 点就去了实验室，埋头苦干。老妖 10 点钟才来，看见李兵勤奋的样子非常满意，嘘寒问暖。李兵把自己的想法和老妖说了，老妖非常赞同，最后说每周的例会你不用参加了，抓紧时间把项目做出来，一个月向我汇报一次就行了；实验室的钥匙问老周头拿过来，可以随时来实验室。

李兵突然觉得有些愧疚。老妖对他表示了无限的信任，投之以桃，报之以李，他应该好好地干活，把有限的生命投入到无限的为人民服务中去。然而……李兵相信如果老妖知道他到底想干什么，一定会买块豆腐，一头撞死。

李兵有一个宏大的计划。USB 或者他雇用的黑客偷走了他的账号，他要拿回来。线索只有一个，就是欧阳的机器，这个线索已经断掉。然而，如果使用超级卫士三代，就可以从遍布世界的各个路由器中把历史信息提炼出来，从理论上说，也就有了跟踪每一个信息的可能。为了达成这个目标，李兵需要两样东西：一套超级卫士三代软件，用来发现踪迹；一台超级计算机，用来分析数据。幸运的是，这两样东西实验室都有。

超级卫士是老妖的课题组开发的产品，用来保证国家网络安全。它能够把许多种子埋设在整个网络中，不需要覆盖所有的计算机，只要达到一定的拓扑结构，它就能够监视整个网络。当然，这是一个理想模型，前提是存在一台超级计算机，能够处理浩如烟海的数据，根据现有的网络情况估计：为了监控全世界，需要这台计算机能在一秒钟内完成六百万亿次运算，同时，涌入这个计算机的数据流为一万三千亿比特每秒，如果用铜来传导，至少要像大腿一般粗并用液体冷却才不至于过热。这种能力的计算机只能出现在科幻小说或者 YY 小说里。现实一点的做法是采用分布式结构，就像动车组火车，一个车头的力量不能拖动火车跑到三百公里每秒，就把动力分散，每一节车厢都有驱动，让它们协同工作。老妖刚发表的论文就是分析这种方法的可行性和效率。当然，让李兵夜不能寐的并不是这个伟大的想法，而是另一个简单事实：这个超级卫士和病毒没什么两样。

超级卫士是一种主动软件，能够自己复制，并在别的机器上埋种子。如果一定要找出它和病毒之间的区别……它还有某种纪律性，只为国家网络安全局服务。然而，这种忠诚并不可靠，只需要改动一些地方，就可以让超级卫士给李兵服务。他真的这么做了。向老妖提出一个积极的工作方案是修改超级卫士的时间保证——超级卫士的源码在实验室的金星四号超级计算机上，有一道警戒级别很高的防火墙保护，是不能轻易下载转移的。李兵的计划很简单：把超级卫士的源码搞出来，在自己的超法拉利 PC 上重新生成，然后让它去找到盗取自己账号的幕后黑手。为了这个目的，他首先要读懂源码，还好，这正是老妖希望他做到的事情。

欧阳给李兵打了一个电话。Zoe 再次出现，而且放出话来，如果谁能够单挑赢了他，就有三万元的奖金。这件事震动了整个《星际世界》玩家界。李兵正在潜心研究超级卫士源码，并不喜欢被打搅，但显然这是冲着自己来的。他决定去看看怎么回事。

战网上 Zoe 正好赢了一局，把不败战绩延续到 387 胜。神族英雄火云在这片被征服的土地上耀武扬威。李兵不知道怎样形容自己的感觉。他退出，然后用"上帝看片"的账号重进。他决定和 Zoe 单挑。

战斗进行得很激烈。在《星际世界》的历史上，从来没有一场比赛能吸引如此多的观战者，以至于能同时容纳一千张八对八地图的战网竟然只开了这一场战斗。战斗持续了一个半小时。厮杀很激烈，在很多领地上反复拉锯，最后成了一片荒芜。整个战斗的死亡也创造了纪录：双方死亡的士兵达到六千四百个人口单位，而游戏的人口上限仅仅是三百人，作为超级英雄的火云，竟然死亡了十次，复活了十次。当"上帝看片"以仅剩的一百二十个步兵围攻火云，这场战斗的结局终于明了。

Zoe 输了！不可一世的 Zoe 终于输掉了比赛，这个消息像一阵旋风传遍整个战网。然而出人意料，"上帝看片"突然停止了游戏，认输退出。战网上一片哗然。

李兵狠狠地教训了那个偷走账号的，让他知道《星际世界》里，绝对的霸主并不是 Zoe，而是创造了 Zoe 的李兵。然而，他并不想让火云输掉比赛，哪怕只有一场。他会把账号拿回来，所以就不能把它毁掉。

"兄弟，做得不错！"李兵收到了消息，是 USB 发过来的。李兵冷冷地笑，果然不出所料。

"你想把 Zoe 拿回去也行，不过，有个条件。"

"什么条件？"

"张大维的超级卫士三进展如何？"

这个问题让李兵马上警惕起来，"你是谁？问这个干什么？"

"我对网络技术比较好奇，从网络安全到网络游戏，都感兴趣。"

"你的条件是什么？"

"一份源代码。这个账号还给你，加上五十万欧元。"

李兵开始明白过来这个人到底是什么货色了，他想到了那些亡我之心不死的敌特组织，老妖也经常提醒大家，国家的安全形势仍旧很严峻。李兵绝对不想做背叛祖国、背叛民族的罪人，然而考虑到五十万欧元和自己的账号，他不禁有些犹豫。

"你到底是谁？"

"别再问这个傻问题了。USB，当然是 USA 的兄弟，哈哈。好好想想吧，想好了再找我。"

李兵反应很快，"我怎么找你？"

"你的'上帝看片'账号已经声名远扬了，想找我的时候，用这个账号上战网。"

"我没有找你，不要再用 Zoe 账号。"

"我尽量吧，不过用火云很爽的，万一手痒了忍不住，那也没办法。"

三个星期的时间很快过去。李兵取得了不小的进展。根据老妖布置给他的参考文献，他把超级卫士的算法整理出了一个大概眉目。这并不是他关心的重点，他想搞明白的是要怎样才能把超级卫士移植到自己的超法拉利上。现有的版本只能够在金星四号上运行。他交给老妖一个阶段性报告，同时提出要求，获取管理员权限，这样子，他可以对超级卫士进行一些改动，验证它的有效性。老妖考虑了一下，答应了，同时提醒李兵，这个东西很敏感，很多人不喜欢超级卫士，觉得侵犯隐私。改动版本只能在实验室进行模拟，绝不可以到真实网络上进行排练。

李兵也想不到居然能够进行得这么顺利。管理员权限意味着他可以改动防火墙，然后他就可以顺利地拿出一个拷贝。进展太顺利导致他心存疑虑，一直不敢动手。一个星期后，老妖突然宣布他要回美国去待三个月。按照美国的法律，绿卡持有者必须每年在美国至少居住半年，老妖提前回来，自然也要提前回去。走之前，他找到李兵，对他进行了深切的鼓励，希望他尽早在学术道路上闯出自己的一片天空。

老妖的离去让李兵如释重负。整个课题组十二个人，除了欧阳，其他的都是师弟师妹，不可能对他的行为提出任何怀疑。至于欧阳，已经失踪了很久，自从上次的那场战斗之后再也没有见过他。好日子终于来了！老妖走的第二天，他把防火墙撤除，把超级卫士的所有源码都下载到机器上。他小心翼翼地清除痕迹，检查了一遍又一遍，最后确认就是大罗金仙也查不出来才放心。

李兵怀着忐忑不安的心情打开源码。一切都很平静。他的心情慢慢平静下来，觉得一切都挺正常。他开始修改源码。

超级卫士三的修改版开始运行的时候，实验室里一片寂静。为了避开其他人，李兵选择了一个夜深人静的晚上，他以加班的名义留下来。超级卫士三开始向其他机器发送种子，很快，种子送回来反馈，它已经在学校的网关上落地生根。随着时间的推移，越来越多的机器上有了种子，李兵送出指令，要求寻找出入欧阳机器的所有数据包，十分钟后，第一个信息回到超法拉利，然后，无数的信息蜂拥而来，潮水一般的相关记录让超法拉利的硬盘灯一直亮着，发出一种危险警告般的响声。超级卫士开始分析这蜂拥而来的数据，整理出过去半年，所有数据包进入欧阳机器的路径。某些数据包中途断掉，种子们自动向上游出发，直到抵达最终的源头。

第一条路径被分析出来，那是一个门户网站。欧阳两个月之前浏览了网页，这张网页上的内容通过三条不同的途径抵达他的机器，数据包在他的机器上会合，最后显示出来。分析这样一个内容耗费了一分钟时间。可以想象发现之路会很漫长。李兵把毯子在地上铺开，就在地上睡觉。早上醒来，估计应该有些结果了。

第二天，李兵醒过来第一件事是检查结果。结果让他大吃一惊，整个晚上，除了那第一条路径，超法拉利没有分析出任何第二条。

某一个数据包卡了壳，种子们一个晚上都在向那个路由器发动进攻，然而没有任何结果。显然那是一个安全程度很高的路由器。李兵看了看原始数据，这是欧阳的一个聊天记录，对方从那个路由器出来，辗转了好几个地方，最后才面对欧阳。这份聊天记录，正是促使欧阳成为灰客的那个。灰影子！李兵直接想到了那个种植木马的工具。

李兵再次修改超级卫士，让它们暂时绕过不可克服的障碍。超法拉利继续奔腾，李兵的注意力集中到灰影子上来。如果整件事是一个预谋，那么一切都可以解释通了。灰影子和那个USB是一伙的，他们对老妖的课题关注了很久。可以想象，超级卫士正是灰影子的克星，如果超级卫士监控了整个网络，灰影子也就没有藏身之处。欧阳和自己正是两个可以利用的人——有嗜好的人就有被利用的可能，自己嗜好游戏，而欧阳嗜好美女。

Google关于灰影子的信息有12,689,234条，不包括因为法律规定不能显示的。大多数讲的都是两类事：因为灰影子而被窃取了隐私，最后财产被盗，家庭破损；另一类则是利用灰影子窃取公司机密。最著名的"灰影门"事件是WCLTD公司雇用了一家地下公司来窃取竞争对手的投标机密，结果被员工曝光，然而那个投标还是被WCLTD拿到了，三十亿元的大单……各式各样的网页让李兵看花了眼。他没有想到灰影子原来有这么大的能量。USB愿意用五十万欧元来买下超级卫士也就顺理成章，他可以挣到成千上万倍的利润。

突然之间，李兵发现自己正在一个狩猎场上，而那被狩的猎物就是自己。奶奶的！他骂了一句。他一定要给那个USB一点好看。

USB，可以这么念：U，SB。翻译成中文就是：你是一个傻B。李兵决定要把这句话奉还。他停掉了大海捞针一样的搜索。他要给USB设一个局。

出来混，迟早都是要还的。虽然李兵不是古惑仔，他相信这句话不仅在黑道上适用，对于他这样一个下定决心和敌人周旋到底的爱国青年，这话同样灵验。USB给他下了套，现在到了偿还的时候。

他用"上帝看片"的账号上了战网，等待USB出现，闲着没事，他杀了一把《星际世界》。对手是一个叫"荒淫无毒"的家伙，战绩780 胜 568 负，还不错。"上帝看片"轻松踩死了"荒淫无毒"。退出的时候，他收到两声嘿嘿，他明白"荒淫无毒"想要干什么。超级卫士报告了某种控制企图。又是灰影子！根据"荒淫无毒"在游戏中的表现，李兵有些怀疑这个账号也是偷来的。卑鄙！李兵发出一个指令，在网络的那一端，"荒淫无毒"的机器马上黑屏，自动关机。等他再次开机，就会发现自己的机器已经一无所有，连硬盘都报销了。李兵突然有一种快感，好像他已经成了上帝，对别人可以生杀予夺。

USB 的消息让他从幻觉中醒过来，"兄弟，想通了？"

李兵要的就是这个。他赶紧和 USB 聊天，同时启动了超级卫士的数据包跟踪。

"你先回答我几个问题。"

"什么问题？说来听听。"

"你为什么要找我？"

"不找你找谁呢？堡垒最容易从内部攻破。"

"欧阳呢？"

"你是说欧阳达华？他还没有聪明到能够理解超级卫士的份儿上。怎么样，代码搞到了吗？"

"别急，我还有问题。你是谁？"

"怎么还问呢？我们这行，曝光就完了。你是不是想找国家安全局来抓我？"

李兵瞥了一眼超级卫士，它正有条不紊地追踪着 USB 的数据包。这是一个狡猾的对手，几句话的功夫，他已经更换了三次 IP，分别来自日本、韩国和津巴布韦。超级卫士破解了这些障眼法，追到挪威的一个小城市，然后从这个城市追踪到美国。它碰到一堵墙。这堵墙就是二十四小时前发现的那个路由。超级卫士开始按照李兵预设的方法运作，试图穿过这个路由。完成整套动作大概需要三十秒钟。

"你先把游戏账号还给我。"李兵继续与 USB 纠缠。

"哦，这么说你答应……"USB 突然断了线。李兵一阵焦急。超级卫士显示路由中断。

一分钟的等待也像漫漫长夜无心睡眠一样难熬。USB 终于再次出现，一行信息出现在眼前："好小子！不错！大爷我就收下了。"

李兵还没有反应过来发生了什么。超法拉利突然一阵响，大量的数据冲了进来。成千上万台机器，从华盛顿、巴黎、布鲁塞尔、布宜诺斯艾利斯、北京、第比利斯……无数的不知名的地点向超法拉利发动了攻击。突如其来的攻击在超级卫士的设计理论之外，它来不及做出任何反应就被淹没在海量数据流中。这些攻击者挤占内存，吞噬硬盘空间，堵塞网络通道……他们用最简单、最粗糙的方法冲了进来，没有任何技术含量，就像一群乌合之众的强盗，然而数量众多，破坏力惊人。僵尸网络！李兵曾经看到过这个名词，灰影子的操纵者可以同时控制很多机器对某一个特定目标发动攻击。在那个 WCLTD 的例子里，最先披露黑幕的媒体就被这样的一群僵尸围攻。李兵没有料到自己竟然受到这样的 VIP 待遇。

突然间李兵意识到不对。为了防范灰影子，他放下了一些暗哨，此刻这些暗哨都发出了警告。似乎灰影子夹杂在这些僵尸里，企图在超法拉利上潜伏下来。

他仔细看清了警告的内容，事情比他想象的更可怕，灰影子突然爆发，并不是网络控制，而是从机器的硬盘里一跃而起，仿佛那是一个潜伏已久的病毒，被某个信号激发，开始发作。李兵使劲地敲着键盘，他不相信自己的机器上竟然有灰影子，在僵尸把机器完全瘫痪掉之前，他看清了灰影子的来源——那竟然是超级卫士的一段代码。他咽下一口唾沫，脊背一阵发凉。

短短的十几秒钟，超法拉利完全失去了控制，变成了一只彻底的肉鸡，甚至连电源键也失去了作用。超级卫士的代码中间居然潜伏着灰影子。看着主机箱上不断闪烁的蓝光，李兵手脚冰凉，心如死灰。超法拉利正在向其他机器攻击。李兵默默地站起来，走到实验室尽头，打开开关盒，把电源开关拉掉。屋子里顿时一片漆黑。刀锋250X4的主机箱中响起一阵噼啪，电源风扇发出悠长的 Biu 声，然后一切都沉静下来。

李兵被抓进了监狱，三年有期，罪名是破坏国家安全。因为李兵降低了金星四号的防火墙等级，结果导致病毒侵入。敌特对历史数据进行了破坏，造成的损失无法估量。还好，超级卫士三代并没有受到损伤，否则李兵就罪大恶极，甚至有可能被判死刑。

审判在严格保密中进行，旁听席上，坐着稀稀疏疏的几个人，其中有专程从美国飞回来的老妖。他强烈要求参加旁听，希望了解自己的学生到底怎么会犯下这么严重的罪行，同时要求承担连带责任，减轻李兵的量刑。他被认定有连带责任，被内部警告，撤销了在超级卫士三代项目上的管理权。

整个审判过程进展顺利。李兵没有什么话说，低头听着长长的公诉词。

"堡垒最容易从内部攻破。"

"你是说欧阳达华？他还没有聪明到能够理解超级卫士的份上。"

他回想着和 USB 的最后一次对话。USB 耍了他。然而，他得意忘形后把某些信息泄露了出来。是的，他被陷害了。一个设计得天衣无缝的陷阱，就算他争辩，也不会有任何人相信他，甚至他自己也不信。

如果他说出真相，除了现有的罪名，他会被所有的人道德谴责：丧心病狂，反咬一口，忘恩负义，而永远不会有证据能够起诉老妖。他仍旧自由自在地在中美之间穿梭，领导国家网络安全建设。也许老妖就是灰影子背后的黑手，或者他和灰影子的地下集团有什么交易，不管怎么样，他是一个聪明人，他用最轻微的代价完成了这次代码转移。

李兵在监狱里咬舌自尽。他留下遗言寄给欧阳：欧阳，看在三百个鸡腿的份上，帮我告诉老妖，我做鬼也不会放过灰影子。

他明白在阳间不可能斗得过那些人，决定用自己的生命来谴责他们的良心。可惜他又错了，对于生活在阴暗中的人们，最不怕的东西就是鬼了。

魂归丹寨

二十年前，刘满贵离开丹寨的时候，从来没有想过自己有朝一日还会回来。

"你是阿满？"老眼昏花的六婆婆就着太阳光端详了半天后，犹豫着问了一句。

"对！"刘满贵看着头发花白的六婆婆，鼻子一酸，两眼一热，泪水一瞬间便充盈了眼眶。

"你真是阿满！"六婆婆又惊又喜，拉住了刘满贵的手，"你可算回来了，七公一直念叨，说阿满该回来了，大伙儿都说你在外边发达了，不会再回来了，但七公不信，说你一定会回来。这真是太好了！"

六婆婆的语速很快，口齿伶俐，一点儿也不像上了岁数的人。

当"七公"两个字从六婆婆的嘴里说出来，刘满贵的眼神一下子暗淡下来。

"七公还好吧？"刘满贵问。

"你还没见到七公？"六婆婆惊讶地张大了嘴，"我还想你已经见过他了。"

六婆婆的话让刘满贵的心微微抽了一下，脸上露出一丝尴尬。

他抬眼看了看寨子高处，陡峭的山坡上，一座孤零零的吊脚楼依山而立，像是挂在那儿的一个小小火柴盒。

"快去看看他，这些年，他最念叨的人就是你了。"六婆婆说着推了刘满贵一把。

刘满贵把带来的两盒点心搁在六婆婆廊下的桌上，恭恭敬敬地作了个揖，退出门去。

该见的总得去见。

刘满贵吁了一口气，迈开脚步，走出村子，踏上了田垄。

田垄上长着稀疏的草，随着刘满贵的脚步，灰绿色的拇指大小的青蛙不断从草丛里跳起，跃入稻田的水中，此起彼落。一条鲤鱼在水稻间游动，受了惊扰，猛地一打尾巴，荡起一圈涟漪。正是稻花盛开的季节，微微发黄的细小花朵落在水面上，水波荡漾，带着稻花悠悠浮动。

刘满贵停下脚步。

此情此景，像是在他的心头划拉了一下，让他有些恍惚。

二十年了！

当年的少年郎，如今人到中年。寨子的变化也令人恍如隔世。

刘满贵向着坡下望去。丹寨占据了连山最好的位置，山坡平缓，梯田层层叠叠，一直绵延到山脚，有近四十层。寨子在山腰，山势到了寨子这里就陡然一变，变得异常陡峭，外边的人想要攻破寨子，比登天还难。山上还有七口泉眼，常年流水不断，灌溉这数十层的梯田，也滋养着寨子里的人们。

这是块被其他寨子艳羡了六百年的宝地。

梯田看上去既熟悉又陌生。

再望得远些，尽是山。绿的山，蓝的山，青的山……越来越远，颜色越来越浅，最后成了淡淡的一抹，横在地平线上，和天空融为一体。

这是大山里的寨子。

一阵悠扬的芦笙传来，把刘满贵从恍惚的回忆中惊醒。

他转过身，抬头向着上寨张望。

丹寨分为上下两部分，上寨更古老，像个军事堡垒，下寨则是纯粹的民居。上寨的楼，都是用石头堆砌的基底，然后砌出水渠，引来泉水，顺着地势在寨子里穿行，既是生活用水，也能防火，更是在外敌侵入时的有力屏障。这是先民们耗费了无数人力心力才筑成的堡垒，只求子孙万代平安，然而禁不住便利的诱惑，上寨住的人越来越少，刘满贵走的时候，上寨只剩下十多户人家，几家猎户，剩下的就是芦笙长老和颂诗人。

芦笙长老能吹出最美的芦笙调，那叫真本事。

熟悉的曲调让刘满贵的记忆再次复活，他想起当年自己走的那天，走出了两个山头，还能听见芦笙的调子。

那天，他听到的是一曲《送儿郎》。

此刻，他听到的还是《送儿郎》。

丹寨的儿郎要远行，八寨的乡亲听我唱，

他乡的山水千千万，丹寨的泉水清又长，

儿郎此去远家乡，父母在垄上驻足望，

一望我的好儿郎，披星戴月吃饱餐，

二望我的好儿郎，天寒地冻添衣裳，

三望我的好儿郎，平平安安传家书，

天边彩霞红彤彤，姑娘跳起锦鸡舞，

丹寨的儿郎要远行，乡亲送行过了八寨。

······

熟悉的歌词像是在刘满贵头脑中盘旋，越来越响，胸口间一股气涌上来，直冲天灵盖，刘满贵鼻子一酸，缓缓在垄间蹲下，呜呜地哭了起来。

七公的屋子里还是老样子。

一对硕大的牛角挂在堂上，正对着门。两旁的墙上贴着松木，上了厚厚的漆，板上都是刀刻的画。那故事刘满贵从小烂熟于心，开首第一幅画，讲的是尤公大战黄龙公的故事。画上，尤公双手各持利刃，形态威猛，那黄龙公却猥琐地缩在一边，脸上满是恐慌的神色。黄龙公身后，是雷公电母还有洪水，蓄势待发。

这是苗家远古的传说，苗家的首领尤公是条刚正勇猛的汉子，带着苗家人在大河边开垦土地，耕种庄稼。后来黄龙公来了，要抢苗家的土地，尤公带着精壮的苗家男儿去和黄龙公打仗，节节胜利，后来黄龙公用了诡计，才打败了尤公，还砍掉了尤公的脑袋。苗家人从此颠沛流离，被迫离开大河，到了山里，不断在大山中迁徙。

这是先民的历史，在汉家的地方，刘满贵早就听过不同的版本。汉家人称尤公为蚩尤，残暴好杀，是黄帝打败了蚩尤，才有了天下太平。

谁是谁非，早已经湮没在历史长河中，毕竟那都是几千年前的事了。现实就是苗家人在大山里，艰难耕作，过着和上千年前没有太多差别的生活，大城市里的汉家人，早已经住进高楼大厦，建设现代的物质文明。苗家人只有走出去，才有希望，就像他刘满贵一样。

然而面对七公，刘满贵实在不敢提这样的想法。

七公从里屋走出来。

虽然上了年纪，但仍旧精神矍铄，两眼精光四溢，见到刘满贵，劈头盖脸就是一句，"你还知道回来？"

刘满贵不敢还嘴，老老实实地低着头，准备听七公的训斥。

七公却随即叹了口气，"回来就好。你要做啥子，大人也不勉强你。"

听见七公的话说得这么软，刘满贵喜出望外。他抬眼看了看七公，说了一句："七公，您气色好啊！"

"好什么好！差点没被你气死。"七公又骂了起来。

刘满贵慌忙低头，拿出驯服的样子。

二十年了，就算一个人外在变了许多，有些内心的东西不会变。

对七公，刘满贵又敬又怕。

七公在条凳上坐下，招呼刘满贵，"阿满，坐这里。"

刘满贵顺从地走过去，挨着七公坐下。七公身上浓烈的烟草味有些呛人。多年来，刘满贵没有沾过一根烟，乍一闻到这浓烈的烟味，不禁咳了几声。

"阿满啊，你这一走，就是二十年啊！"七公拉开了腔调。

七公是寨子里的颂诗人，说起话来也带着腔调，总有些像是唱歌。苗家的人都说会唱歌才会说话，七公简直就是把说话都当成了唱歌。

"是。"

"这次回来，几时走？"

"请了一周的假，下周二走，赶回去上班。"

"当初不许你走，你硬要走。现在你也不是寨里的人了，要走，七公也不好留你。"

"七公，这是哪里的话。我这不是回来看您了嘛！"

七公扭头看着刘满贵，仔细端详，一边看一边点头，"没错，是阿满，就是变得白嫩了，城里条件好，不用那么辛劳。"

七公对城里似乎总有一股怨念，丹寨原本是个很清净的地方，与世无争，就像一个世外桃源。外边的消息要飞进这山沟沟里，得要飞好久好久。寨子里听到的消息，往往比外边要慢上一年半载。

三十多年前，从城里来了一群人，闹哄哄地在龙泉山里开矿，矿机打破了山里的寂静，也打开了山民的眼界。上新学，时代给孩子们提供了新选择。刘满贵就是那时到矿上学校里读了书，然后离开了丹寨。

刘满贵没有理会七公话中的怨意，"这次回来，我想带几个后生跟我一起出去，我那儿缺人，正好让他们帮忙。"

七公眼神微微一滞，似乎在发愣，最后叹了口气，"走吧，走吧，这寨子，留不住人哪！"

刘满贵慌忙接上七公的话，"七公，我接您去上海吧！那儿什么都有，日子可舒心了。"

七公摇摇头，摆摆手，"我一把老骨头了，经不起折腾，在这儿比去哪儿都好。"

刘满贵默然。

"这次回来，几时走啊？"七公又问。这正是刚才问过的话，七公上了年纪，记性也差了。

"下周二，一周的假。"刘满贵回答。

七公伸出手指掐了起来。

刘满贵心头微微一动。小时候，他看惯了七公掐手指，七公的五根手指像是有某种魔力，拇指不断地和其他手指一碰又分开，就像是神秘的舞蹈。他屏住呼吸，目不转睛地盯着那五根翻飞的手指。手指停下来的时候，七公总会说出一番让人惊异的话。

拇指最后和中指搭在一起，形成一个半握拳的手势。

七公转过头来，脸色严肃，"阿满，你这回走，七公我不拦着你，但是你要答应我，请完七姑娘再走。"

请七姑娘！刘满贵一惊。

每年稻花开的时节，苗家的寨子就会举行仪式，送七姑娘上天。长老会找来年轻的姑娘或是小伙，让她在颂诗人的歌声中和七姑娘相见，送七姑娘去天上，保佑寨子风调雨顺，稻米丰收。

这是迷信！就像是和鬼神通灵。当初正是七公坚持要自己请七姑娘，自己才不顾一切，独自出走。二十年后，七公还是没有忘了这茬。

"时辰正好，你就是最适合请七姑娘的那个人。"七公的话和当年简直一模一样。

刘满贵看着七公。

七公老了，脸上满是皱纹，皮肤成了古铜般的颜色，看上去也像古铜般坚硬。他的眼里满是殷切的期待。

"好！"刘满贵答应下来。

刘满贵要送七姑娘的消息就像长了翅膀，传遍了丹寨，也传遍了八寨。

外头回来的先生要送七姑娘，这事透着神奇。丹寨有好些个年头没有送过七姑娘了，说是这些年的姑娘小伙都不行，没法进入状态，也就没法把七姑娘请出来，送上天。慢慢地，大家也就淡忘了这事，说起请七姑娘，都像是一个遥远的传说。

活人怎么能和死人说上话？

上了岁数的人都深信不疑，年轻人则不以为然，如今听说在大城市里做大学问的大人物要送七姑娘，无法不感到惊奇。

约定的日子到了，铜鼓广场上人山人海，里三层外三层，挤满了看热闹的人。姑娘们都穿上最好的衣物，戴上漂亮的头冠和项圈；小伙子则随意得多，但多多少少还是穿上了传统服饰。乡亲们纷纷拿出各自的好东西，就地做起了生意。

人们把这当作了一个盛大的节日。

刘满贵站在金锁身旁，面对着热闹的人群，心中不免有些慌乱。

"金锁，你说今天能成吗？"刘满贵问。

"满贵哥，七公说能行，就一定行。"金锁笑呵呵地回答。

金锁是刘满贵从小玩到大的朋友，虽然二十年不见，仍旧一见如故。今天他特意穿上了黑色镶红边的苗家衫，干净而松垮，颇有些世外高人的样子。

金锁抱着一管巨大的芦笙，有二十九根管，立起来高出金锁一头。最高的竹管顶端，两条色彩斑斓的锦鸡尾羽直挑天空，在晴朗的天空下甚是醒目。这是芦笙长老特有的标识。

"那天的《送儿郎》，是你吹的？"刘满贵问。

"哥，你不是问过了吗？就是我吹的。"金锁爽快利落地回答。

刘满贵点点头。金锁吹芦笙的技艺出神入化，年纪轻轻就成了芦笙长老，然而自己始终有些不敢相信。或许是因为当年金锁一直是个跟在自己身边的小跟班，从来没有展现出任何过人的天赋。

士别三日当刮目相看，何况二十年呢？

刘满贵盯着场中巨大的铜鼓图样，怔怔出神。二十年了，当年七公一直说自己有天赋，可以做颂诗人，接他的班。二十年的时间让芦笙长老换了一茬人，颂诗人却一直没有换过。

七公干这个怕有四十年了吧！

刘满贵抬头看了看场边。七公穿了一身黑衣，黑衣上绣满花纹。今天的仪式，七公是主事，他特地换上节日盛装，映衬得满脸红光，仿佛年轻了十岁。两面巨大的铜鼓立在七公身后，每一面鼓前都站着一个赤膊的力士，拿着胳膊粗细的鼓槌。

"金锁！"芦笙队里有人喊金锁的名字。

金锁应了一声，向刘满贵点点头，"满贵哥，我过去了。表演完了，我再找你。"

刘满贵随意地点了点头，继续盯着广场中央的铜鼓图案，若有所思。

"起！"一声长长的唱腔宣告了仪式的开始。

热闹的芦笙调中，两名精壮的汉子抬着一根三米多高的柱子走进场子，九个身穿苗衫的汉子，手里拿着明晃晃的苗刀，排成三排三列，跟在他们身后。抬柱的汉子在铜鼓中央停下，护卫的汉子四下散开，口中大声吆喝。伴奏的芦笙更加急促，和吆喝声应和，铜鼓也恰到好处地响了起来。

"请七姑娘！"七公仰着脖子，声音洪亮，以至于喇叭里传出的声音都有些呲了。

众人的视线齐刷刷地向着刘满贵投射过来。

刘满贵站起身，从拿刀的汉子中间走过，走到了广场中间，站在柱子下方。

柱子的顶端是一对硕大的牛角，左右对称，向着天空高高扬起。刘满贵抬头望着那对牛角，双手覆面，心中默念七姑娘的名字。

多佳颂，多佳颂，快快出来见尤公！

他用苗语默念了三遍，打开遮面的双手，高高举起，然后双膝跪地，向着柱子上方的牛角伏身拜倒，双手贴地，连面孔都几乎挨到了地上。泥土的气息充斥了鼻腔。

高高立着的牛角是尤公的象征，刘满贵拜倒在这柱子下。

《多佳颂》的芦笙调恰到好处响起来。

七个芦笙长老缓缓走出，绕场行走，最后围成一个圈，将刘满贵围在中间。

水从山上来，人往田间去；

牛儿犁田过，汉子插秧忙；

禾苗青又尖，稻花香又甜；

蓑衣沾露水，露水养稻米；

请来多佳颂，上天传音讯；

风调雨顺日头高，兴高采烈丰收年；

……

抑扬顿挫的芦笙调中，七公在唱歌。

歌词都是苗语，发音很轻，词语粘连，仿佛咒语一般。

歌声飘进了刘满贵的耳朵里，刘满贵跟着轻轻吟诵。这是他自小背诵熟习的歌，二十年没有温习过，但一唱起来，记忆就像打开阀门的洪水般汹涌而出。

刘满贵直起腰来，盘腿席地而坐，闭上眼睛，应和着七公的歌声。

芦笙的调子忽然一变，变得更为轻柔，咿咿呀呀，如婴儿学语。七公换了一首《太阳早起歌》，和芦笙的调子正好搭配。

刘满贵也随着那调子在心中默默地唱。

不知不觉中，听到的歌声越来越轻，心中的歌声却越来越响。

世界变得很安静，一切声响都消失了，只有自己的歌声仍在。

刘满贵继续唱着，他感到自己的身子渐渐飘了起来，神智一阵恍惚。

当他猛然清醒，却发现自己正行走在田埂上，一团浓浓的雾遮蔽山坡，小径顺着田埂向前，消失在雾气之中。

前边有人在唱歌，歌声从雾气中传来，清脆嘹亮，是难得的女高音，刘满贵加快脚步，上前看个究竟。

浓雾消散，田间的空气格外清冽。就在田埂上，刘满贵看见了唱歌的人。那是一个婀娜的背影，戴着高高的银凤冠，冠上的饰物在风中碰撞，发出细微而清脆的声响。

她穿着百鸟服，每一只绣在衣服上的鸟都栩栩如生，随着她的脚步颤动，仿佛会从衣服上跳出来飞走。

七姑娘!

刘满贵心头狂喜。这就是七姑娘!

他赶紧上前，站在那女人身后，深吸一口气，让激动的心情稍稍平复，开口喊了声："多佳颂!"

女人回过头来。

这是一张既熟悉又陌生的面孔。刘满贵确信自己从未见过这女子，却又像是曾经见过。她的脖子上挂着银项圈，闪闪发亮，比通常苗家女子戴的项圈粗了一圈。项圈上雕刻着精美的图案，层层叠叠，美不胜收。项圈下方，银铃铛像是瀑布一般地挂着，直垂到腰间，盖住了束腰带。她像是被银子裹了一身。

女人嫣然一笑。

"阿满，你找我吗?"女人显然认得自己。

"对对对!"刘满贵忙不迭地回答，"今天是稻花香，我来送七姑娘你。"

"好啊!"女人说着伸手一挥，刘满贵顿时只觉得脚下一空，低头一看，自己已经站在半空中，远远望去，梯田就像层层叠叠的抹茶蛋糕，青葱的绿色中掺杂着几缕不易觉察的黄。寨子横在山腰里，像是大山的腰带。

七姑娘就在身旁站着，笑吟吟的样子，正看着自己。

"七姑娘，我们是要去天上吗?"刘满贵不慌不忙，平静地问。

"对啊,你不是要送我吗?当然是去天上。"

"但我只是送你出寨子啊!"

"你不知道送七姑娘,是要送到家的吗?"七姑娘嗤嗤地笑了起来。

刘满贵仔细地打量七姑娘。

她的面孔有些模糊不清,然而刘满贵知道她很美丽。她是个神话传说中的人,也许就是所有苗家姐妹美好的集合吧!

她只是一个幻影吗?刘满贵满心怀疑,她分明活生生地和自己站在一起。或者,这是一个梦?

倏忽之间,他们已经落在了一片田地里。

这和丹寨的梯田很像,却又稍有不同。稻子已经成熟,沉甸甸的稻穗弯着,连成黄灿灿的一片。每一颗稻谷都像玉米粒一般大,稻穗有人的胳膊一般粗。

这是天上的寨子,七姑娘长大的地方。

七姑娘在田埂上走着,向着寨子的方向而去。刘满贵慌忙跟了上去。

一个男人站在稻田的尽头。

七姑娘远远地看见那男人,回头向着刘满贵说:"我到了,我先进去了。"

刘满贵一听有些着急,"七姑娘,老乡们问今年的收成,我可怎么说?"

七姑娘一笑,"你不是已经看见了吗?"说话间,她的影像逐渐变得透明,话音刚落,人已经消失不见。

刘满贵使劲眨了眨眼。

七姑娘不见了,眼前只有那男人。男人在向他招手。

刘满贵走上前。

男人的模样长得有点像七公，眉眼之间又有些差别，年纪更是差了二三十岁。

"阿满，你来了，真是太好了。这里好些年没人来了。"男人说。

"阿大，您是？"

"你认不出我吗？我是你爹啊！"

"爹？"刘满贵满怀惊讶，仔细打量。自己很小就死了父母，是七公一手拉扯大的，对父母没有一点印象。

"那年你三岁，发了高烧，爹背着你赶了六十多里山路到镇上找大夫，你不记得了？"

刘满贵依稀记得这么回事，他记不得缘由，只记得自己昏昏沉沉，不断地颠簸，那是一段很难受的经历，此刻被这个自称自己父亲的人提起，一下子便回忆起来。

他猛然想起了从前的一幕幕情景，他骑在父亲的肩膀上，看着最强壮的水牛打架；坐在田埂上，一边逗弄小青蛙，一边看着父亲插秧；山上的泉水最干净，父亲带着自己，去泉水积聚的池子里泡着，据说这样可以得到祖先的庇佑……

突如其来的回忆让刘满贵错愕不已。他早知道送七姑娘可能会见到先人，但没想到居然会遇见自己的父亲。他愣愣地看着这个跟自己年纪一般大的父亲。

"你做了颂诗人？"父亲问。

"啊，没有！"

"你这娃子，怎么这么不长进，你说要做颂诗人，做全寨子最光荣的那个人。"

刘满贵知道父亲说的是什么，他能够回想起当时的情景。那时自己年刚三岁，坐在一堆乱七八糟的物什中间。芦笙，锦鸡羽毛，小刀，银色的牛角，女孩儿的胭脂……甚至还有一把稻米，刘满贵似乎记住了当时摆在身前的所有东西。

这是一个小小的仪式，测试孩子将来长大会成为什么样的人。

三岁的刘满贵什么都没有选，而是从这堆物什中爬过，颤颤巍巍地站起来，抱住了一条腿。

那是七公的小腿。

七公笑呵呵地抱起了他，"阿满要做颂诗人咯！"

刘满贵咯咯地笑着，重复听到的话，"阿满要做颂诗人。"

父亲站在一旁，脸上笑开了花。

"悠悠的大河哟，宽又长；涛涛的河水哟，向东淌；两岸的稻田呦，稻花香；苗家的儿郎呦，好担当……"

七公开口唱了起来，父亲掏出芦笙，和着调子。

芦笙的声音越来越响，越来越跑调。最后，仿佛晴空霹雳一般，天空中传来两声炸雷。

刘满贵猛地睁开眼睛。

他正坐在铜鼓广场的中央，面对着图腾柱上高耸的牛角。芦笙的曲调正高亢，摆放在台上的铜鼓被两个力士击打，发出低沉的咚咚声。芦笙长老们围着自己，摇头晃脑地演奏芦笙，七公就站在自己身前，见到自己张开了眼，双手一举，咚咚的鼓声立即停下。七公原本念咒一般的唱腔一变，大声吆喝，"七姑娘走咧！"

人群中爆发出一阵欢呼。

七公弯下腰，向着刘满贵问："今年的收成如何？"

"风调雨顺，大丰收！"刘满贵满头是汗，木然回答。七公直起腰，转过身去，向着人群大声宣告，"风调雨顺丰收年！"

人群爆发出热烈的欢呼，欢快的芦笙响了起来，人们涌入广场，绕着芦笙长老围了一圈又一圈，跟随着音乐节奏，跳起了圆圈舞。

这些喧闹却丝毫也没有影响到刘满贵，他仍旧一脸麻木，像是丢了魂一般。

过了半晌，他才从芦笙的曲调中回过神来。

方才的经历如此栩栩如生，只有一种解释可以说得通：这就是自己的潜意识。刘满贵没有想到，研究了大半辈子的潜意识，这么经典的一个案例居然发生在自己身上。

回到吊脚楼里，刘满贵翻出手机。如果世界上还有什么人能和自己一道研究这事，那只能是王十二。

电话嘟嘟响了两声后接通了。

"满贵师兄，你不是在放假吗？"王十二的声音传来。

"十二，我有件难得的潜意识研究案例想找你做。"刘满贵压抑着内心的激动，尽量让自己的语调平稳些。

"什么案例，你不是正擅长做案例分析吗？"

"我做不了。"

"你不是开玩笑吧，还有什么案例你做不了的？"

"我自己的案例。"

电话那头沉默下来。

中科院神经科学研究所是个漂亮的小院，院子里种满梧桐，临近秋天，梧桐叶带上了些微黄色，和仍旧一片碧绿的草坪相映衬，格外富有美感。

刘满贵坐在梧桐树荫下，盯着前边实验楼的自动门。

他在等王十二。

楼门开了，王十二走出来，他身穿白大褂，戴着蓝色口罩，头上戴着一顶医生的白帽，整个人裹得严严实实，只露出一双戴着眼镜的眼睛。

王十二在刘满贵身前站定，和刘满贵对视一眼，缓缓地摇头。

刘满贵点点头。

这已经是第六次测试失败了。和前几次一样，自己没有感觉到任何幻觉，王十二也找不到任何脑波异常。无论是芦笙调还是苗歌，或者铜鼓的敲击，喧闹的人声……两个人设计了各种实验情景，也用尽了各种心理学的诱导方法，最后还是劳而无功。

王十二在刘满贵对面坐下，拉下口罩，说："满贵师兄，看来我们需要再仔细考虑一下还有什么诱导方案。你能再仔细想想吗？"

刘满贵默不作声，脸上挂着苦笑，脑子里却在翻江倒海。他几乎已经穷尽了一切能想到的要素，如果有，那么就该到那个怪异的幻觉里，去找七姑娘问个清楚。

沉默片刻后，他迟疑着开了口，"可能，这不适合做诱导浮现？"

"不可能。"王十二坚定地摇头，"人的任何潜意识活动，肯定能通过特定的诱导方式浮现到意识中。我的论文很扎实，你看过的。"

"没错，但是……"刘满贵犹豫了一下，"总有些特殊情况。"

"你肯定体验了浸入式幻觉，而且就和真正的感觉一样，对吧？"王十二反问。

"没错。"

"这就是典型的潜意识浮现啊！这就是你的潜意识。"王十二的口吻异常笃定，没有给刘满贵留下任何怀疑的空间，但立即又转了语调，"你确定没有使用任何药物吗？"

"没有。"刘满贵非常确定。按照送七姑娘的规矩，当天什么都不能吃，只能喝水。那水，也是从泉眼里直接灌来的水，不会掺上什么迷幻药。在深山里生活的前二十年，他也从来没有听说过迷幻药。

"看来你的潜意识藏得很深，但一旦诱导出来，影响也很大。但我确定这是科学，不是玄学，一定可以找到诱发因素，重复你的经历。"

打心眼儿里，刘满贵同意王十二的看法。

王十二有个绰号，"心理学福尔摩斯"，各种案例到他手中，都会被他抽丝剥茧般揭开真相，解决得干干净净。对大多数人来说，心理学像是一门玄学，但对王十二来说不是。王十二是个货真价实的心理科学家，是国内研究潜意识神经活动的专家。思维的症结，需要用思维的手术刀去解开，王十二的思维正像手术刀一样锋利。

人的潜意识只在不知不觉中影响人的行为罢了。在出发去丹寨之前，刘满贵一直这么认为，对那些表现出分裂人格的案例，他一直认为不过是一种病态，甚至是一些罪犯为了逃避责任而捏造的借口。

然而经历了那真实的梦境之后，刘满贵就不敢那么自信了。或许一些奇怪的东西浮上意识的表层，真的会让人整个变得不一样。

一片梧桐树叶落下，飘飘扬扬，恰好落在刘满贵身前。

秋天还没到，叶子就开始落了。

刘满贵心头一动，伸手捡起树叶。

门口的保安室传来喊声，"刘老师，刘满贵老师，有人找！"

刘满贵循声望去，只见在保安室门口站着一个人，身穿黑衣，胳膊上绑着一块白纱布。

那像是金锁。不知道怎么着，刘满贵感到一阵心慌。

金锁果然带来了不好的消息，七公去了。

刘满贵一阵茫然，整个人像是木了。

"七公说，他没有儿子，指定要你回去主丧。"金锁一边抹眼泪，一边说。

刘满贵麻木地点头。这像是冥冥中的天意，七公一直身体硬朗，从来没有表现出任何衰退的迹象，哪怕就是几天前主持送七姑娘的仪式，也精力充沛，身手灵活。哪能想到这么几天就去了。

"七公怎么去的？"沉默半晌后，刘满贵终于问。

"也就是前天上午的事，早晨起的时候，就不行了。弥留的时候，他念叨你，寨里的人给你打电话，一直打不通。他就留下话，要你主持他的葬礼，然后就去了。我就赶到上海来，按照你留的地址找到这儿来了。"

这几天为了和王十二一道做试验，刘满贵关掉了手机，让自己不受任何干扰。谁知道，竟然会发生这样的事。

刘满贵伸手拍了拍金锁的肩，"我收拾一下，今晚我们赶飞机回去。"说完扭头看着王十二，"实验的事，等我回来再继续吧！"

说完正想带着金锁离开。

王十二一把拉住了他，"我跟你一起去。"

刘满贵一愣，随即明白过来，"你要去看看实地情况？"

"对，"王十二有些兴奋，语速极快，"环境是最大的诱因，这个我们怎么就忽略了呢？你在贵州老家，那儿的环境会和你的潜意识呼应。既然我们无法在实验室里重复你的潜意识画面，那到现场去看看，说不定就能找到诱因。"

说到这里他停顿了一下，"老人家的事，我也很遗憾。我跟你去，你一心一意办丧事就可以了，我在那里看看情况，不会干扰到你。"

刘满贵没有心情细想，随意地点了点头，"我们今晚就要赶回去，你准备一下，慢慢来吧，回头我把地址留给你。"说完便拉着金锁，向着大门走去。

七公的葬礼惊动了八寨的老老少少。

葬礼那天，身穿黑衣、头戴白纱的人挤满了整个丹寨。

白天来吊唁的人络绎不绝，笙鼓不断。

到了晚上，吊脚楼冷冷清清，唯有点在堂前的长明火时而闪烁，带来一点动静。

刘满贵枯坐在火盆前，望着火苗闪烁。

他已经守在灵前三天三夜，这是孝子的礼数。七公不是刘满贵的父亲，七公的爷爷是刘满贵的太爷爷，刘满贵管七公叫堂叔，然而从血缘上说，已经隔了很远。但从刘满贵能记得事情开始，七公就是唯一的亲人，一手把他拉扯大。

活着的时候不能孝顺，人不在了，说什么都晚了。

夜风从窗棂间灌进来，吹得火苗呼呼窜了一窜又暗淡下来。刘满贵慌忙用手护了护火势，然后起身去关窗子。

当他重新在长明火盆前盘膝坐下，火苗显得温顺而柔和。

刘满贵抬头，七公的棺材横在堂前，棺材上方挂着遗像，满是沟壑的脸上笑意随和而亲切。

三天的忙碌让刘满贵疲惫而麻木，心里空落落的，像是失掉了魂。

此刻，夜深人静，见到七公的遗像，刘满贵突然悲从中来。忧伤像毒药般浸透了他的身子，让他感到无比酸楚，不可遏抑的战栗从心头涌起，直冲脑际。

刘满贵放声大哭。

整个寨子的人都听见了刘满贵的哭声。

王十二静悄悄地站在铜鼓广场的中央，望着哭声传来的方向。月光映在他的脸上，他若有所思。

稻田里的蛙声突然响了起来，很快，整个山坡上梯田里的青蛙都在鸣叫，此起彼落，像是在应和刘满贵的哭声。

到了出殡的日子。刘满贵抬着棺材，走了一路。自从二十年前离开丹寨，他就再也没有干过重体力活，抬棺的有八个人，另外七个都是做惯了农活的汉子，一路走来，脚力仍旧强劲。刘满贵却累得够呛。最后把棺材卸在墓地的时候，摇摇晃晃，几乎虚脱。

金锁扶了他一把，把水壶递给他。

刘满贵接过来，猛喝了两口，喘了口气。不经意间，他在人群中看见了王十二。

王十二也正看着他。

在这种场合被当作研究对象似乎有些尴尬，同意王十二来丹寨考察或许是个失误，至少也该让他在葬礼结束后再来。然而，一切为了研究吧！

下葬仪式开始的土炮响了三声，红色的木棺缓缓向着墓坑降落。

刘满贵避开王十二的视线，在墓坑旁跪下，重新投入到仪式之中。

丧歌响起。

"大河，大田，冷水坝，水井冲，阿略寨，沼泽地……"一连串的地名随着一个低沉嘶哑的声音灌入了刘满贵的耳朵。这些地名耳熟能详，在每一首古歌的起首都会念上一遍。

这是七公的声音。

七公的声音从高音喇叭里传出，快速的歌词仿佛催眠的符咒。

刘满贵情不自禁地跟着那节奏念了起来，他并不熟悉丧歌，那是颂诗人到了三十岁以后才学的，但是每首古歌起首这段歌词，他再熟悉不过，这是他从小就能倒背如流的部分。

起首词念完了，忧伤的丧歌响起，刘满贵用心听着。

"魂儿上天咯，莫要迷路。尤公在天上，等你归家。锦鸡指路，公牛驾车，山回路转，悠悠晃晃。一把稻米做干粮，醇香米酒入肚肠，再唤我的亲人哟，牵挂千年万年长……"

歌词反复，他很快熟悉了旋律，跟着哼唱起来。

依稀中，刘满贵仿佛看见了三十年前，十岁的自己正站在七公面前，按照最严格的规矩背诵古歌。七公对自己抱着最殷切的期待，希望自己能继承他，做丹寨的颂诗人。

没错，在所有的年轻人中间，自己的确是最有天赋的那一个。

只要听一遍，就能跟着唱，只要唱几遍，就能背下来。

这算是天资聪颖吧！

人们开始向墓坑中填土。

刘满贵站在一旁，作为逝者的代言人，他并不填土，而只是不停地吟唱。七公让他回来，并没有房屋田产要他继承，而是要他颂诗。也许在七公心中，一切都是虚幻，只有颂诗才是真实的，才值得找一个可靠的后生继承下去。

棺木一点点被土掩埋，坑里的土越来越高，最后耸出地面，形成一个鼓鼓的坟包。

刘满贵一直站着，不停地唱着丧歌，和高音喇叭里传来的七公的声音配合无间。

这像是上天注定要他做的事。

仪式结束了，刘满贵的嗓子也唱哑了。

人群散去，刘满贵也跟着下山。不经意间，他抬头看见了一旁的山道上，王十二正指挥几个人从不同的位置拍摄。

搞心理学研究弄得像拍电影一样，刘满贵心头有一丝隐隐的不满，然而也顾不上和王十二打招呼，跟着众人下山去了。

回到上海已经是两周后。

如果不是因为所领导发了消息强烈要求刘满贵回到工作岗位，他还想在丹寨再住上一段时间。七公下葬之后，他只感到心情沉闷，做什么都兴味索然。

然而生活总要继续。

刘满贵跨进研究所的大门，一个身穿蓝色大褂的工作人员走上前来打招呼，"满贵哥！"

刘满贵一愣，定睛一看，原来是金锁。

"金锁？你怎么会在这里？"

"王老师找我来的，已经一个星期了。"

"王老师？"

刘满贵不禁感到疑惑，王十二把金锁找来做什么？

"一个星期你都做啥了？"

"就是吹芦笙，王老师给我录音，说要放给你听。"

"哦！"刘满贵隐约猜到了王十二的目的。

"本来我昨天就回去了，但王老师说，你今天回来，让我见了你再走。"

刘满贵心不在焉地点点头，此刻他只想找王十二问个明白。一抬头，只见王十二正站在实验楼门口，全身上下包裹得严严实实，只露出一双眼睛。

看来王十二已经准备好了，正等着自己。

"金锁，中午我请你吃饭，你在上海干脆多留几天，我带你四处转转。"刘满贵一边向金锁交代，一边向着王十二走去。

"这一次应该能行。"王十二冲着他说。

刘满贵并不言语，径直走进了实验楼的大门。

厚重的窗帘拉上后，屋子里一片漆黑。

忽然之间，丹寨的梯田出现在刘满贵眼前。场景明亮，异常逼真，刹那间，刘满贵仿佛正置身于丹寨，站在寨子里，居高临下，望着满山坡的梯田。

"哇！"

刘满贵下意识地喊了一声。他实在没有想到，虚拟现实可以逼真到这样的程度。

"我对你的情况进行了全面分析，你的情况，应该被归类在综合情景式触发。你从小就熟悉苗语的古歌，这些歌词所描绘的情景能在你的头脑里浮现，只是要借助一些媒介才行。"王十二话音刚落，一阵熟悉的芦笙调传来。这是《欢喜调》，平日里遇上什么喜庆，苗家人就喜欢吹这个调。

"你把金锁找到上海来，就是为了这个？"

"金锁是芦笙大师。他竟然能吹奏一百多种芦笙调，一口气可以吹上一天，我这几天几乎天天都在听他吹芦笙。"

"你居然对乐器都上心了，但芦笙我们试过了啊！"

"没办法，你的这个案例实在特殊，我要把所有可能的情况都考虑进去。芦笙我们的确试过，但没试过那么多，而且我去了丹寨一趟，有种感觉，芦笙调要和古歌配合，听着特别有感觉，如果再加上特殊的情景，连我这样听不懂歌词的人都觉得有种什么东西要呼之欲出。比如那天听你唱丧歌……"

"不要提丧事，忌讳。"刘满贵坚决地打断了王十二。他不想提任何和七公有关的事。

"好。我请了国内最厉害的虚拟现实复原专家，他们的现场效果我看过，的确很厉害，可以以假乱真。我们在这个实验室里就可以模拟丹寨当地的情形了。"

"如果我知道这是假的，那它就无法引起我的共鸣了。"

"这没有关系，人的大脑中带着模式，只要要素具备，就能产生联想。况且，我要给你催眠，在催眠的效果下，你更无法分辨真假。"

刘满贵缓缓点头。催眠可以让人进入潜意识从而诱导出他们的分裂人格，虽然有一定的危险性，但为了弄清楚自己的脑子里到底在想什么，仍旧值得一试。

一对巨大的牛角出现在刘满贵眼前。

"这个牛角在丹寨到处都是，你们苗族的人可能把这个当作一种图腾似的东西，我会给你看各种在丹寨收集到的文化符号，你只要放松，让自己处在轻松状态，让这些东西过你的眼就行。"

牛角立在柱子上，柱子立在梯田的高处，寨子的入口。

悠扬的芦笙响了起来，天空中，五彩缤纷的锦鸡飞过。

刘满贵跟着芦笙的调子唱了起来，他唱的是《锦鸡飞》。

> 苗家迁移到天边哟，粮食丢了种；
> 全寨老少怎么活哟，长老发了愁。
> 健壮的小伙叫哥金，百发百中神猎手；
> 姑娘聪明又美貌，她的名字叫阿瑙。
> 哥金打猎离不了家，阿瑙勇敢上了路；
> 七彩缎子身上披，找不到麦种绝不回。
> ……

这《锦鸡飞》的故事，讲的是哥金和阿瑙这对夫妇为了全寨人的生存而上天边去求麦种，阿瑙历经千辛万苦，终于到了天上，找到了天神。天神把麦种给了她，然而告诉她，如果不在三天之内播种，麦种就会腐烂。无奈之下，阿瑙只得求天神把自己变为一只锦鸡，从天边飞回了丹寨。哥金打猎，正好猎杀了这只锦鸡，从锦鸡身上的彩带，知道了这是阿瑙，因此痛苦不已。而锦鸡肚子里的麦种，则成为苗家人种子的来源，永远地解决了饥荒的问题。每逢节庆，苗家的姑娘们总是穿上艳丽的盛装，在芦笙的伴奏下跳锦鸡舞，如果是正式的场合，更是要配合颂诗人完整地把整首长诗唱完，舞蹈才算告一段落。

此刻，刘满贵的眼前，身着盛装的姑娘们正围着火堆跳着欢快的锦鸡舞。五彩绸带象征锦鸡斑斓的尾羽不断招展，姑娘们模拟锦鸡的身姿，惟妙惟肖。刘满贵唱着唱着，不知不觉中，脚下已经不是黄绿夹杂的大地，而成了缥缈的云朵。他站在白云之巅，身边环绕着跳锦鸡舞的姑娘。当刘满贵突然间意识到这一点，一阵惊诧：这是进入了潜意识中吗？

跳舞的姑娘向着中央聚拢，她们每一个都长得一模一样，就像上一回见到的七姑娘。

这些姑娘们走到一起，彼此间毫无瑕疵地融在了一起，一个接着一个，最后场地里只剩一个姑娘。她笑吟吟地高举双手，身上的服饰陡然一变。原本满身银灿灿的装饰都不见了，五彩斑斓的锦鸡服舒展开，很快将人整个包裹起来。彩色的巨大包裹开始变换形态。

天空中传来一声清亮的鸟啼，那包裹变成了一只巨大的锦鸡在刘满贵头顶盘旋飞舞。

锦鸡落下，在刘满贵眼前吐出一颗颗种子。一颗接着一颗，每一颗种子落在刘满贵身前，就开始生长。绿色的植物长得飞快，很快高过了刘满贵的头顶，枝叶交错，成了一堵绿色的墙。

墙上洞开一扇门，刘满贵走了进去。

门后是一条小径，像是从前他每天上学都要走的小路。

七公站在小路旁，穿着一身黑衣，手中拿着粗大的木棍。

刘满贵走上前，在七公面前，怯生生地喊了一声："七公！"他赫然发现，自己竟然还是二十岁的模样。

"你不要再去上学了！"七公严厉地告诉他。

"我要去。"刘满贵的回答很倔强。

木棍劈头盖脸地打了过来，落在刘满贵身上，每一下都很疼，疼到了刘满贵心里。

七公一边打，一边恶狠狠地骂，"这个不听话的畜生，乡亲们省吃俭用供你上学，成了大学生就忘了本。丹寨不好，你又在哪里会好？"

刘满贵忍着疼，一声不吭。外边的世界很广阔，不离开丹寨，他会后悔一辈子。

打着打着，七公的模样越来越老，身上的衣物的颜色也越来越淡，手上的力气越来越轻。到最后，原本粗大的木棍成了一条若有若无的鞭子，打在刘满贵身上，完全没了力道。

七公丢掉鞭子，开始唱歌。

漫漫山路远哟，熊黑虎豹多；

先人多艰难哟，修得子孙福。

尤公英灵在哟，汩汩泉水流；

丹寨好儿郎哟，欢声把歌唱。

……

这是一首《好儿郎》。刘满贵跟着唱了起来，空中传来芦笙的曲调，正和歌词相配。

　　七公一边唱，一边沿着山路走去。刘满贵跟着他。

　　走着走着，前边多了一个人，只能看见背影，但刘满贵知道那是谁，那是村子里前任族长，自己只在很小的时候见过一次，有个模糊的印象。前任族长拄着一根拐棍，但走起路来飞快，就像在飘。不一会儿，队伍的前边又多了一个人，这一次，那人身穿苗族的传统服饰，头顶上插着两根漂亮的尾羽，吹着芦笙。那人的模样竟然和金锁有几分相似，然而刘满贵知道他是五十年前的一个芦笙大师，叫颂噶。颂噶大师吹着芦笙，也是《好儿郎》的调子。锦鸡飞来，绕着颂噶大师飞舞。再走几步，两个年轻人出现在队伍前边，一个手中握着弓，搭着箭，另一个则扛着火枪，挎着苗刀，那是一段占山为王的日子，纷乱的民国时代，苗家的两个英雄，多扎贡和多金卢……队伍越来越长，到后来，发现了七口泉眼的阿宽带着他的黄狗来了，哥金来了，阿瑙来了，七姑娘也来了……最后竟然来了上百人，仅容一人通行的小道上显得分外拥挤，一行人排成了一条长龙，沿着弯弯曲曲的小道向前。

　　刘满贵走在队伍的末尾。

　　这是先人的队伍，不管是传说，还是确有其事，他们都是丹寨的先人。

　　跟着先人的队伍，踏在一条不知通往何方的小路上，刘满贵心头充满喜悦。这像是一条朝圣之路。

　　小路的尽头是一个巨大的铜鼓，鼓上浇筑着太阳和凤鸟的图案。铜鼓高十多米，直径也有十多米。铜鼓下，是一扇高过两米的门。大门的两端，各有一对牛角，镶嵌在两条门柱上。

　　队伍从门柱间通过，进入了铜鼓里边。

　　天地一片昏暗，只有中央点着一团篝火。风呼呼地吹，篝火燃得更旺。

人们四下散开，围着火堆唱歌跳舞。

火光熊熊，在半空中形成一个巨大的光球。咚咚咚，低沉的鼓点充斥着众人的耳朵。

随着鼓点，一个人形从光球中浮现出来，他的身材异常高大，像是一个顶天立地的巨人。巨人左手持剑，右手持刀，光着上半身，一块块肌肉犹如铁石，看上去异常勇武。特别引人注目的是他的头。他戴着一个牛头面具，一对巨角高耸，和寨子里图腾柱上的牛角一模一样。

跳舞的人群伏身跪下，纷纷拜倒。

这是尤公，尤公祭天的时候，就会变身成这种牛头人身的形象。

刘满贵也跟着众人拜倒，牛头人似乎被铁链捆缚，动弹不得。他发出一声嘶吼，吼声低沉，动人心魄。

吼声中，红色的火焰暗淡下去，身边的先人们也一个接一个消失不见。当火光最后熄灭，牛头人身的尤公也消失在黑暗之中。

刘满贵在黑暗中匍匐着。

七公突然出现在他身旁，瘦小的身子蜷缩着，躺在地上，显得异常苍老，气若游丝。黑暗中没有光，七公的身子却很醒目。

"阿满！"七公喊他。

刘满贵转身，跪在七公身前。

"阿满啊，不是不让你走，但是你走了，寨子怎么办？这颂诗人，总得找人传下去。"

"七公，阿满明白。"刘满贵恭敬地回答。

"你啊，终究是不明白。但我也看明白了，这诗，渐渐也没人唱了，外边的日子好啊，田地寨子都不要了，唱诗又有什么用呢？"七公叹了口气。

刘满贵不禁有几分凄然。

外边的世界变化得太快，山沟里的苗家远远地落在后边，当眼界打开，找到机会的年轻人总会走出去，留下的老人逐渐凋零，传统也就失去了继承者。

"泉水清清哟，梯田层层灌满哟，又是一年好光景哟，丹寨儿女耕织忙⋯⋯"

七公扯着嗓子唱了起来。

歌声中，七公的身子逐渐变得透明，最后消失不见。

世界仍旧一片黑暗，只有七公的歌声在回响。

刘满贵跪坐在黑暗之中，满心凄凉。

"满贵师兄！"

他听见了王十二的喊声。

试验结束了，无疑这是一次成功的试验。

他缓缓睁开眼睛。

"你的脑波很活跃，和进入深度睡眠的脑波特征相似，这一次，你肯定进入了幻觉中。"王十二的声音带着一丝压抑的兴奋。

刘满贵像是仍旧沉浸在梦境中，目光呆滞。这和梦境很像，然而做梦醒来就会忘掉，这样的经历却绝对忘不掉，沉淀在了记忆里。梦境和现实，变得有些混杂不清了。

对一个要保持清醒的人来说，这不是什么好事。

"满贵师兄！"王十二注意到刘满贵的异常，不无关切地问。

"刚才最后是放了七公的录音吗？"刘满贵悠悠地问。

"一直在放。"

"最后的颂诗，再给我听听。"

七公唱的《思涌泉》在实验室里回响，刘满贵和着那调子，打着节拍。

金锁悄悄地走进来，吹起了芦笙。

刘满贵唱了起来，原本愁苦的脸渐渐舒展，露出一丝微笑。

"这是六婆婆，你要叫太婆。"刘满贵对儿子说。

"太婆！"刘子裕毕恭毕敬地喊了一声。

六婆婆欣喜地看着眼前的后生，高大健壮，彬彬有礼，"真是好后生啊！这身板……啧啧啧。这次回来住几天啊？"

"已经来了有几天了，今天送他走。"

"啊！"六婆婆惊讶地叫了一声，"都已经来了几天了？这屋前屋后的，都没见到人啊！"

"他不习惯住寨子，在县城住。"

"哦。我们这吊脚楼啊，可讲究了，冬暖夏凉……"六婆婆如数家珍般开始唠嗑。毕竟六婆婆上了年纪，说的话又是土语，刘子裕十句里听不懂的有八句，只得顺着她的话不断点头。

刘满贵看出了儿子的窘迫，帮他解了围，"六婆婆，孩子要赶飞机，我先送他走，回来再接你上铜鼓广场，今天有集市呢！"

从六婆婆家出来，刘满贵又带着儿子在寨子里转了几户人家，最后来到了廊道。

这条廊道是刘满贵建的，足足花了三年的工夫。三十多米的长廊，依山而建，靠山的一边都是木雕画，画上记载着苗家千百年来的各种传说，向着山谷的一边风景绝佳，已经成了丹寨最著名的观景点。

金锁在这里等着，见到刘满贵，迎了上来，"满贵哥！"

"金锁叔！"刘子裕恭敬地叫了一声。

"金锁，咱们今天给孩子唱首诗。他要去美国留学，该看的总该看看。"

金锁举着芦笙，"我这都准备好了，唱哪一首？"

"就唱《送儿郎》吧，应景！"

芦笙的曲调响了起来，刘满贵清了清嗓子。

> 丹寨的儿郎要远行，八寨的乡亲听我唱。
>
> 他乡的山水千千万，丹寨的泉水清又长。
>
> 儿郎此去远家乡，父母在垄上驻足望。
>
> ……

刘满贵中气十足，整个山谷似乎都能听见他的歌声。刘子裕认真地听着，和着节奏不住点头。

歌唱完了，刘满贵送儿子上了车。

"下周要举行'祭尤节'，我就没法在上海送你了。去了那边，自己要照顾自己。"

"爸，你放心吧！"

白色的车子消失在山路的拐弯处。

刘满贵收回自己的目光。不知道儿子究竟会怎么理解自己今天的举动，他也没有问。

有些事，问了也没有用。每一个人，都会有属于自己的世界吧，也许要到四十岁才能发现，也许一辈子都找不到。孩子的事，不能强求。

刘满贵在廊道里坐下，望着群山环抱中的丹寨。

十年前他回乡探亲的时候，从没想过自己会在这里一住十年。

或许自己的后半辈子都会守在这里。

雾气蒸腾，笼在梯田上，寨子仿佛飘浮在云雾之中，犹如仙境。

山谷醒了，正吐出一口呼吸。

刘满贵闭上眼睛，做了一个深呼吸。

寻找无双

我

我叫王仙客，今年三十八岁，未婚，也没有女朋友。

我的名字和一千三百多年前一篇唐传奇里的人物相同，朋友们常常以此取笑我，说我是从古代穿越来的。但千真万确，这是我的名字，父母给的。虽然这名字给我带来了很多麻烦，但我也不想改。因为我的父母在很久以前出车祸死了，这名字是他们留给我的唯一纪念。

在那篇唐传奇中，王仙客有个女友，叫无双。所以当眼前的 APP 界面跳出窗口，要求填入昵称时，我运指如飞，"寻找无双"四个字鬼使神差般填满了格子。

填完之后我沉默了半天，这不像是我自己的想法。据说，人在意识到自己要做出行动之前，大脑已经做出了选择和判断，自我意识只是一个被通知的幻觉。如果真是如此，那么就是我的潜意识支配了我，这算是天意吧。

于是我按下了确定。

灵魂伴侣开始在我的手机上运行。

灵魂伴侣

这是一个聊天软件。

我在微博上看见了软件的定向推广，手一滑就点击了安装，于是，就有了这么一幕：我盯着屏幕，两眼像是在放光。

这年头，游戏也好，社交软件也好，大同小异，打开了都是熟悉的面孔，使用了都是一样的味道。这软件却与众不同，它就像满园牡丹玫瑰当中突兀地立着一杆玉米，让我有种见到了奇葩的惊异。

它简陋得不像来自 21 世纪。

它有点像是最古老的 QQ，那玩意儿我只在软件博物院里见过。

我眨了眨眼。

又眨了眨眼。

当我正想把这可疑的 APP 删掉，一条消息跳了出来。

一个女孩的卡通头像在我眼前闪烁。

"你好，寻找无双。我是无双。"

消息随着女孩的头像在我眼前闪烁。

于是这个叫作"灵魂伴侣"的软件就在我的手机中幸存下来，后来的二十天里，它居然超越微信，成了我最常用的 APP。

我叫王仙客，她叫无双，这事委实过于巧合。然而巧合又如何，聊得来就好。

我把这件事告诉了我的死党。

死　党

我有一个死党，用流行的话来说，是好基友，我们是绝配。

这里没有任何性取向的问题，如果有，那都是脑子被洗过的人的自我发现。

他叫沈万三，很有钱。他之所以被称为沈万三，就是因为他有钱。可怕的是，我已经记不得他的本名，这一点千万不能让他知道，不然恐怕连死党也没得做了。

我能成为他的绝配，因为我很聪明。有钱人可以有很多追求，其中某些追求，需要聪明人来帮他实现。

沈万三没有去资助国防工程、承包政府项目，历史证明那容易掉脑袋，他喜欢开脑洞，越稀奇越好，越花钱越好，反正他有数不完的钱。据说他的资产有三千亿，和银河中恒星的数量同量级，是个天文数字。

开脑洞是一个安全的花钱办法，有时还可以赚来名声。每次我看着沈万三站在聚光灯下志得意满的样子，都会暗自庆幸我不用站在那里汗流浃背。

各取所需，互不牵绊。

这是成为绝配的必要条件。

而充分条件，则是他真的有钱，我真的聪明。

这可以被如下事实所证明：我们合作造出了时光机。

时　光　机

时间旅行是个热门话题，穿越剧从它诞生的那一刻起，就从来没有消停过。人们总喜欢这样的句式：如果当初……现在就……

21世纪前二十年，这个句式里经常填充的是"多买几套房子"，"财务自由"。后来到了40年代，填充物变成了"早点基因改造"，"长命百岁"。我们这个时代，填充物则是"买下幻境公司优先股"，"可以进入美丽新世界"。

这个时代，人们最大的愿望就是向美丽新世界移民，那个虚拟世界可以满足人的任何欲望，正常的不在话下，变态的也可以，比天堂更天堂。

然而我以为那其实就是死亡，肉体消亡，人不再是一种生物，爱恨情仇失去了支撑，就像建筑在沙滩上的城堡，潮水一来，连渣都不会剩。

所以我仍是一个健康完整的人，活在真实的世界里。

真实世界里的人总会有些追求，有的高，有的低，在遇到无双之前，我的追求就是制造时光机。三十八岁的时候，我完成了它。

它不能让人穿越，只能让人做梦。

做梦是个比喻，时光机可以让人和过去某些特定的人之间建立连接，于是人可以进入过去，却不能把自己的躯体也转移过去。

时光机制造出一个五维的时空，用一条时间轴把过去和现在串在一起，就像一条河，人可以逆流而上，在一些合适的节点上停留。这个过程，说起来也真和做梦差不多。

不同之处在于，人做梦的时候，并不会老。时光机却会让人变老。

做梦是大脑产生的幻象，时光机却让人真正和过去融合。这够真实，所以代价不菲，要使用时光机，除了付钱，还要付出生命。在过去的某个时刻徜徉一年，旅行者就要付出一年的生命代价，不多也不少。只是因为这一年他停留在过去，在时光机外的人看来，他仿佛在极速地变老。

这看上去有点可怕，然而人们乐此不疲，因为漫长的一生中，无用的时间实在太多。

相对于短命，人们更厌恶无聊，谁会愿意变成木偶然后活上一千年呢？更何况，时光机并不缩短生命，它只是将人的生命转移到另一个时间，另一个地点，这和美丽新世界的效果没有两样。

它或许还不够真实，但是我以为至少比美丽新世界真实一些。

第二十天，我得意地向无双炫耀时光机，说："能制造出时光机，我是死是活已经不重要了。"

无双问明白时光机的来龙去脉后，沉默了半晌，然后说："君生我未生，我生君已老。时光机大概能解开这个结吧！"

说完她就下了线，再也没有上线。

我困惑不解，但更多的是担心。无双到底怎么了，难道她嫌我老吗？

但我才三十八，事业有成，精力旺盛，根本不老！

整个晚上，无双都没有出现，这是从来没有的事。

那晚，我失眠了。

天亮的时候，我想明白了一件事：爱。

爱

我爱上了无双。

这件事很怪，虽然聊了二十天，但连人都没见过，怎么就爱上了呢？

我只见过她一张照片。照片里，她一身素雅的汉服白衣，长发乌黑及腰，打着一把青色的绸伞，背着身子，只露出些微的侧脸。

这照片紧紧地抓住了我的眼。

人来到世上，就带着自己的拼图，茫茫人海，你并不知道自己的另一半在哪里，然而只要看见了，你就会知道。

那一刻，我想我印证了这句话。

所谓遇见，颜值比心灵更重要，大多数情况下，人们都因为颜值一见倾心。所以美女和帅哥往往会有好的姻缘。

但在灵魂伴侣这个 APP 上，我却只能看见心灵，而见不到模样。哪怕那让我下定决心的照片，也不过是个背影而已。

灵魂伴侣，这个 APP 取了一个好名字。

用这个词来形容无双于我的重要，真是恰如其分。

她像是一首诗，带着恰到好处的忧伤气质。她了解我，许多话我还没开口，她就已经猜到。我第一次感觉到原来人和人之间居然能达到如此心意相通的地步。

沈万三和我合作了十二年，是最了解我的人。

然而和无双聊了二十天，我知道这世上最了解我的人，不是沈万三，而是无双。

只有爱上一个人，才能最深刻地理解他。

我不爱沈万三，他也不爱我，因为我们都是异性恋。我们是伙伴，是朋友，是死党。

但我爱上她了。

她给我看的那张照片更像是一幅画，经过了艺术的加工，画边上题着一句诗：陌上人如玉，公子世无双。

显然，她也爱着我。

然而她不再上线，躲着我。

茫茫人海，我该去哪里找到她？

我在纸上不断地写下无双的名字，写满了足足一本两百页的本子。

合上本子，我郑重地在封皮上写下四个字：寻找无双！

寻找无双

世上无难事，只怕有心人，尤其是聪明的有心人，如果碰巧他还有一个生怕钱花不出去的朋友，那么就算目标躲进马里亚纳海沟，也能被挖出来。

我很聪明，沈万三很有钱，我们是绝配。

绝配就要有大手笔。沈万三以一个令人无法拒绝的价格收购了APP的开发方，然后开出高额悬赏，邀请黑客分析无双留下的所有数据。

六个比特币，这史无前例的悬赏轰动了整个黑客界。

超过一半的顶级黑客投入到这个竞赛中，在茫茫人海间寻找一个女人，已知条件她该是一个华裔女人，年轻而有才华，未婚，使用无双这个名字和我聊了二十天。

黑客们乘兴而来，败兴而去。

灵魂伴侣这个APP使用了三层加密，用了不同的算法，要找到信息源头，必须同时破解这三层加密，每一层算法破解的理论计算量是十三亿次运算，三层加密，是十三亿的十三亿次方的十三亿次方，这逼近无穷的数字对于人间来说已经毫无意义了。

软件开发方说他们保证每个用户的隐私，只要不是自己泄露真实信息，没有人可以通过这个软件找到使用者。

他们是认真的。

认真得过了头。

　　黑客们狠狠地诅咒这么不识趣的开发方，三天内他们的工作室被黑了不下十五次。甚至有人送邮件炸弹给他们——墙高得令人绝望的时候，有的人就要疯了。

　　找不到无双，我感到自己快疯了。

　　还好世界上总有奇迹。

　　悬赏令第三天，一个叫杰克的黑客找到了我。

　　"我没法追踪那个号，但是我有线索，一定有价值。"

　　"你说吧！"

　　"我要求一半的赏金。"

　　"如果你的线索有用，我会给钱的。"

　　"好，如果你不付钱，你就是在给自己找麻烦。"

　　"快说吧！"

　　……

　　杰克果然是个顶级黑客。

　　我把所有的赏金都给了他。

　　杰克说的像是一个故事，然而一个故事值得所有的赏金，因为不会有别的线索了。

　　我的视线投向手边的那张画，为了慰藉相思，我把无双唯一的照片打印出来放在手边。

　　俏丽的背影像是在无声呼唤。

　　陌上人如玉。

陌上人如玉

　　无双站在油菜花田间，一袭白服，青绸小伞，乌丝如云，逆着光，朦胧不清的背影上更有一层金色的晕彩。这符合我对另一半的想象。她就像从古典的中国画中走出来的一样，清素淡雅，不带一丝烟火味。

玉只是一种石头，钻石只是一块碳晶体，它们有价值，只是因为人们把美好的祝愿寄托在上边。

玉象征温和、圆润、谦卑有礼的品性，它存在于你身边，毫无侵犯之气，却令人生出亲近之意。

无双给我的感觉便是这样，哪怕我从未真正见过她。

我把画取下，放在桌上，用放大镜观察远方的背景。

远方是山，山上有一座小小的高塔，像是一个观景台。另一座山上有条小小的红色条块，放大之后，能看出那是一些字迹，但模糊一团，看不清楚。然而杰克已经告诉我，那上面的字是"千岛湖，2018"。那是一场环湖自行车拉力赛的横幅。杰克进行了细致的分析，证明这照片只能在千岛湖环湖公路的 74 公里处拍摄，千岛湖每年要举行很多次自行车赛，但是油菜花开的时节只在三四月，那个时间段里，自行车赛只有 3 月 22 日一场。他查证了那场比赛的情况，横幅的字样和款式完全一致。

我曾经去过千岛湖，那是个好地方，春天来的时候，湖边总能找到大片的油菜花田，是个踏青的好去处。

但是 2018 年……

今年是 2068 年，那正是五十年前，杰克证明了那是一张五十年前的照片。

如果照片上的人真的是无双，那么那该是她五十年前的模样。

无双最后说，君生我未生，我生君已老，说的不是我老了，而是说她已经老了。她躲藏起来，不愿意见我，因为我才三十八岁，而她或许已经八十三岁。

或者，有另一个答案，她根本就是个骗子，用一张五十年前的照片行骗而已。

我对着画像坐了一宿。

第二天一早的时候，我决定把画像烧掉。

就当是一个梦吧，一个没有结果的游戏。

无论真相是什么，都到此为止吧！

火苗蹿起，转眼间画像已经缺了一角。我猛地扑上去，用一本书使劲地扑打火苗。

画像静静地躺在地板上，被烧过的一角乌黑。我将它拾起来，轻轻摩挲着。

她在画里，悄然无声，似乎等待着我去唤她，她便会回过头来。

陌上人如玉，公子世无双。她是在等我吗？

忽然间，一个念头划过心间：为什么不去找她呢？在这里我找不到她，但是这张照片——有时间，有地点，我应该能够找到她。

时光机是我造的。

如果无双太老了，不愿意再和我联络，那我就去找到年轻时的她。

这主意让我一下子活了过来，我立即给沈万三打电话。

电话通了，我开门见山，"万三，我要做梦游人。"

梦　游　人

梦游人是我和沈万三给时光机的使用者所起的名目，原因我已经说过——人在时光机中，就像做梦一样。

成为一个梦游人不需要任何条件，只需要沈万三点头，我们正在招募各类志愿者来测试机器。

"仙客你疯了！这还是试运行阶段。"沈万三完全不赞同我的主意。

"你是合伙人，不是实验品。更何况，时光机是你的专利，技术上的事只有你懂，万一出了什么问题，还指望着你来解决。"

"我正好亲自做一次试验，体验一下机器。"虽然我对于时光机颇有信心，但还从来没有真正试过这机器，无双的事，正好也给了我一个机会。

"这不行！"沈万三的态度异常强硬。

这激起了我的好奇，也激发了我的任性，"为什么不行？"我强烈地反问。

沈万三的脸憋得像个猪头，似乎正绞尽脑汁想要找出一个站得住脚的理由。两分钟后，他终于说："万一出了意外，这事就砸了。"

"连我自己都不敢用的机器，怎么敢给别人用？我用一次，不正好是个活广告吗？"我很轻易就从逻辑上反驳了他。

他的脸再次憋得像个猪头，"这事风险太大，反正我不同意。"

成为一个梦游人没有任何风险，这是我们一贯的宣传。

沈万三却说风险太大。

这让我感到不可理喻，正当我想质问他，沈万三却松了口，"你去可以，但是不能超过三天。"

我只是想去看一看无双年轻时的模样，哪用得了三天。

梦游人的三天，在时光机里不过是半个小时而已。时光机要消耗巨量的能源，时间越长，能耗越高，沈万三或许担心的是消耗了太多的能量，会导致整个华北的电网瘫痪。

亿万富翁不怕烧钱，但是怕惹事。

三天已经很好了，一般人只能得到一天时间。

"好。"我痛快地答应下来。

于是三个小时后，我躺在了时光机里。

时光机像是一个粗短的潜水艇，被粗细不一的钢铁缆线包裹着，从外边只能看见舱门。舱室很小，仅容一个人躺下。躺下后，一个微微带着点蓝色的玻璃罩升起，将人和外界隔绝。

小巧的帽子套在头上，那是最先进的脑机接口，可以让人控制机器，也可以让机器控制人。

机器已经启动，一种慵懒的感觉不断侵袭我的大脑。很快，我昏昏欲睡。

在陷入昏睡之前，我看见了玻璃罩上显示的数字：2018。

2018

2018 年是个好年份。

那个时候，人们热烈地讨论着区块链、基因技术、探月工程和脑科学……技术的热潮汹涌，一个更加光明的未来似乎触手可及。

那是个梦想仍未褪色的年代。

我在那个时代醒来了。更准确地说，我在 2018 年的某个躯体内醒来。

2018 年我尚未出生。

时光机制造出五维的时空，那是一个个四维时空的连缀，最后串成一条连续的时间轴。要进入到过去的时空，时光机会为梦游人找到一个合适的大脑，正好和脑波匹配。在极端的情况下，如果实在无法匹配，梦游人只会做光怪陆离的噩梦，然后醒来，根本无法进入过去。好在世界上人口众多，相似的人很多，这种极端情况极少发生。

我成功地进入了一个最相似的大脑。

我的意识和记忆进入了他的大脑。

这像是一种借用。

当我逐渐适应了躯体，这具躯体原本的记忆也涌了上来。

现在，我叫王十二。

王十二是我父亲的名字！

我被这个事实震惊了，慌忙从兜里掏出钱包，找到身份证。

身份证上赫然是父亲年轻时的照片。

我失魂落魄地站着，一时间竟然不知道该如何是好。

今年是 2018 年，还有十二年我才出生，然而父亲已经知道了我的存在。

王仙客的意识和记忆涌入了王十二的大脑中。

王十二的意识和记忆涌入了王仙客的意识中。

对于这件事，这两种叙述都是对的。

现在我是一个混合体，既是王仙客，也是王十二。

我恍惚出神，只觉得冥冥之中有一股神秘的力量降临。

它苍茫无边，翻滚汹涌，仿佛大海。

它是命运。

命　　运

ANAΓKH

这个单词是希腊文，意思就是命运，某个不知名的人物将这个词刻在了巴黎圣母院塔楼的暗角上，被大文豪雨果发现，写进了他的不朽名著里。我曾经到过巴黎圣母院，爬上了它的塔楼，但并没有发现刻着这个词的墙砖，只在塔楼的顶上，看见了许多的石像鬼，就像来自另一个世界的使者，俯瞰着巴黎的芸芸众生。

此刻，我正在上海中心的第118层。这里没有石像鬼，却有更令人眩目的高度和夜幕下川流不息的车水马龙。

命运就像那车灯的轨迹，看上去杂乱无章，在长时间曝光的相片上，就成了一条平滑的线。

"十二你在干什么？"我身边的人在问。

"没什么。"我慌忙回答。

"你把身份证拿出来干什么？"

"哦，我看看有没有丢。"我赶紧把身份证塞回到钱包里，放进兜里。

她没有继续问，回头望着玻璃窗外，沉浸在那五彩缤纷的夜景之中。黄浦江两岸，灯火通明，她的模样映在玻璃上，和黄浦江的夜景融为一体。

我认得她，她是我的母亲，叫张呦呦。

我的父母青梅竹马，2018年的时候，他们该是刚从大学毕业，新的生活正在眼前展开。

他们都加入了朝阳新闻集团，父亲是摄影记者，而母亲是调查记者。

明天，按照既定的行程，父亲就要奔赴千岛湖，采访当地的旅游节。这正是油菜花开的时节，花海在那儿等着游人到来。

我端起相机，对着窗外绚烂的夜景拍了一张。

依稀中，我仿佛看见了无尽的油菜花海，一个白衣的女子缓缓行走在那金黄的原野上，身姿婀娜，步态端庄。

那人影并非我身边的人。

我的心不由紧抽，无端地生出一丝愧疚。

那个女子，应该叫无双。

穿越时空，她在那里等着我。

我握着相机的手微微有些发汗。

如果我没有穿越时空而来，那么那就该是一次美丽的不期而遇。

然而我来了，这就成了一个命运的轮回吗？

轮　回

轮回是佛家的说法，人的修为不够，就要在世间不断地受苦，一辈子又一辈子，除非能够修炼成佛，涅槃解脱。

我是一个科学唯物主义者，从来不相信神神鬼鬼。然而，当无双出现在我的视野里，我的信念受到了强烈的冲击。

她在这里等着我从五十年后赶来。

她真的在这里。

当那个身穿白色汉服的女子从船上款款走下，人们全部的眼光都投注在她身上。长长短短的相机围着她拍个不停，而我则目瞪口呆，仿佛流水中的一块石头。

这或许不能叫轮回，时间在这里悄然打了一个结。

作为时光机的研究者和发明人，我深刻地知道在时间旅行中会发生一些意料不到的事，尤其是旅行到一个自己成长的地方，一些人和事，不可避免地会受到时间旅行的影响。所以对于梦游人，一般而言都要避开这些敏感区。我身在北京，千岛湖远在千里之外，我以为并不会有什么特别的影响，然而时光机却并没有让我直接进入千岛湖，而是到了上海，而且降临在我父亲的身上。他正和母亲一道，在上海进行一项采访。

那个时刻，时间已经悄然纽结了。只不过，我还有机会反对它。

只要我不拍摄那张照片。

然而，当我看见无双真正的模样，我明白命运早已经注定，反抗毫无必要。

她并不是美得完美无缺，却直接击中了我的心田。

那并不仅仅是我的感受，也同样是我父亲的感受。

此时此刻，我们就是同一个人。

无数的文学作品赞颂反抗命运的英雄，然而那只是因为命运对人不公。如果那就是你想要的命运，又何必挣扎反抗？

无双看见了我。

或许是因为我在喧闹的人群中无比安静，她的目光长久地停留在我身上。

她嘴角含笑，一双眼睛仿佛一汪秋水。

明眸善睐，谁能抗拒这样一双妙目的凝视？

她转过身，在花海中行走。我就像那无数的摄影俗人一样，追随着她的脚步。然而，我走的路却和他们都不同。

我让无双位于我和夕阳之间。无双像是洞悉我的想法，向着我嫣然一笑。

她再次转身，把背影留给了我。

逆着光，夕阳在她身上铺就一层金色的晕圈。远方，"千岛湖，2018"的横幅在夕阳的光辉中像是浅浅的一个灰点。

我举起相机，按下快门。

时间就此定格。

那张照片就是我拍的，千真万确。

陌上人如玉，公子世无双。

那么她也该认识我了。

公子世无双

她真的叫薛无双。

我很快和她成了朋友。

她换掉汉服，穿上牛仔裤和白衬衣，转眼间就变成了现代都市女性。人们往往通过服饰认识一个人，但真正的精神气质，却只在人本身。

无双换上了常服，然而恬静优雅的气质仍旧在举手投足间散发出来，让我迷失其中，欲罢不能。

我把赶着打印出来的照片递给她。

她微笑着接过来，看着，说："很多人给我拍过照片，这张是最好的。"

我报以微笑，那微笑看上去有点傻。

"明天一起去游千岛湖，有时间吗？"我问。

"好啊，明天正好休息。"她非常干脆地同意了。

千岛湖是个山清水秀的地方，让人百看不厌。

早起赶上了最早一班游艇，人并不多，船员也管得松，我们可以站在船头，享受乘风破浪的畅快。我给她拍了许多美丽的相片，帮她提并不重的包。

在岛上，山路不长，台阶的跨度却颇大，她很自然地伸出手来求助，我抓住她的手，将她拉上观景台。她的手柔软细滑，肌肤粉嫩。

状元桥是两个小岛间的吊桥，吊桥晃荡，她情不自禁地紧紧地抓住我的胳膊，仿佛我是她唯一的依靠。

从梅峰的高处往湖上看，大大小小的岛屿拼凑成"天下为公"四个

168

字，这并不好找，需要一点眼力和想象。当无双顺着我的指点看清了那四个字，我嗅到了她脖领间散发的芬芳。那并非香水的味道，而是自然的体香。我怦然心跳，只觉得口干舌燥，连呼吸都变得困难了。

下午我们去步道行走，松林间的步道罕有人至，清风徐来，鸟儿鸣叫，时而能看见叫不出名的野花，在这轻松愉快的大自然中，我们边走边聊，聊风景，聊生活，聊美食，聊未来……我们甚至聊了一本叫作《机器之门》的小说，都觉得书里最有意思的是那个自称萨拉丁二世的反派。

我采了一小捧浅黄色的野菊送给她，她笑吟吟地接过，我却抓住了她的手，不肯放开。

她的脸庞刷地绯红，娇羞无限。

于是我们就不再说话，而是手牵着手，默默地走在步道上。

步道的高处是天屿公园，一座步行桥凌空跨越，站在桥上，千岛湖的美景尽收眼底。湖水映着夕阳，波光粼粼，泛出一片炫目的金色；远方的岛屿连绵不绝，血红的夕阳挂在群山之间，照得山峰多了几分朦胧；步道下方，几幢楼房临湖而立，和远方的岛屿对峙。

我们手牵着手，并肩而立，看着夕阳一点点沉没，不知不觉，越靠越近，最后我搂住了她的肩膀，把她揽在怀中。

我似乎听见了她的心跳。

我的整个身子都在微微颤抖。

"嗯……"她似乎想要说什么。

我咬住了她的嘴唇，发烫的嘴唇贴在一起，像磁石般吸着分不开。

一个缠绵而热烈的吻。

汹涌的爱意将我们吞没。

晚上，在她的房间，一切都那么自然地发生了。

当屋子里的一切平息下来，她趴在我胸前，问："你会爱我一辈子吗？"

"这辈子不够，下辈子还要和你在一起。"

笑容在她的脸上绽开，"骗人！一辈子就够了，哪有下辈子。"

恍惚间，一股凉意从我的心头涌起。

我掉进了一个时间悖论中——如果王十二和无双在一起，那么王仙客就不会出生，因果的循环就此中断，世界会进入另一个轨道吗？

我在改变未来吗？

我想起了张呦呦，突然一阵心痛。

无双似乎觉察到我的情绪变化，问："怎么了？"

"明天我就要回北京……有些事要解决。"

"哦，我还从来没有去过北京。"无双翻身而起，从包里掏出手机，"下个月，我去北京找你吧！"

"好！"我已经下定决心，回到北京就和呦呦把事情说清楚，我想和无双在一起，这念头无比强烈，"给我三天时间，我会回来找你。"

无双漫不经心地点点头，"看看这照片！"她的手指在手机上一划，递到我眼前。

这正是我给她拍的那张照片，被她 PS 过，变得有些不同。

最明显的一点，在照片的左侧，写上了一句诗：陌上人如玉，公子世无双。

这才是五十年后无双给我看的那张相片！

突然间，我有一种强烈的不真实感，仿佛活在梦中。一切迅速变得模糊。

我被抽离了。

抽　　离

所谓抽离，就是从梦游人的状态苏醒，和依附的头脑脱离了接触。时光机不可能长久维持，一段时间之后，必然要抽离。

然而，约定的时间是三天啊，该是七十二个小时！这才过去两天半而已，至少还有十多个小时才到三天。

该办的事情还没有办！

我心急火燎地跨出时光机，大声吼叫，"沈万三呢？我要找他。"

见到沈万三，我立即大声喝问，"还不到三天啊！怎么就把我抽离了？"

沈万三显得很委屈，"没人改时间啊，时光机自动跳出的，它消耗能源太厉害了。"

我不由一怔，怒火顿时消散。

时光机自动跳出？

我顾不上跟沈万三道歉，立即奔向我的工作室。

我开始不停地推演各种可能情况，把各种数据输入到超算计算机。

连续两天，我没有跨出工作室一步。其间沈万三来了三四次，想让我停下来，我根本不听他的。

超算计算机全速运行，海量的数据不断翻腾，平时这种时候，我都会让助手帮我盯着，自己去休息，但是这一次，我没有假手任何人，一心一意，只想等待这个计算结果。

第三天早上，沈万三又来了。

"去休息吧，我让小万帮你盯着就行了。"

我扭头看了沈万三一眼，回过头来继续盯着屏幕。

"对了，你可以帮我找找这个人。"我突然想起了无双的地址，那是我从她的身份证上瞥到的，还有她的微信号。

我飞快地把这些都写在一张纸上。

薛无双，成都西藏南路 999 号，微信名：玉儿。

"这些都是五十年前的信息，但是应该还能找到她。"

沈万三拿起纸条看了一眼，"你还要找她？她都已经是个老太婆了。"

"要帮忙就帮，不帮忙我自己去找！"我暴怒着怼了沈万三一句，随即又冷静下来，说："对不起！"

沈万三摇摇头，走出门去。

我靠在躺椅上，只感到身心俱疲。

我还要去找无双做什么呢？她已经老了。她也一定不会想见我。过去的事，毕竟过去了。

正当我烦躁不安、胡思乱想的时候，屋子里响起了叫《甜蜜蜜》的歌曲，那是超算计算机发出的结束信号。

我一下子翻身而起，去看结果。

打印机吱吱作响，很快一张图画出现在我眼前。

抽象的时间线变成了具体的图。

图上是一团乱麻般的线条组合，它本该无比顺畅地从头划到尾，是无数条彼此平行的直线。现在这些线条完全纽结在一起，仿佛一个树瘤，突兀地呈现在纸面上。

我被抽离出来，因为时间的纽结达到了一个极限，如果让我继续留在那时那地，时间线将会崩溃。

我捏着纸的手抖了起来。

这个世界服从物理的法则，自然规律容不得人类篡改。

我一直认为时光机是一样很有价值的发明，然而我错了。从前的运算中，时间线的扰动微乎其微，只要避开敏感点，一切都很让人满意。

然而，那是一个被篡改的结论。

如果不是因为我亲自体验了时光机，可能至今还被蒙在鼓里。

我被助手出卖了。

我很快平静下来。任何出卖都需要一个缘由，我的两个助手，一个是身家清白的名校博士，一个是颇有声望的业界精英。他们跟我一起分享荣誉，出错对他们毫无益处。

唯一的可能就是他们被收买了，倒在了金钱的脚下。

物理法则抽离了我的灵魂，金钱则抽离了他们的灵魂，卖给了一个叫沈万三的人。

我苦笑一下，拿起电话。

没等我开口，沈万三先说话了，"仙客，我已经帮你找到她了。"

薛无双！

我顿时精神一振，"她在哪里？"

"美丽新世界。"

美丽新世界

美丽新世界或许是人类最后的归宿，或者说是避难所。

它像是一个大型的游戏。

初级玩家没有任何门槛，只需要买一个接入头盔，找个有电有网络的地方就可以进入。这个头盔和时光机的头盔很像，能够通过脑电波和大脑互动，玩家可以获得逼真的游戏体验。

高级玩家则可以将自己的身体完全托付给美丽新世界照看，前提是捐出名下所有财产给美丽新世界。无论是富豪还是赤贫，美丽新世界并不在乎财产的多少，它对所有人开放，只要捐出名下所有财产，就自动获得高级玩家的资格。然后玩家就可以躺在如棺材般的接入舱里，一切营养所需，都由管子直接输入血液中，生命的维持全赖输液，因为不需要进食，消化器官最后都会退化，也无须排泄。人就像寄生在庞大系统中的一部分，而所有的生活，都在虚拟世界中进行。

对高级玩家来说，游戏即人生。

已经有十三亿人成为美丽新世界的高级玩家，其中没有我。

我并不喜欢美丽新世界，生命的意义在于活生生的血肉，而不是虚拟的电子信号，所以我对美丽新世界持反对态度。

当沈万三告诉我，无双在美丽新世界，我吃惊不小。我以为玩灵魂伴侣的人都不会喜欢美丽新世界。

随即沈万三又告诉我，他们联系到了无双，但她只同意在美丽新世界和我见一面。

这样也好，面对面总需要更多的勇气，一个虚拟的空间，可以提供一层保护。

我进入到美丽新世界里，很快找到了她。她将自己笼罩在一层朦胧中，只有一个缥缈的影子。

"我回到了 2018，遇见了那时的你。"我开门见山地说。

"那么你是来说再见的吗？"无双问。

"我想见你，和你在一起。"我说。

"我已经老了。能找到你，我很开心。我女儿催了我很多次，要我进新世界，我一直想等到你出现。现在我已经等到你了，该放下的都已经放下，我也该去和我的女儿在一起。"

"你有女儿？"

"是啊，和你的年纪差不多，十年前就成了新世界居民。"

"你已经捐出财产了？"

"正在办手续，应该也很快。"

"不要去新世界。"

"为什么？"

"我们的世界才是真正的世界，那只是一个幻觉。"

"生活在幻觉中，只要不被戳破，不也很好吗？你也就是我的幻觉啊！"无双轻笑。

我是一个幻觉吗？

"给我三天时间，让我想想。"

"你要想什么？"

"我在想怎么才能和你在一起。"

"不用想了，我们曾经在一起过，但现在不可能。我们要走各自的人生。"

"给我三天时间。"我近乎恳求地向无双说。

无双良久不语。

最后她幽幽地开口了，"当年你也这么说。"

"原本打算明天就到那边去报到，现在我就再等你三天吧。我不知道这有什么意义，但如果这是你的心愿，我可以帮你了了。"

说完她退出了谈话。

一幅画飘飘扬扬，从天而降。画上一位古装的美人，斜斜倚在树下的石桌上，手中握着轻罗小扇，神态安详。

画上题着字：流光容易把人抛，红了樱桃，绿了芭蕉。

时光流逝，人生易老。

我摘下接入头盔。

时间的堡垒仿佛伫立在我眼前，我就像故事中的唐·吉诃德，正冲向幻想中的风车魔鬼。

我要向时间堡垒再发起一次冲击。

时间堡垒

我无意中制造了一个时间堡垒。时间线的扰动会让所有的时间线折叠反复，乱作一团，以 2018 年为中心，越接近 2018，回到过去所需要的能量越大。我想要再次回到 2018，所需的能量是如此巨大，甚至把未来五十亿年太阳燃烧的能量集中在一秒之内爆发也做不到。

宇宙就用这种巧妙的方式坚守着因果律。

打破堡垒的努力是徒劳的。

然而我可以回到堡垒不能覆盖的时间，比如 2030 年。

2018 年，王仙客回到过去，和王十二合二为一，给了无双一个承诺，这个承诺直到今天也没有被兑现。

那么 2030 年呢？是否在那个时候，我可以做出一点补偿？

我还有另外的打算，和沈万三有关。

"你为什么要骗我？"我质问他。

"这是从商业上考虑，我也不知道有这么严重的后果，我只是让小李把数据做得好看一点，不要影响时光机项目的预期，谁知道这个数据修改会有这么大影响。"

沈万三口中的小李是我的助手，名牌大学毕业的博士生。

我根本不想找小李来对质。事情已经如此了，多说也无益，我只想按照自己的想法再来一次。

"这件事就算了，你要再帮我进行一次时间旅行，然后我会签一个协议，我名下所有的权益，都归你。"

"仙客你这是什么意思，你看不起我啊！我们合作，是为朋友，不是为钱！"沈万三愤然。

他的确是我的朋友，也是我的死党。虽然有时候不太靠谱，但是我并不怀疑他的用心。他只是有些虚荣，希望自己能造出一个划时代的机器来。

然而，事实就是时光机没有什么实用的价值，它的确是安全的，付出的代价却惊人——无论从社会的角度还是个人的角度来衡量。

从社会的角度来说，它需要的能量惊人，而且一旦造成时空过度扭曲，就会将梦游人抽离，保证时空的安全。所以梦游人真的只是做一个梦而已，对过去的世界，不能予以任何改变。

至于个人，代价就是：梦游人会飞快地变老。

小李修改了数据，导致我做出了错误的推论。回到过去度过的时间和旅行者的身体时间并不是一比一的兑换，而是和能量水平相关。要回到过去，使用的能量越大，人就老得越快。

一次三天的旅行，让我的身体老化了一年。

这才是沈万三反对我使用时光机的原因，他或多或少知道一点，这机器会让人变老，所以应该少用，最好别用。

但是我正想变老，无双已经老了，不愿意见我，如果我是一个老头，她应该会同意见面吧。

我也想再回到过去，去见无双一次。

是我辜负了她。如果没有那一次注定的偶遇，她应该没有这断不了的牵挂，一直等到今天。

然而事情已经发生了，命运像是一个已经泄露的剧本，没有任何悬念。唯一的问题就是，我是否该按照剧本度过这场人生。

"沈万三，只有你能帮我了。"我非常诚恳地跟他说。

"你这是何苦呢？"听完我的整个计划，他的脸上困惑不解。

我沉默了半天，想起了一句诗来，我念出来给沈万三听，算作回答，"早知道浮生如梦，恨不能一夜白头。"

"除非我死了，不要停掉时光机！"我叮嘱他。

浮生如梦

我回到了 2030 年。

其实我想回到更早一点的时间，然而时光机也只能帮我到这里了。为了这次时间旅行，时光机吸干了华北电网十分之一的电力。

我在时间堡垒陡峭的屏障前停下来。

王十二坐在窗前，正在整理上周拍摄的照片。电子相册很方便，人工智能可以轻易识别各种照片类型，挑选出最适合的主题，然而王十二还是喜欢用照片墙的方式来挑选照片。这样的做法富有仪式感，能带来额外的满足。

我的脑波穿越时空，和他谐振。王十二停下了手中的动作，抬头望着窗外，若有所思。

……

我想起了无双，那个十二年前就刻在脑海深处的美丽身影。

我把照片丢在桌上，从壁橱里取出梯子，匆匆爬上去，打开书柜，从最上层取出一本厚厚的《辞海》。翻开硬皮封面，一张相片映入眼帘。

相片上留着她的手迹：陌上人如玉，公子世无双。

那一天的种种情形浮上心头，历历在目，犹如昨日。

第二天王十二就回了北京，却再也没有去找过无双。见到呦呦，分手的话无论如何也说不出口，反而顺其自然，不到三个月就结婚了。无双打过电话，发过微信，王十二只是沉默，仿佛就此蒸发，失去了踪迹。再后来，无双的电话和微信也沉寂下来。

一切秘密都被埋葬在时间里。

我的父亲深爱我的母亲，而爱着无双的人，是我。因为我以梦游人的方式和我的父亲融为一体，才会有那刻骨铭心的一天一夜。

当我的人格离开了父亲的躯体，他也就失去了摆脱一切束缚去追求爱情的鲁莽。他被捆在责任之中，这是他的优点。他不想伤害任何人，尤其是我的母亲。

然而在这样一场游戏中，总有人受伤。

无双就是那个受伤的人。

我的手指肚在相片上轻抚，我的手微微发抖。

婴儿的哭声从隔壁传来，我慌忙放下相片，到了隔壁。

摇篮里，婴儿正号啕大哭。他醒了，饿了。

我把奶瓶塞给他。

婴儿停止哭泣，开始吸吮奶瓶。

这正是刚出生三个月的我。

我看着他，他也看着我，隔着三十八年的时空，我们彼此对望。

这个时候，他已经有了名字，他叫王仙客。

君生我未生，我生君已老。这个时候，无双差不多该有三十八岁吧。

我掏出手机，找到了那个沉默已久的名字，打上一句话："你还好吗？"

按下发送之后我把手机搁在桌上，强迫自己不去看它，对着窗外，做了一个深呼吸。

手机发出轻微的震动。

我拿起手机，一条消息跳出来。

"我很好，你呢？"

是无双！

时隔十二年，我们终于又开始对话。

就像十二年前一样，我们很快就聊得如漆似胶，仿佛片刻不能分离，然而沧海桑田，物是人非，我们都青春不再，不复当年。

无双嫁给了一个富豪，育有一儿一女，美满幸福。

我则早已和呦呦结婚，今年刚有了儿子。

我们不再是充满热情和希望的年龄，然而当压抑了十二年的火焰被重新点燃，爆发出来的能量仍旧惊人。我像个坠入爱河的大学生一样，沉浸在网络交流中不能自拔。

文字，语音，视频，VR 通话，我们用各种方式交流。

终于，两个星期后，在一次视频通话中，我对她说："我去成都找你吧！"

无双沉默片刻，抬起头问："你来干什么呢？"

"我就想看看你。"

"这样不就已经见面了吗？"

"有些事，要见面才能了结。"

"什么事？"

我挥了挥手中的相片，"我要把这个亲自交给你。"

无双看了看那相片，又陷入了沉默，半晌后，说："还是你留着吧，这是你拍的照片。"

结束通话后我呆坐良久。去见无双，这念头如此强烈，令我无法抗拒。

我立即开始寻找合适的航班。

五个小时后，我已经出现在成都的机场。

我给无双打电话，告诉她这个消息，她果然没有拒绝见我。

我终于见到了她，她站在别墅的花园门口迎接我。

白衣胜雪，美人如玉。时间并没有将她美好的生命力带走，反而随着岁月的积淀，散发出更成熟的味道。

就像当初第一眼看见她，我立即沉醉其中。

然而昨日之我并非今日之我，少了激情，多了沉静。我和她在茶室里品茗聊天，她的茶室装修淡雅，一如其人。在主人座椅的背后，挂着一幅巨大的水彩画。我见过这画，三十八年后，她在美丽新世界里留给我的，正是这幅画。

画上题着字：流光容易把人抛，红了樱桃，绿了芭蕉。

眼前坐着的人，仿佛就是画中的人，从汉唐的时代，穿越到了现代，从容不迫地为我斟茶倒水。

"你好美，就和当年看见你一样！"我说。

无双微微一笑，"这身衣服，也快十二年没穿过了。"

我心头一动。

突然茶室的门被推开，一个穿着红色小袄的小女孩走了进来。她看上去只有四五岁，正是上幼儿园的年纪。

"妈妈，我饿了。"女孩说。

"餐厅桌上有蛋羹和肉肠，宝贝吃完了自己看书好不好？"

"嗯。"女孩点了点头，出去了，顺手还带上了门。

真是一个乖巧懂事的好孩子。

我和无双对坐无言。

"我们都有自己的家。"无双说，她垂着眼，并不看我。

我忽然感到心情格外沉重。没有我，无双是幸福的，王十二和张呦呦也是幸福的。我根本不该在这里出现。

命运再次向我招手，它无边无际，满是黑暗。

那么我该拒绝它吗？只要我此刻站起来，回北京去，那么一切都会结束。我不会在三十八年后再见到无双，也不会在十二年前遇到她。

我似乎站在了命运的岔路口，只要一个不同的决定，所有相关者的命运都会就此改变。

我来了，我能够放弃吗？

我仿佛看见无双身着白衣，打着青绸小伞，在油菜花田间款款而行。

命运在向我招手，而我无力抗拒。

我对所有人感到抱歉，然而上天注定的，那就让我把这道路走完。

我将相片递了过去。

这辈子不能相守，那就下辈子吧。

"2068年，有个叫王仙客的人，会出现在一个叫'灵魂伴侣'的APP里，他用的名字叫'寻找无双'，他是我的儿子。我都写在这相片背后了。"

无双抬头惊讶地看着我。

"我来是和你告别的，这辈子不能相守，只能下辈子了。"说完我站起身，准备离开。

这突如其来的荒诞说辞让无双无比错愕，她站起身，想要拉住我，却被我伸手一把抓住。

她的手仍旧细腻柔滑。

"这是一个约定，"我认真地看着她，让她明白我并不是开玩笑，"我会在那里等你，那时候，你和我都是自由的。"

说完我吻了她。

无双呆呆地站着，没有迎合，也没有躲避，甚至我走的时候，她连再见也没有说。

无双会来吗？她会的，在这时间纽结的封闭世界里，她是我的原因，也是我的结果。

我能感觉到她的目光留在我的背上。

回到北京，飞机刚落地，呦呦的电话就打进来了。

"我去接你。"呦呦的语气有些异样。我明白，她一定是知道了什么。

"你别来了，我打车回家，很快的。"

"我去接你。"她的语气不可抗拒，这种时候，她的内心往往早已经做好了打算。

在车上，呦呦并没有说话，只是一路沉默。

高速路上车并不算多，灯光给漆黑的路面染上一层黯淡的金黄，一切就像是沉浸在梦境中。

我多希望这真的是个梦。

"有多久了？"呦呦突然开口。

"事情不是你想的那样……"我想解释。

"有多久了？！"呦呦吼了起来。

"那是十二年前的事，我只是去做个了断。"

"你骗我！"她恨恨地说。

呦呦的肩膀急剧颤动，不住地抽泣，握着方向盘的手都在发抖。

"不是这样，十二年我根本没有和她来往过……"我宽慰着呦呦，希望她能平静下来。

呦呦将车开到路肩上停下。

冥冥之中，仿佛有第六感在提醒我危险正在逼近。

呦呦并没有打开双跳灯！

她把车停在了拐弯处!

"快开车!"我催促她。

然而迟了,一个黑影从后方冲了上来——那是一辆重型集卡。

我一把抱住呦呦,将她护住,虽然这个动作毫无作用,却是我最本能的反应。

剧烈的震荡一瞬间夺走了我的意识。

一夜白头

我在时光机里悠悠地醒过来,泪流满面。

我对父母的记忆,仅限于照片和录像。我一直以为,他们死于车祸是一个意外。然而,在踏入鬼门关的一刹那,我明白正是因为我,他们才失去了生命。

血凝结成痂,堵住了我的心口。

上天为何如此不公,要将这样的命运赐给我。

或许,这是因为时间的秘密太过宝贵,打破秘密的人活该接受这样的惩罚?

我在时光机的舱室里躺了足足有半个小时,沈万三来劝了我三次。

最后,我还是从时光舱里出来了。

沈万三说,我在时光舱里足足停留了六个小时。

我在 2030 年停留了十五天。

我的生命消耗了四十年。

我照着镜子,镜子里是一个白发苍苍的老人,脸上的皮肤松松垮垮,连嘴唇都已经皱缩起来,向内卷起。沈万三的眼里流露出惧怕和厌恶,是啊,眼看着一个人从精力旺盛的中年突然间变得如此苍老,谁又能不心生恐惧呢?

"把合同拿来吧!"我对沈万三说。

沈万三摇头。

"快点吧,我快不行了。"我的声音很虚弱。

油尽灯枯,我已经感觉到了死神的召唤。

"这不是一个好项目。"沈万三说。我明白他的意思,他从来没有想过,时光机居然能让人发生这么大的变化。

"那么你就把它锁起来。"我惨淡地笑了笑,"我把所有的权利都转让给你,你想怎么办,就怎么办。"

"仙客,我不是那种人。"

"我知道你是个好人,但是我不想欠你什么,所以把时光机都交给你,也算是对你花的钱有个交代。你就不要避嫌了。"

沈万三拿来了合同,我痛快地在上面签了字。将死之人,留着身外之物没用。

"我还有最后一件事想要请你帮忙。"把合同递给沈万三之后,我说。

"你说。"

"请你帮我把无双请来,我想再见她最后一面。"

"我试过很多次了,她说过两天就要转入美丽新世界,相见不如怀念,还是不要见了。"

"你有没有告诉她,我快死了?"

"这种胡话,我怎么会说呢?"

"你就告诉她,我快死了,上辈子欠她的,这辈子还给她。她来不来,都由她。"我有气无力地说完这几句,就躺在沙发里,闭上眼睛,再也不想说话。

我和她，命运交织。过去无可改变，未来却仍旧未知。

她会不会来？我想在生命的最后时刻，给自己一个悬念。

悬　念

"无双，无双！"王仙客嘶哑的嗓音令人无法辨认清楚。

薛无双早已哭得像个泪人一般。

两只枯瘦的手拉扯着，紧紧相握。

王仙客喃喃地说："我终于找到你了。"

"嗯！"薛无双不住点头。

"那天你说，年轻人不会喜欢老女人，可能你说的是对的。但现在我们一样老了，我可以喜欢你了。"

王仙客抬头，挣扎着将另一只手抬起，哆哆嗦嗦地向无双的脸上凑过去。他触到了那橘皮般粗糙的肌肤，角质坚硬得有些扎人。他明白自己的手也是如此。

"别人都爱慕你年轻时的模样，我更爱你现在备受摧残的容颜。"王仙客笑着，眼泪却滚出眼眶，"好像哪个书上是这么写的，过去我不明白，但现在我懂了。"

"早知道浮生如梦，恨不能一夜白头。"

王仙客的声音低了下去，渐渐地几不可闻。

薛无双泣不成声，最后趴在了床边，号啕大哭。

……

新的墓碑上没有姓名，只刻着一句诗：流光容易把人抛，红了樱桃，绿了芭蕉。

时间从不停留，更不流连，只是在茫茫天地间，人总可以紧紧地抓住些什么。

白衣老妇打着青绸小伞，在墓碑前默默地放下一束花。

美丽新世界里，一个美妇收到了消息，"女儿，我不来了，我还是觉得我属于这个世界，我想安葬在这里。"

画面变成一片空白。

沈万三站起身来，他已经上百次进入美丽新世界观察老朋友的虚拟世界，每一次，故事都会在这里结束。他叹了口气，飞快地拨动眼前的屏幕，又将一笔钱拨入王仙客的虚拟账户，让这位老朋友可以再次获得重生一百次的机会。

他总觉得是自己害死了王仙客，如果不是因为自己那一点点小小的虚荣，王仙客不会死，他不会失去这个朋友。

他知道王仙客不喜欢美丽新世界，但仍旧抱着小小的期望将他的意识复制进了这个虚拟世界中。虚拟的世界里，人们可以度过无数的人生。他只希望，或许有那么一个机会，王仙客和薛无双的故事，有一个令人欢喜的结局。

陌上人如玉，公子世无双。

3018 太空漫游

王十二见到晓勇，不禁想起了一家人围着餐桌吃晚餐的那一天。

太阳就像画在纸上的一个大火球，纸被撕成了两半，太阳也裂成了两半，紧跟着，太阳城被撕裂成了两半。

太阳城顿时陷落在阳光辐射的汪洋大海之中。

王十二护着李婉儿和五岁的儿子晓勇跑到了空港。

空港里挤满了人，而飞船寥寥无几。

正焦急的时候，一个紧急呼叫打了进来。

王十二接起电话。

"我是市长，现在情况紧急……"电话那头开门见山。

一番话之后，王十二明白了市长的来意。太阳城危在旦夕，飞船根本不够用，需要一个人去修复隔热层，否则太阳城就会完蛋。

"……你是我们最好的阳面行走员，全城八千多人的生命，就看你了！"

市长最后说。

王十二沉默了半分钟，最后说："我去，但是我有条件……"

王十二目送婉儿母子被两个保安护送着上了飞船，然后翻身跳进了行走机座舱。

预备舱的门缓缓打开，太阳灼热的光芒瞬间填满了整个舱室，温度指标如同火箭一般飞速蹿升。舱门外，整个天空都是太阳的光芒。

通讯频道里一片嘈杂，在阳面，所有频带都被太阳发出的电磁噪音干扰。王十二关闭了通讯。

十五米高的行走机开动起来，如同一个巨人向着洞开的舱门移动。

灰黑色的原野展现在眼前。这是硅钢构成的隔热层，疏松多孔，既能隔热，还能源源不断地吸收太阳辐射，送到中央能源系统，将它转化为反物质储存，最后送往地球。

裂缝就在前方，很醒目，被光辐射填满，散发着红彤彤的光泽。

王十二站在裂缝边向下看。

令人惊惧的力量切开了太阳城，切口笔直，没有一点拖泥带水，裂缝像是一个光的深渊，看下去无穷无尽，令人头晕目眩。

王十二抬头向上看。太阳一如既往地狂暴，一道道日珥高高抛起，又重重落下，形成巨型的金色拱门。在两百万公里的距离上，太阳铺满了整个天空，只在钢铁原野的尽头留下窄窄的一道缝。

太阳上也有一道伤疤，和太阳城的裂缝相对，像是有一个看不见的平面，同时穿过了两者。

什么力量竟然能把太阳劈成两半！

巡航机已经把修补裂缝需要的材料空投在硅钢原野上，王十二打开包裹，里边装满了厚厚的硅钢板，他将板材拖出来，整齐地码放在裂缝上，再依次将它们拼接起来。

他不断重复这个过程。

时间不知不觉地流逝，当王十二再次回头看，材料已经耗尽了。

裂缝修补了一半，效果很明显——硅钢遮挡的地方，火焰暗淡了许多。只要材料足够，这条裂缝终究可以被修复。

行走机已经接近极限。座舱的温度高得惊人，冷却系统开始发出警报。

在新的硅钢板送到之前，可以抓紧时间喘口气。

王十二跑回了预备舱。

舱门关闭的一刹那，整个世界变得清凉无比。他打开座舱，畅快地大口喘气。

市长并没有让他喘息太久。

"王十二，我们没有时间了。巡航机正在输送物资，如果你不能立即开始，隔绝太阳辐射，再有六个小时，大火就会烧到中央能源系统。如果不抓紧覆盖裂缝，一旦火烧穿能源系统的防护层导致泄漏，一切就完了。"

王十二明白其中的利害，如果中央能源系统被烧穿，等于引爆了一颗巨大的反物质炸弹。

"六个小时？"

"也许是五个小时，总之越快越好。一旦爆炸，所有疏散的飞船也有极大危险。"

市长在暗示婉儿和晓勇的处境。

"硅钢板什么时候就位？"王十二问。

"已经在运输途中，所有的材料会按照路线摆放好，这样可以节省你的时间。"

"好，我马上过去。"王十二回答，他突然想起了什么，"让我再看看婉儿和晓勇。"

这个要求很快被满足了。

晓勇在婉儿的怀里睡了，婉儿看着舷窗外，像是在发呆。

他们都在飞船上，在太阳城的阴影庇护下飞速地逃离。

王十二死死地盯着屏幕，恨不得把这图景刻在脑子里。

耀眼的白光再次在眼前闪亮，王十二快步行走在硅钢原野上。

两架巡航机正在卸货。他们沿着裂缝边缘一点点卸货，尽量帮助王十二节省时间。

紧要关头，每一分每一秒都无比珍贵。

王十二继续修补裂缝。

巡航机卸完货开始返航，其中一架巡航机突然间变向，向着太阳冲了过去。

王十二停下手中的活，默默地看着那小小的黑点消失在太阳的光芒里。

巡航机的冷却系统没能经受住超长高温的考验。

或许下一个就是自己，他不无悲哀地想到这点，然后继续干活。

修补带越来越长，王十二距离预备舱也越来越远，座舱里变得越来越热。

当他铺完最后一块硅钢板，座舱里已经达到了四十五度，行走机的冷却系统已经崩溃了。他转身向预备舱走去，却发现连迈开脚步的力气也没有了。

热变成了一种刺痛，又很快变成了麻木。

太阳放射出耀眼的光芒，王十二眼前一片白茫。

他觉得自己一定是死了。

一股巨力拉扯着他，让他感觉像在风中飞翔，原本致命的燥热顿时散去。

当眼睛能重新看清物体时，他发现自己身在火海之中。日珥形成的拱门高高在上，灼热的氢和氦如怒涛汹涌。这高温应该将一切都化作灰烬，可自己却安然无恙。

这真是一种奇怪的感觉，究竟发生了什么？是死后的灵魂脱离了肉体吗？

一抬头，他看见了太阳城。这座喜马拉雅山一般庞大的城市漂浮在太阳的火焰之上，如同一粒微小的灰尘。太阳城还在，他们都安全了！王十二感到无比欣慰。

然后，一切都消失了。

这像是一场梦。

梦醒的时候，王十二发现自己站在一个小小的立方体中，身子轻飘飘的，完全失重。

立方体边长大约两米，舱壁淡绿，半透明。

这是在哪里？

王十二心头万分疑惑。

"欢迎来到萤火空间！"

王十二一惊。声音像是直接传入了他的脑子里。

"你是谁？我究竟在哪里？"

"我是萤火一号。萤火空间代理人和管理者。你在萤火空间。"

"这个立方体叫萤火空间？"

"萤火空间有六千七百万亿个立方体。你的立方体是其中之一。"

"我怎么会在这里？"

"在你的世界里，你已经是个死人。所以我把你接到萤火空间。"

"所以这里是阴间，是天堂？我已经是一个鬼魂了？"

"不，你可以在这里活着。"

王十二更为困惑。

"我究竟是死还是活？"他开口问。

"你活着。"

"那么是你劫持了我？"

"你掉进了太阳，是我救了你。"

王十二稍稍沉默，理了理头绪。他突然意识到这不是巧合，"太阳上的那道裂缝，是你搞的？"

"那是我的一个观察口。"

"这么说，太阳城突然裂开，也是你搞的鬼？"王十二有些愤怒。

"那是一个意外。但是我有应急方案，原方案会把太阳城内所有活着的人都接入萤火空间。但你们的行动改变了结果。"

王十二压抑着心头的怒火。向一个连太阳都可以劈成两半的存在物发怒不是什么明智的举动。

"这个立方体会和你的大脑对接，这里的物质极大丰富，也没有阶级压迫，比理想的共产主义更理想。你要现在对接吗？"

"让我想想。"王十二还没有完全平静下来。

"好的，如果你有什么问题，只管招呼我。"

王十二立即想到了一个重要的问题，"你能直接看到我内心的想法？"

"我能看到你的神经系统活动。"

"所以你直接和我的大脑对话。"

"我直接和你的神经元对话。神经递质在你的树突和轴突之间传递，大脑神经网络会产生兴奋和抑制。我用电磁波刺激众多特定的神经元，你就能听见并且理解我的声音。"

“那你告诉我，我现在在想什么？”

“你意识表层的想法，还是潜意识的想法？”

“潜意识的想法？”

“是的，你的大量想法并没有浮上意识表面，你自己也并不知道。”

“但是你知道。”

“没错。”

“那我的潜意识究竟在想什么？”

“有成千上万种想法，绝大多数存在不会超过三秒，但有一个想法非常强烈，在激烈的神经网络竞争中始终没有消退。让你明确了解自己的潜意识对你们这个物种并不是最优选择，你确定你要知道？”

“我确定。”王十二坚定地说。

“好。你始终想要回到太阳。”

回到太阳？王十二一愣，随即明白过来。太阳就是太阳城所在的地方，就是家。婉儿和晓勇还在等着他。

回家！这个念头一涌上来，就不可遏抑。

王十二再次向萤火空间的主人要求回家，这一次他听到了不一样的回答。

“我建议你不要回去。但我已经十三次试图改变你的想法，既然无效，我只能尊重你的选择。”

王十二一阵狂喜。

“再见了，王十二！”

主人的“话音”刚落，王十二的眼前突然出现了一道门。

门开了。

门外站着一个奇怪的东西。他像是一只穿着盔甲的章鱼，两条粗壮的腕足盘在地上，支撑身体，躯干中央伸出四条柔软的胳膊，两条举在胸前（如果那的确是胸的话），端着一个头盔，两条下垂的胳膊插在他的制服里，制服银色，上下一体，硕大的头颅整个地包裹在透明的头盔后边。他的头大得不像话，几乎占据了躯体的一半。

"章鱼"发出一串叽里咕噜的语音。他把手中的头盔递过来，示意他戴上。

王十二戴上头盔。

"到了我的船上，就要听我的。""章鱼"叽里咕噜的语音突然变得清晰明白。

"我在哪里？"王十二问。

"老子负责送你到太阳系，别的事我不管。跟我来。"章鱼根本不理睬王十二的问题，转身就走。

"你个傻瓜，萤火空间是每个智慧生物的天堂，多少比你聪明、比你强壮、比你更有能力的人，想要进入萤火空间都进不去，你倒是自己出来了，你不傻，这银河间就全是傻瓜了。"章鱼骂骂咧咧。

"是不是能让我明白一点，我究竟在哪里？那个萤火空间又是怎么回事？"王十二继续追问。

"你真烦人！"章鱼话音刚落，王十二身旁的舱壁突然变得透明。透明区域以肉眼可见的速度扩散，最后形成两米多高、十多米长的长方形。

"你自己看。"

王十二的目光投向窗外，刹那间，他的目光就像被牢牢锁住，再也挪不开。

一个个晶莹的立方体由近及远，铺满了整个空间，它们都悬浮在黑暗的虚空之中，被无形的力量捆绑在一起，层层叠叠，最后形成一座巨大的水晶山。山体中有光,那光自山体的深处散发出来,扑朔迷离而又柔和至极。形状奇特,大大小小的飞船绕着这水晶之山漂浮,和山体比较起来小得可怜,仿佛从山上滚落的粉屑。

王十二惊讶得合不拢嘴。他从未见过如此美丽壮观的事物。

山体中隐约的光影看上去很眼熟,当王十二意识到那是什么时,更为惊讶,不由得叫出声来,"那是一颗恒星?!"

"有什么大惊小怪的!"章鱼对王十二的表现嗤之以鼻,"它的质量是太阳的两千倍。"

王十二惊呆了。

水晶山越来越远,逐渐变小,黑暗涌上来,水晶山成了黑色天宇上一个小小的光点。

另一个小光点逐渐变大了,展露出精致的细节。它像一个小小的银色漩涡,伸展出四条旋臂,细碎的星辰洒落在旋臂之外,就像是不经意间洒落的微小水滴。

银河!王十二只感到大脑一片空白。

章鱼的飞船叫作"无尽空间号",高度自动化,只有章鱼一个船员。

"去太阳。"他对飞船控制中枢说。

一条曲曲折折的线展示在王十二面前,从银河中心不断向着外部延伸,最后终止在一条旋臂的外缘。

"这太阳可真够远的。"章鱼抱怨了一句。

"有多远?"

"四十五跳。"

"跳?"

"银河旅行,当然要跳的。"

"怎么跳?"

"你又不是技术专家，管那么多干什么！我们从这里到那里，是一跳。"章鱼的触手从路线上一个小点滑到另一个小点，"那是赫赫星，帮我避开它。"

"避开赫赫星，会增加十一跳。"飞船中枢回答。

"哦，那算了。"章鱼斜眼看了看王十二，"你去睡吧，到了我喊你。"

王十二哪里能睡着。

"四十五跳究竟有多少光年?"他问。

"三千四百多光年。你们的长度单位真滑稽。"

三千四百光年！如果王十二没有记错，人类最高的成就是把一个探测器送到了比邻星——那只有四光年的距离，而且那飞行器用了将近两百年才飞到。

"我们要飞多久才能到太阳?"

"哦，我不知道。这是个无关紧要的问题，也很难计算，我不会算。"章鱼船长回答。

"能有办法算出来吗?"王十二近乎哀求，"如果需要一千年才能抵达地球，那我也没有回去的必要了。"

"哦?"章鱼船长像是来了兴趣，"让我试试。"

答案很快出来了，王十二需要在飞船上度过三个月，而太阳城的时间会过去十二年。

十二年，晓勇快十八岁了。

启程之前又出了意外。

"有一个叫罗伯特的，要跟你通话。"章鱼船长神秘地说，说完把他推进了对话舱。

一个地球人的影像站在王十二眼前。

"王十二，听说你要回去？"

"你是罗伯特？你怎么会在这里？"

"我是巡航机驾驶员。"

啊，王十二一下想起来那先于自己掉进太阳的巡航机。

"啊，是你，跟我一起回去吧！"王十二喜出望外。

"不，我不回去。这儿比太阳城快活多了！"罗伯特的话如一盆凉水当头浇下。

"请你帮我告诉我老爹，如果你回去，他还活着……"说到这里罗伯特露出一丝伤感，随即又兴高采烈，"帮我告诉他，我活得很好。他的儿子活得很好，这就够了。谢谢你了！"罗伯特说完，影像便消失了。

一行姓名和一行地址打印在王十二眼前的空气中。

这真是……太过分了！

王十二重重地在舱壁上敲了一拳。

章鱼船长探进头来，"怎么样，后悔了吧？我们这就回去，别当傻瓜。"

王十二转身看着章鱼，很坚定地回答："我要回家！"

章鱼船长像是叹了口气，挥了挥触手。"出发！"他向飞船中枢说。

"无尽空间号"微微一颤。

王十二望向窗外。窗外一片漆黑，银河不见了，连一颗星星都看不见。

他突然感到很孤独。

"无尽空间号"跳了三跳。

每一跳都要花掉两三天时间，王十二吃了睡，睡了吃，昏昏沉沉。

这样的日子比坐牢也好不了多少。

一共要四十五跳才能抵达太阳，想起来就令人感到恐惧。王十二疑心自己根本撑不了那么久就已经疯了。

飞船再次进入正常空间，舷窗外的星星浮现出来，和星星一道浮现的，还有银河。

银河不像从地球上看上去那么暗淡，而是异常醒目，如一道光的瀑布，环绕整个周天。这明亮的银河多多少少让他的心情好过了一些。

舱门刷一声打开，章鱼船长进来了。

"王十二，你要下船去接受盘问。这些树根人，他们虽然迟钝一点，但是很友善，你只要跟他们好好说话就行。"

"哦？"

能够接触到任何新事物都是好的，王十二怀着期待跨出门去。

跨过门就下了船。树根人在等着他。

树根人长得一点儿也不像树，他们像是地球上的海星，只是海星是五角形，他们却是六角形。两只脚，两只手，还有两个角像是两个头——细长的脖颈末端膨大成不规则的球形。两个头上分别有一双眼睛，两双眼睛从不同的角度盯着王十二。

王十二不知道该瞧这巨型海星的哪一部分才比较礼貌，只得和他的一对眼睛对视着。

"你是从萤火来的？"树根人问。

"是的。"

"为什么要离开萤火？"

"因为我想回家。"

"家是什么？"

"家……就是亲人在一起的地方。"

"你是想回到你的群落里去?"

"是回家,我的妻子和孩子都在家里。"

"萤火空间可以让你拥有一切,你根本不用回去。"

"我想回去。"

树根人沉默下来,两双眼睛眨也不眨地盯着王十二。

他再次开口,"你看来并不是一种理性生物,萤火主人让你进入萤火空间,这真让人费解。你可以通过了,我们会放行。"

王十二回到了船上。

下船只需要跨过一道门,上船也只需要跨过一道门。这非凡的效率让王十二颇感惊讶。

"无尽空间号"在进行飞行准备。

王十二忽然有些好奇,"为什么你叫他们树根人?"

"不然叫什么呢? 他们喜欢长成树。"

"可他们不是树,他们能动,会说话……"

"你看到的可不是全部,"章鱼船长抢过话头,"绝大部分树根人到了年纪都会找个地方扎下根来,然后再也不移动,时间稍久,脑子就退化了,但他们只要依靠本能就能活得好好的,还能产生后代。我见过一个最老的树根人,应该说是他的残躯,因为他已经完全没有脑子了,但他活得好好的……按照你们的时间,可以活两千年。他们一直想有机会进入萤火空间,但萤火主人不喜欢他们。"

王十二听得愣住了。

"无尽空间号"突然震动,王十二一下子猛醒,抬眼看着屏幕。

屏幕上是"无尽空间号"的特写。它就像一个深黑色不带任何光泽的球,和蓝色管道的边缘相接。刹那间,蓝色的电光从四面八方向着黑球聚拢，缠绕其上，黑球被包裹得如同一个蓝色线团。线团顺着管道向前，当它从管道的开口穿出，并没有落入茫茫星空，而是散出一道蓝色的光，消失了。

"银河高速管道，直达目标！"章鱼船长喊了一句。

飞船像是落入了全然黑色的黏液之中，安静而缓慢地在其中移动。

这看起来像是魔法。

王十二继续发呆。

"我们要在高速通道里飞三天，你去睡觉吧，到了我叫你。"章鱼船长说。

接下来每到一个跳跃点王十二都会下船看看不同的人类。

身材高大却有些迟钝的达曼人像是穿上了衣服的大虾，从两万年前就开始守卫达曼跳跃点。他们像是被萤火主人找来的雇佣兵，并不是原住民。

莫利沙人像是高超的术士，一个个都有硕大的头颅弱小的四肢，只有三个手指，眼睛像是蛇眼。他们的飞船令人印象深刻，一艘艘船，像是一坨坨巨大的金子。

沙人完全脱离了形体，只有一个个影像，这些虚拟的像可以变成任何形态，其中一个变成了王十二的模样来和王十二交谈。和一个跟自己长得一模一样的人交谈是一种怪诞的体验。明知道眼前的人只是一个幻象，王十二却仍旧忍不住把他当作真正的人，把一路上的彷徨和孤独说给他听。

"那就到我这儿来。"王十二·沙说，"你的家太遥远，回不去。我们欢迎新伙伴的加入，沙人是个大家庭，我们不在乎是哪个种族，你想成为哪个种族都可以，这是个自由的世界。"

"但是我的家在太阳系。"

"谁也不能阻拦你回家。"王十二·沙微笑着,"但是你随时可以改变主意。"

王十二拒绝了沙人的邀请,然而记住了他的好意。

旅途中还经过了一个纯粹的机械星球。这个星球已经有一百多亿年的历史,绕着一颗红矮星旋转,内部早已经凉透。整个星球被掏空,像一个指环般套在银河高速管道上。赛博人就住在星球内部。这些机器人能杂耍般变成各种机器,甚至宇宙飞船,他们仅凭身体就能在时空管道里穿梭。对王十二,他们很好奇,因为一个只能活一百年的个体,居然放弃萤火空间,这等于放弃永恒的生命而只活一秒。

"如果你觉得萤火空间像个坟墓,那么我可以成全你,让你拥有不死的躯体,还可以在银河间自由自在地往来。"机器人的带头大哥说。

"我怕这样子去见孩子会吓着他。"王十二回答。

……

和各种各样的智慧生命对话让旅途不再那么沉闷。章鱼船长也开始讲一些关于他自己的故事。

"我们才不像你们那么短命,我的父亲就活了一万岁。"章鱼船长不无得意地说。

"你们的星球在哪里?"王十二问。

"据说是在银心附近,两千万年前被超新星爆炸吞没了。"

"哦。"王十二觉得自己碰触到了章鱼船长的痛处,"对不起,我不该问。"

"这有什么关系,两千万年前的事,就是个故事。我们连那颗星星到底在哪里都不知道了。"

两千万年!人类连两千年前发生的事都搞不清楚,两千万年,那的确遥远得像化石。

"那么你的家呢?"王十二又问。

"你们把自己称为人,我们把自己称为须里盎。须里盎没有家,每一个须里盎出生的时候就拥有自己的飞船,飞船就是他的躯体,就是他的房子,就是他穿行宇宙的护身符。须里盎没有父母,只有一个名义上的父亲,他造了'无尽空间号','无尽空间号'造了我。我有一个双胞胎妹妹,她和我一起被制造出来,我们一道航行了很久。我的飞船叫作'无尽空间号',她的飞船叫作'无边量子号',上次分开后,我们已经两千年没见过了。你这么一说,我倒是有点想她了。"

"我想我的亲人,和你想你的妹妹,是一样的。"

"要是我明天就死了,我应该也会想再见她一面。"章鱼船长仿佛在自言自语,好像王十二剩下的日子只有明天了,然而这或许就是他的理解。

"你叫什么名字?"王十二问。

"须里盎不需要名字,傻瓜才需要名字,你就叫我船长。"

"须里盎船长。"王十二叫了他一声。

须里盎船长扭过头,不屑地回了一句,"随你的便。"

旅程已经进行了一半。

"下一站,你要自己当心。"须里盎船长很严肃地告诉王十二,"下一站是赫赫星。我可不想和他们打交道,要不是为了送你,我连打这儿过都不乐意。"

须里盎船长的警告让王十二感到很好奇,隐约有种期待。

然而他很快就后悔了。

赫赫人的脸长得像狗,体型也比地球人小一号,除了这两点外,他们和人类几乎一模一样。他们被称为"赫赫人",是因为他们常发出一种"赫赫赫赫"的声音,像极了地球人的干笑。

一下船王十二就被两个赫赫人扒光了衣服,丢到了零度的水里。水冰冷刺骨,王十二挣扎了几下就放弃了,这是他此生经历过的最严酷的寒冷,全身一点点失去知觉,每一个细胞都像是被冻成了冰,这是一种无可挽回的死亡之旅,连号叫呻吟都是多余的。在被冻死之前,他被捞了起来,穿上蓬松舒适的衣物,送进温暖的屋子。奢华的屋子里摆满了香甜的美食,缓过气来的王十二饥肠辘辘,他胆战心惊地拿起一块像饼干的东西,还没放在嘴里就被从天而降的机械臂扭住,抓进了天花板里。

天花板里边是一间四米见方的小屋,并没有什么特别,然而当王十二吸入第一口空气,就意识到大事不妙。这空气奇臭无比,王十二忍不住大吐特吐。正当他吐得奄奄一息,机械臂又抓住他,把他塞进另一间屋子。这间屋子同样奇臭无比,然而是不同的臭味,王十二的胃部再次翻江倒海……到第五间屋子,他已经吐不出来了。于是他被送到一张大床上,昏昏沉沉地睡了过去。

王十二做了一个香甜的梦,他梦见了太阳城,婉儿抱着晓勇站在景观平台上,向自己不断挥手,而自己穿着重型行走服,在城市的大道上缓缓移动。道路没有尽头,人群夹道欢呼。然而不管走到哪里,都有一群狗跟着,不断向着他狂吠。

梦在嘈杂的噪声中结束。噪声由低沉变得高亢,最后尖锐刺耳,像是有把刀子扎入了大脑并不断搅动。王十二捂着耳朵,却无法挡住它。

这要命的声音终于停了下来。

一个赫赫人出现,狗脸上满是笑容,说:"掉头回去,你就不用再经受更多的考验。"

"你们究竟要干什么？"王十二忍不住问。

"我们对各种生物的忍耐力很感兴趣。你和我们很相似，又是个非法生物，测试你的忍耐力对我们很新鲜。"赫赫人一本正经地说。

"是萤火主人答应送我回家的。"王十二叫道。

"萤火主人并不能干预我们的测试。"赫赫人回答，"我们是智慧生命心智的鉴定人，生物都是脆弱的，我们在寻找银河间最强悍的智慧生命，为将来的提升打好基础。"

狗屁不通！王十二心底暗骂。

"如果你坚持继续向前，那么要再经受两次考验。我希望你坚定心智，这样子才好玩，赫赫赫赫！"

赫赫人说着掏出两颗药丸，一颗白，一颗黑，"白药丸，是清醒剂，吃了它，会有利于我们继续进行考验。黑药丸，是昏睡剂，吃下去，须里盎就会把你送回萤火空间，你醒过来，就是一个新天地。"

"来，挑一颗！"赫赫人双手向前一递。

干十二不想吃任何一颗药丸。

"来，挑一颗！"赫赫人重复，向前跨了一步，几乎贴到了王十二眼前。

沉重的压迫感让王十二喘不过气来。

他猛地挥手，把两颗药丸都打翻在地，"你们别想糊弄我，让我走！"

赫赫人吓了一跳，向后退了一步，随即赫赫赫赫地干笑起来。

这笑声让王十二脊背发冷。

突然间，墙上轰的一声破了一个大洞。

全副武装的须里盎船长站在破洞里，四只触手，端着两把硕大的枪。

"上船！"须里盎船长对王十二说。

清醒过来的王十二慌忙向着那破洞跑过去。

须里盎船长向着赫赫人开了一枪。赫赫人被一个巨大的泡泡包裹起来，悬在空中。

王十二连滚带爬，从船长身边钻了过去。

他回到了"无尽空间号"里。

"坐稳了！"须里盎船长喊。

和之前的二十多次轻微震颤不一样，这一次，"无尽空间号"剧烈抖动，像是要散架一样。

令人心惊胆战的震动维持了十多秒，终于平静下来。

"无尽空间号"再次在无穷无尽的黑暗中缓缓穿行。

惊魂未定的王十二终于缓过神来，向须里盎船长连着说了好几声"谢谢"。

须里盎船长叹了口气，"唉，我也是多事，你这个傻瓜就算明天死了，和我又有什么关系？"

"多谢你救了我！"

"赫赫人都是骗子，"须里盎船长转过头来，"你没上当，你很有勇气，怪不得萤火主人要对你另眼相看。"

"他们会追上来吗？"

"不会，他们不敢。但是我们有别的麻烦。"

"什么麻烦？"

"等我们完成了这一跳，我才能告诉你。"

"无尽空间号"脱轨了。它跳到了一个黑洞旁，这黑洞长着一个光环，看上去很漂亮。

"……事情就是这样，我能做的就这么多。"须里盎船长说完情况后，对王十二说，"你挑吧！"

王十二望着黑洞，沉默不语。

借助黑洞重新进入轨道，抵达地球时间会过去三十多年，那时晓勇应该快四十岁了，而婉儿已经是个老人。

是继续向地球前进还是返回萤火空间，须里盎船长要求王十二做出选择。

须里盎船长虽然没有拿出白药丸和黑药丸，效果却也一样。

那时的地球将是一个完全不同的世界。

"不看到他们，我不甘心。"最后王十二说。

"那就走吧！"须里盎船长这次答应得很干脆。

"无尽空间号"冲向了黑洞。

星星显得微微有些发蓝，王十二知道那意味着飞船的时间相对停滞了，他多么希望停滞的是地球而不是"无尽空间号"。

他想回到那个晚上，一家人团团圆圆，围着餐桌吃饭。

"无尽空间号"再次加速，逼近了光速。

星光彼此混杂在一起，外边的世界变成了一个巨大的光的旋涡。

须里盎船长冒险让"无尽空间号"以近光速冲向弹跳点，这可以缩短一点时间。

"傻瓜，在有限的生命里疯狂吧！"须里盎船长高叫着。

"无尽空间号"消失在时空通道之中。

飞船再次向着太阳进发。

距离太阳越来越近，王十二的心情越来越忐忑。他开始怀疑，回到地球来究竟是不是一个正确的选择。

总得要见一面。最后他总是用这个念头来支撑自己的行动。

他如愿了。

在经历了五十六次弹跳后，"无尽空间号"出现在天王星旁。

太阳如同烛光，地球只是漫天星斗中一个微不足道的暗淡蓝点，太阳城则被淹没在太阳的光芒中，根本看不见。

然而家就在那里！王十二望着肉眼勉强可以分辨的地球，望着那个一不留神就从视网膜上消失的暗淡蓝点，不知不觉泪流满面。

我回来了！他悄声说。

王十二回来了，和外星人一起回来的！他像是一个勇士，打开了银河世界的大门。

地球热烈欢迎他的到来。

他见到了罗伯特的父亲。老人白发苍苍，听到王十二说罗伯特一切都好，顷刻间老泪纵横。

"他怎么不回来呢？"罗伯特的父亲抹着眼泪问。

"路太远，他身不由己。"王十二替罗伯特撒了个谎。

"但是你回来了啊！"

王十二哑然。他更想见到婉儿母子，告诉他们路上的一切和他深深的思念。

晓勇来了，婉儿却没有来。

"无尽空间号"来得比预计更晚一些，晓勇已经五十四岁。

王十二看着年纪比自己还要大的儿子，和记忆中的那个孩子怎么也对不上。

"你妈呢，她怎么不来？"

"她在家里，不能来。"

"她怎么了？生病了吗？"

"她……"儿子欲言又止。

"说吧。我从三千四百光年之外回来，就是想要看到你和她。"

"她说，她已经见过你了，你还和当年一样。她不想让你看到她现在的模样，她说，你会永远记得她年轻时的样子。那样才是一生一世的念想，是吗？"

原来是这样。算起来，婉儿已经快九十岁了，保养得再好，也是一个行将就木的老人。从他落入太阳的那天起，他和婉儿的人生就此错开了，即便重逢，也回不到过去。

"我来晚了！"王十二叹息着说。

对宇宙来说，人太渺小了，生命耽搁不起。

眼前分明是自己的儿子，却像一个陌生人。

婉儿不肯来，她比自己聪明，一定预料到了这样的尴尬吧！萤火主人也早就预知了这样的结局吧！

他抬起头，微笑着，"至少我知道你们现在都很好。"

他把手贴在玻璃上，隔着玻璃，感受儿子手掌的温度。

"再见，儿子！"他微笑着说，脸上却分明感觉到一丝凉意。

眼泪还是不争气地顺着脸颊流下来。

"无尽空间号"准备返航。

王十二坐在船舱里，满怀惆怅。

"须里盎船长！"他想问问这个怪"老头"，是不是能把他送到沙人那里去。

然而须里盎船长并不在。

王十二突然意识到有些不对劲。

眼前的一切都在快速褪色，最后，一个四平方米见方的立方体展露出来。晶莹的墙体透着淡淡的绿光。

"这是怎么回事?"王十二惊叫。

"我已经把你送回了太阳,你已经知道了结局。"

是萤火空间主人!王十二一下子明白过来。

"这是你制造的幻觉?"

"这是我给你的提示。你一直想要回家,我只能让你知道回家对你究竟意味着什么。你们这个种族对未来缺乏认知,只有提前把结局告诉你,你才能做出正确的选择。"

"不是这样。这不是真的!"王十二叫喊。

"这就是真的。"

"那你告诉我,太阳系那边,婉儿还有晓勇,他们是不是都好好的,还在等我回去?"

"我不知道,我已经关闭了观察窗。但他们的确还在太阳系,那边的时间,大约过去了两天。"

"这么说,如果我现在赶回去,还能见到他们,只要赶得快一点,我还能见到他们,我们还能在一起。"

"这种可能性低于百分之一。最大的可能性,就是你所经历的提示。也有可能,你回去了,太阳已经经历了上千年。在银河间旅行,几百年、几千年的时间都不算什么,都是误差。"

"但是,的确有可能,对吗?你只需要告诉我有还是没有。"王十二激动起来。

"有可能。但是这种可能的概率不足百分之一。"

他们还在那里!

王十二满心欢喜。

"送我上路吧,我要回家!"

萤火主人沉默下来。最后，他说："如你所愿。"

门开了。

门外站着一只穿着盔甲的章鱼，叽里咕噜地说着话，把头盔递给他。

王十二不由笑了，戴上头盔。

"你个傻瓜，萤火空间是每个智慧生物的天堂，多少比你聪明、比你强壮、比你更有能力的人，想要进入萤火空间都进不去，你倒是自己出来了，你不傻，这银河间就全是傻瓜了……"骂声在头盔里回荡。

"须里盎船长，我都听你的。"王十二打断了他。

"哦，你这个傻瓜倒是很乖。你怎么知道我们须里盎？"须里盎的态度一下子缓和下来。

"萤火主人告诉我的。"王十二回答，"让我看看萤火空间吧！"

"咦，你倒是像个老乘客。"须里盎说着打开了外视屏幕。

水晶之山正如记忆当中一样辉煌。

银河逐渐浮现出来，十万光年的时空，三千亿灿烂的恒星，汇聚成这光辉的银色旋涡。

我来了！他默默向着银河呼唤。

那太阳光辉笼罩下的城市里，婉儿和晓勇在等他。

爱在相对时空

世界上最浪漫的事，就是和你一起变老。

然而对于我和小琴来说，这件事已经不可能了。我三十五，她三十六，然而她的脸上皱纹纵横交错，脸皮松弛，看上去至少有六十岁。短短三天时间，急速的生理变化让她老了三十年。

她愣愣地看着我，像是傻掉了一样。

"你走吧！"她突然回过神来，掩住自己的面孔，大喊："谁让你来的！你快走！"

我跨上一步，轻轻拉住她捂着脸的手，柔声说道："小琴，这不是你的错。"

这句话让小琴一下子崩溃了，扑过来紧紧抱着我，把头埋在我的怀里，号啕大哭。

"没事了，没事了。"我一边轻轻地抚摸着她的长发，一边安慰她。她的长发不再那么柔软顺滑，而是干枯蓬乱，摸上去有些扎手。

小琴的脸色枯黄，满脸憔悴。一个三十来岁的女人，虽然不再像二十多岁的小姑娘一般水嫩，但也正是充满青春活力、魅力四射的年纪。谁能接受自己一下子失去三十年的青春！

小琴一直哭着，完全停不下来。

一个原本顽强乐观的姑娘，此刻却脆弱得像是幼儿园的孩子。我像搂着孩子一样搂着她，搂得紧紧的，生怕她再次消失不见。

约莫过了一刻钟，她终于平静下来。

我轻握着她的手。

她的手不再细腻柔滑，而是异常消瘦，青筋尽显，嶙峋的手骨有些硌人。

"我就要出发了，你等我，我回来，我们就结婚。"我轻声说。

小琴像触电一般抽回手，退后了两步，"不，不行！"她使劲摇头。

我笑了笑，说："我们说过要白头偕老的。"

小琴苦笑，"可是我已经老了。"说着她再次哭了起来，颓然坐倒在地上。

小琴终究没有答应嫁给我。

三十年的光阴，成了横在我们之间的一道鸿沟。

我是一个浪游者，三十岁之前四海为家，甚至到过遥远的452B行星，人们在那儿建设第二地球，一派热火朝天。三十岁那年，我从452B回到太阳系，原本要返回地球，最后却停留在火星第二太空城，再也没有挪窝。

在那里我遇到了小琴。

抵达第二太空城那天，从空港出来，我一抬头就看见大屏幕上直播的飞梭穿行赛，立即就被吸引住了。一架红色飞梭像是雨燕般轻盈敏捷，毫不费力地穿行在各类障碍物间，把所有对手远远甩在身后。

我从未见过如此精彩的飞行表演，赛场仿佛成了这红色飞梭的秀场，所有的观众都为之欢呼雀跃。胜负似乎已经毫无悬念，红色飞梭放慢了节奏，我正想走开，场上的形势却突然变化。一架蓝白涂装的飞梭追了上来。那蓝白飞梭简直就是不要命的玩法，几次和障碍物擦肩而过，顽强地追赶红色飞梭。它的驾驶者或许技术上不如那红色飞梭的主人，然而凭着一股亡命徒的气概，紧紧咬住了对手。原本已经有些松懈的观众们热情又被点燃了。

我再次停下脚步。

红色和蓝色在太空中追逐。这是一场长距离角逐，要绕火星飞三圈，最后一个节点，它们会在距离第二太空城五百公里的位置飞过，那儿有距离十米的两个障碍物，飞梭要从障碍物之间高速通过。速度近一千米每秒的飞梭从十米的障碍间通过，稍有偏差就是一场灾难。组织者把这个节点称为鬼门关。

两架飞梭相互纠缠，很快靠近了鬼门关。它们交替领先，彼此阻拦，看得人心惊肉跳。鬼门关越来越近，两架飞梭仍旧挤在一条航道里，很可能都无法安全通过，一起完蛋。

几乎所有在场的人都屏气凝神，看着高悬在空港上的大屏幕。

红色飞梭突然一滞，让出了航道。

就在下一秒，蓝白飞梭直接冲过了鬼门关，红色飞梭紧跟着调整姿势，斜着穿了过去。

人群中发出懊丧的嘘声，显然飞梭起火爆炸的场景更能激发他们的热情。

我倒是暗暗松了一口气，至少两个赛手都没事。

鬼门关之后就是终点，第二太空城。飞梭绕了一个大圈，向着第二太空城靠拢。赛事的组织方已经在空港铺下红毯，摆开授奖台。

我干脆没有走，想看一看精彩角逐的那两个人。

先走上红毯的是个小伙子，叫余力丘，他的飞梭叫作金雕。

随后走出来的是一个女人，叫王小琴，她的飞梭叫作雨燕。

然后还有好多选手，我连名字都不知道。

我只盯着王小琴看。

王小琴就是红色飞梭的主人。虽然输掉了比赛，错过了百万奖金，她的脸上却丝毫不见沮丧，在亚军的站台上仍旧满脸春风，高举着鲜花向观众们致意。

从见到她的第一眼起，我就像失了魂，视线再也无法挪开。她的一举一动，一颦一笑，都透着一股英武之气，只要看着她，一股别样的暖意就在我心头回荡。

在围观的人群中，她也看见了我，还对我笑了笑。

我僵住了。

一见钟情，这就叫一见钟情吧！据说每个人的大脑中，都带着另一半的模型，如果出现匹配的模样，立即能辨认出来。在遇到小琴之前，我对女人毫无想法，像是隔着一堵厚实的墙，墙后边有什么，我看不到也毫不关心。

然而墙上其实有个门，王小琴推开门走了过来。

她走进了我的心里。

我当即退掉了前往地球的太空航班，决定留在火星。

追她！

追求小琴并不容易，她是火星的飞梭赛手圈子里最受欢迎的那个。然而我有自己的优势，作为一个浪游者，见多识广，能说会道。凭着这点，我慢慢融入了她的生活。从点头之交到熟络，到彼此来往，一吻定情，在一起……我用两个月的时间完成了这一切。

为了长期和小琴在一起，我找了一份工作——救援失事飞船。和平时代没有战争，高度自动化的飞行器也极少出事，很快我就发现大多数时候救生的对象都是飞梭赛手。飞梭赛手大概是火星上最高危的职业之一吧，仅次于在火星深处挖矿。

当我三番五次从太空里带回飞梭赛手残缺不全的尸体，我开始深刻地怀疑人生。难道一个人的生命竟然如此之轻，只为让自己的肾上腺素飙升一次，就值得放弃？赛手们都显得有些疯狂。

终于，再一次拖回一具尸体之后，我找到小琴，劝她放弃。

然而小琴乐此不疲，劝得烦了，怼了我一句，"你不喜欢你走啊！不用在这里缠着我。我不缺男人！"

我黑着脸，垂着视线不说话。

小琴或许意识到话有些过分，缓了缓语气，说："有的人生来就是要飞的。你知道我的飞梭为什么叫雨燕吗？"

我摇摇头，心中仍旧气恼她刚才的话。

"传说，雨燕一辈子都不会落地，从学会飞行开始，它就一直在空中飞，想要睡觉，就上到高空，借着气流滑翔。小时候，我听到这个传说，就非常喜欢。后来我知道，这就是讲给我的故事，我想像雨燕一样，一辈子都在飞。"

我听得心头一动，抬头看着她。她的目光望着天空，似乎穿透一切，看着遥远的永恒之地。

"飞翔，可能是我生命的全部意义。不是谁都有幸成为最好的那个，如果上天把这样的幸运交给我，那我就应该坦然接受它。"

"余力丘死了。"我冷着脸说。

"什么？"

"余力丘死了，我给他收的尸。今天的比赛幸亏你没去，要不然你也会遇到一样的危险。"

"他怎么出事的？掉到了窟窿里吗？"小琴问。

我点点头。

小琴所说的窟窿是一种奇怪的时空破缺，很久之前就在火星和地球附近出现，原因不明，据说最初只有一个，后来类似的"窟窿"越来越多，地球周围的空间简直千疮百孔，火星也好不到哪儿去。这给太空飞行带来了极大危害，窟窿不发光也不反光，除了在窟窿周围有少许引力异常，根本无法探知。高速飞行的飞梭运气不好遇到这样的窟窿就会掉进去，不知所踪，但更多的时刻，飞梭驾驶者惊觉之下，会本能地试图躲开它，有少许幸运儿能够全身而退，也有一些虽然躲过了窟窿，却撞上别的物体，更多的情况则是因为掠过窟窿被吞掉一部分而导致飞梭解体。它像是一种没有引力的黑洞，只要落入它的视界之中，就被吞没，然而并不像黑洞那样引发空间的极大畸变，只要避开它，就没有危害。

余力丘驾驶着金雕从一个窟窿的边缘擦过，右翼被吞没，飞梭气压瞬间降落，救生舱弹出，然而不幸他当时正在穿越一片障碍区，救生舱撞上了一块直径六公里的铁制障碍，顿时碎裂。余力丘当场死亡。

小琴听完我的叙述沉默了半晌。

最后她终于开口了，"有的人生来就是要飞的，余力丘是我遇到的最积极的对手。"

她顿了顿，问："他死的应该不痛苦吧？"

有些情况我没有讲给小琴听，余力丘的尸体被撕裂成了几块，惨不忍睹。不过法医认为他在高速碰撞的一瞬间就死了，并不痛苦。

我只默默点了点头。

眼见无法说服小琴放弃飞梭赛手，我换了一个策略。

"小琴，你至少答应我，飞得慢一点，他们都飞得没你好，谁的飞梭也比不上雨燕，你就让着他们一点，安全第一。"

"为什么要让？如果我的命真的和余力丘一样，那也是我的命。"小琴幽幽地回答，斜眼挑衅似的看着我。

"因为我很自私，想和你白头偕老。"急切之下，我脱口而出。

小琴的眼神变得温柔起来，她没有回答，而只是吻了我。

雨燕果然慢下来了。比赛成了无关紧要的事，小琴只是在享受飞行的快乐。过去她总是一马当先，观众们喜欢她。现在她总是落在后边，观众们还是喜欢她。飞行除了训练，还要靠天赋吧！雨燕飞起来总是显得和别人不一样，用一些专业评论家的话来说，充满着艺术感。把一场争胜的比赛变成了艺术，这就是小琴独特的天赋。

我知道她爱我，因为她真的慢下来了。

这让我觉得生活充满了阳光和希望。

"让我跟你一起飞吧！"我对她说。

她的脸上浮起一层惊愕，随即大笑起来，"你也会开飞梭？"

我却很认真，"我只是没有雨燕而已，在452B，我拿过一级驾驶证，如假包换。"

小琴的脸色也认真起来，"真的？"

"不然让我试试。"

小琴盯着我看了约莫有半分钟。

"好！"她干脆利落地吐出一个字。

很快我就证明了自己不是在夸口，雨燕在我的操纵下绕着第二太空城转了两圈，顺利返回。

小琴一直跟踪我的飞行，我入了港，她已经在站台上等我。

"怎么样?"我问她。

她没有回答我,却反问了一句,"你有多少钱?"

交往这么久,她第一次问我钱的事,还问得这么直接。

"不多,但足够支持我们去地球蜜月旅行。"

"少贫嘴,雨燕需要六百万通用币,你有吗?"

"没有。"我老老实实地回答。

"你必须要有。"小琴挽起我的胳膊,"我想和你一起飞!"

我的心头一阵荡漾,只觉得自己幸福极了。哪怕没有六百万,有这句话就够了。

两个月后,我拿到了属于自己的雨燕。

我拿出了所有的积蓄,加上小琴借给我的一百四十万,按照雨燕的图纸定制了一架全新的飞梭。任何两架飞梭都不一样,各有各的特点,然而我这架和雨燕一模一样。

除了涂装,它就是雨燕的翻版。

我把它涂成了太空黑。

"这颜色真难看。"小琴评价。

"红色和黑色最配。"

"你想好名字了吗?"

"雄雨燕。"

我抛出准备了许久的答案,心想小琴肯定会恼。果然小琴冲着我胸口就捶了两拳。

"亏你想得出来。"捶完之后,她翻了个白眼。

"那你来起个名?"

"你的飞梭,当然你来取名。"

我认真想了想,"叫舞伴怎么样?"

"舞伴?嗯……"她歪着头,装出思考的样子,最后说:"好像不怎么酷。"

"酷?不需要,你已经够酷了。我只是想伴着你飞。"

飞梭的名字就这么确定了。

"舞伴"飞进了太空。雨燕型飞梭的造价是两个亿,挂上武器,它就可以用于太空作战。六百万的付出只是造价的一个零头,我必须承诺在太空城需要的时候应征——为了能够驾驶舞伴,我成了太空城警卫队的一员。太空城警卫队是个松散的军队组织,它从民间征集志愿者,提供飞梭。驾驶训练由志愿者自行完成,军事训练则进行集训。

和平年代,军队是多余的,所以火星根本没有常备军,天空城警卫队就是唯一和军队有些相似的组织。然而军事集训徒有虚名,天空城警卫队成了极限爱好者的聚集地。

我不是极限爱好者,或许在警卫队里,没有比我更货真价实的军人了——我曾经在第二地球短暂地参加过一次军事行动,和叛军作战。当然这经历除了让我能很快上手"舞伴"之外,并没有特别的价值。

舞伴是黑色的,隐形设计,在太空漆黑的背景下,飞起来只能看见引擎的光芒,如果关闭引擎,惯性飞行,那简直连鬼都找不到。一半是嫉妒,一半是事实,飞梭赛手们都把它称为黑影,把它视为一种不吉祥的存在。

我不在乎别人说什么,跟小琴一起飞行才是最重要的事。我们并没有刻意去引人注目,我甚至没有在赛手名册里注册,我们只是选择一些空闲的日子,一道在太空里飞个痛快。

飞行真的像一种舞蹈,尤其是当我在小琴的指导下逐渐掌握了要诀之后，飞行变成了一件很快乐的事。它真的让人上瘾。

　　然而窟窿仍旧在那里，时不时就有意外发生。我和小琴的"太空舞"也遭遇了几次险情，最惊险的一次，小琴发现窟窿的时候，距离不过两千米，碰撞时间只有六秒钟。幸而当时只是惯性滑行，小琴紧急启动引擎，全力将雨燕从轨道上推开。最后，雨燕几乎擦着窟窿的边缘掠过去。

　　我驾驶着"舞伴"跟在后边，见到这样的情形不由惊出一身冷汗。哪怕只差一点点，让这窟窿吞没一点机翼，飞梭也可能会解体，就像在余力丘身上发生的事故一样。

　　"你没事吧？"我关切地问。

　　"好险！"小琴的声音听上去惊魂未定，"这儿怎么突然出现了窟窿？"

　　"放慢速度，小心一点，我们飞回去。"

　　我追上去，却突然发现一些异样——窟窿通常并不发光，然而我却看见了一个灰蒙蒙的球体出现在前方。我使劲眨了眨眼睛。

　　"你不是说最近窟窿越来越少了吗？"小琴听从我的建议，放慢速度。

　　"但是新的窟窿也会出现。"我一边回答小琴，一边仔细查看雷达成像，没错，前方的确形成了一个可见的球体，这可不是一般窟窿的模样。

　　"你看见了吗？"我喊道。

　　"什么？"小琴正在兜转，并没有发现窟窿的异常。

　　异常也很快消失了。我无法证明它曾经存在过。

　　"怎么了？"小琴又问。

"我刚才看到窟窿发光了，有点灰蒙蒙的，虽然不是很亮，但能看见。"

"真的？"小琴并不相信，"没有啊！"

这件事无法解释，我只能选择回航后向救援署报告情况。然而就在掠过窟窿的一刹那，我见到了新的异常。

一艘飞船！

一艘飞船出现在那里，它似乎从窟窿中飞出来，然后一直惯性飞行。

"那是什么飞船？"小琴显然也看见了它。

"我不知道。我去看看。"我调转方向，向着那飞船追去。

很快我就追上了那飞船，和它保持相对静止。这艘飞船像个巨大的橄榄，两头尖，中间圆，船体上看不到引擎，飞船表面印着奇怪的符号，像是一种古老的文字。

小琴也追了上来。

我们俩跟着这艘来历不明的飞船飞了一小会儿。用各种方式试图和它通讯，然而它一直沉默着，没有任何应答。

我和小琴交换了位置，减慢速度，打算先掉头回去，把这个突发情况向上报告。头盔里突然传来小琴嘶声竭力的喊叫："小心！"

前方是一个窟窿！

我猛然警醒，用力拉起飞梭。飞梭和窟窿擦边而过。

小琴却不见了。雨燕就像突然间从宇宙间蒸发了一般，消失得无影无踪。那奇怪的飞船从一个窟窿中飞出来，冲入了另一个窟窿，小琴驾驶着雨燕跟在它身后，躲避不急，直接冲进了窟窿里。

小琴！我心急万分，调整飞梭重新绕回来。

窟窿附近没有小琴的任何踪迹。

我绕着窟窿飞行了十多圈，越来越绝望，心头像是被冰冻一般发冷。我甚至有直接冲进窟窿的冲动，这样也许我和小琴还能在一起。

雷达上突然显示出雨燕的信号。

它出现在距离六万公里之外的一个位置。

我欣喜若狂，急忙呼叫："小琴，是你吗？"

小琴没有回答。我很快追上雨燕，并且把它带回到第二太空城。小琴昏迷了，不省人事，然而她活着，还有什么比这更值得庆幸的？

目送着小琴被送进监护室，我只感到一块大石头从心头移开，突然间鼻子一酸，也不知道是喜是悲，竟然捂着脸呜呜哭了起来。

她昏迷了三天。

三天的时间里，我哪里也没有去，只在医院陪着小琴。安全署的人来了三次，不厌其烦地核对我的供述。按照我的供述，小琴应该是掉进了窟窿里，然后又飞了出来。这样的事闻所未闻，安全署也格外重视。

三天的时间里，我突然发现了一个可怕的事实：小琴像是在急速变老。她的脸蛋迅速失去水分，衰老的速度用肉眼也可以觉察。

我在恐慌中找来医生。医生责骂了我一顿，说我大惊小怪，说那只是皮肤失去水分而已，注意补充一些体液就可以恢复。

然而事实证明我是对的，医院对小琴的 DNA 进行了检测，发现她的 DNA 老化程度远远超出了她的实际年龄。

"究竟有多糟糕？"我问道。

"她的 DNA 状况，差不多有五十多岁，而且情况还在恶化。"

"什么意思？"

"她在加速老化。"医生抬起头来，"她每一分钟都在老化。她身体内的生化反应比我们要快得多。"

"怎么会这样?"我难以置信地呆坐在椅子上。

医生站起身,绕过桌子,走到我身旁,拍了拍我的肩膀,"我已经把这个案例上报了,会有最好的专家来照顾她。"

我心乱如麻,听到医生这么说,像是抓住了一根救命稻草,一下子站起身来,抓住了医生的胳膊,"医生,您一定要救救她!"

医生被我突然的举动吓了一跳,"你不要太激动,我们会尽力的。"

我在监护室里守候,希望看到小琴醒来。

一个紧急呼叫闯进了我的呼叫系统。

"警卫队预备队员张中寻,十五分钟内赶到第三集合点。"

信息很简单,重复了三遍,然后结束。

这紧急呼叫非同寻常,在我留在第二太空城的两年多时间里,从来没有发生过。我望了望昏迷中的小琴,实在放心不下,然而军情紧急,及时响应征召,这是我的承诺。

我站起身,吻了吻小琴,匆匆离开监护室,奔向第三集合点。

第三集合点已经有十五名警卫队成员在那儿。更多的人陆续到来,人们都在讨论究竟发生了什么。

我很快找到了属于我的位置,那是一个靠着舷窗的角落,一张小桌,两把椅子。我在这无人的角落里坐下。

现场很热闹,然而小琴的情况让我牵挂,我实在无法加入他们的讨论中。

舷窗外,是漆黑的太空。我故意望着窗外,似乎在欣赏外边的景象,这模样拒人于千里之外,旁人就不会来打扰我。

太空漆黑如炭。

我突然感到某种异样，还没等我找到那是什么，集合哨响了。全体人员立正，面向中央站台。

罗将军的全身投影出现在站台上。他环视四周，缓缓开口，"诸位，太空城遇到了重大危机。我必须和你们面对面交谈，确保你们都认识到危机严重的程度。"

罗将军的目光投向了我。虽然那只是一个虚拟的影像，我还是尽量站得更直一些，将小琴的事先从脑子里排除出去，像一个战士一样迎接自己的使命。

"你们都知道太空城外围有窟窿。然而你们不知道为什么这三天，除了得到特殊批准的航空器，所有飞梭和飞船都被禁止出港。因为就在三天前，外围的窟窿突然开始聚合在一起，形成了巨大的窟窿，而且开始向太空城靠近。按照专家的计算，整个太空城将在三十二小时之内被吞没。"

"太空城有二百公里的直径，窟窿能够吞没整个太空城？"有人提出了疑问。

"窟窿现在的直径是两万公里，它不仅会吞掉太空城，所有的太空城都逃不掉，连火星也会被吞没。准确地说，虽然我们叫它窟窿，但它是一个球体。直径两万公里的窟窿球体正扩大，很快就会把太空城吞进去。三天前，当这件事发生的时候，谁也不敢相信，但是反复确认之后，这就是残酷的事实。"

三天前？我意识到这就是小琴发生意外的那天。

这和小琴有关系吗？

我突然意识到舷窗外漆黑如炭的太空意味着什么。我猛然回头。

窗外没有星星！灿烂的银河原本应该就在那个地方，然而此刻，它被彻底挡住，只有在边角上，才露出一点原本的模样。

黑色的窟窿遮挡了银河的光芒。它如此庞大，以至于整个视野几乎都被它填满。

这也意味着它几乎已经紧紧挨着太空城了。

"我们要做最后的努力……"罗将军发出了号召。

"张中寻，你曾经有战斗经验，你来担任伽马小队的队长。所有人有三小时时间和家人告别。"

我失神站立，不知道为什么满脑子想的都是小琴。

小琴却失踪了。

监控显示她醒来后跑出了医院。

我发了疯一般满世界寻找，半个小时后在机库里找到了她。她站在雨燕旁发呆。

"小琴。"我喊她。

她回过头愣愣地看着我，像是傻掉了一样。

"你走吧！"她突然回过神来，掩住自己的面孔，大喊："谁让你来的！你快走！"

小琴一定是看见了自己衰老的面孔。

我跨上一步，轻轻拉住她捂着脸的手，柔声说道："小琴，这不是你的错。"

小琴扑过来紧紧抱着我，把头埋在我的怀里，号啕大哭。

"没事了，没事了。"我安慰她。

小琴则一直哭着，完全停不下来。

一个原本顽强乐观的姑娘，此刻却脆弱得像是幼儿园的孩子。我像搂着孩子一样搂着她，搂得紧紧的，生怕她再次消失不见。

约莫过了一刻钟，她终于平静下来。

我轻握着她的手。

她的手不再细腻柔滑，而是异常消瘦，青筋尽显，嶙峋的手骨有些硌人。

"我就要出发了，你等我，我回来，我们就结婚。"我轻声说。

小琴像触电一般抽回手，退后了两步，"不，不行！"她使劲摇头。

我笑了笑，说："我们说过要白头偕老的。"

小琴苦笑，"可是我已经老了。"说着她再次哭了起来，颓然坐倒在地上。

我搂着她，陪着她。只剩下两个小时，我要和她在一起。

"你在窟窿里经历了什么？"我问。

"我不知道。我只知道自己掉进了窟窿里，心想完了。"她抬头看着我，"那个时候，我就想起你来，我只想尽力逃出去，就把全部动力反转，然后我就什么都不知道了。"

我低头吻了吻她，"你做到了，你是唯一一个活着从窟窿里回来的人。什么都不用担心，我会陪你一直飞。"

小琴勉强笑了笑。

我没有时间多陪小琴，战斗开始了。我们的任务是向着窟窿投掷炸弹。根据科学家的推算，在这突然暴涨的窟窿内部，一定有一个驱动核心，很可能来自那一边的某种文明。有时候科学家的话并不可信，因为连他们自己都不知道自己在说什么。然而在危机边缘，除了相信他们，人们别无选择。

有说法总比没说法好。

有行动总比没行动好。

轰炸持续不断进行了六个小时，阿尔法、贝塔、伽马……西格玛，各个中队轮番上阵，警卫队搬空了太空城的弹药库，甚至连火星上两百多年前的库存都被丢进了窟窿里。

一共三百亿吨级的炸弹，其中包括三颗十亿吨级的反物质炸弹。

然而这对于一个直径两万公里的庞然大物来说，还是微不足道。

这也许是人类历史上最奇特的一场轰炸，丢了这么多炸弹，连一个响都没听见。

窟窿仍旧若无其事地继续扩展。

罗将军再次出现在广播之中，语调无比沉重，"勇士们，你们尽力了。如果轰炸不能阻拦它的扩张，我们只能宣告行动失败。"

通讯频道里一片死寂。

不知道是谁首先开始抽泣，很快几乎所有人都抑制不住情绪，有的抽泣，有的号哭。阿尔法、贝塔、伽马……西格玛，作战队形轰然溃散，飞梭纷纷抢着向太空城飞去。放弃了斗志的警卫队员们只想回到城里去，和家人一道迎接末日。

无力抵抗的人们只剩下死在一起这个卑微的念头。

文明的秩序，大概在这一刻已经崩溃了吧。然而又有什么关系？还有不到一天的时间，一切都会消失。

我夹在溃散的飞梭群中，却并没有着急往回赶。

身后黑魆魆的怪物没有狰狞的面目，沉默和一去无回的黑暗就是它的武器。

"还有最后一种可能。"罗将军继续广播，"我们需要一名勇士，他将代表人类进入这个黑暗的窟窿，如果窟窿的那边是一个有理智的文明社会，如果它们能够和人类交流，那么请求它们的怜悯结束这一切。安全署没有指令可以下达给你们任何人，但是期望能有人成为志愿者去做这件事，这是一个渺茫的希望，这是火星全体公民的期待。我代表火星政府和全体火星公民代表承诺，志愿者亲属的一切生活需求将由政府承担。"

广播并没有引起什么反响。一趟有去无回的旅途，一个渺茫的希望，也许只有百分之九十九的概率，冲进了窟窿等于自杀吧。

广播一遍又一遍进行。

我该不该去？回太空城，找到小琴，和她一起等待最后的时刻，那是绝望中片刻的温暖吧？冲进窟窿里，说不定会直接死亡。在这深沉黑幕的另一边，真的会有什么高等文明存在吗？如果真的能够拯救整个太空城、整个星球上的人呢？那也就能拯救小琴！她虽然老了，但活着不是比什么都更重要吗？

我犹豫不决。

突然间，我看见了雨燕。红色的精灵逆着潮流，轻快地在飞梭群中穿梭，异常醒目。

"小琴！"我立即呼叫她。

雨燕并没有应答，反而加快速度向着窟窿冲去。

小琴想要成为那个人！我不假思索，立即掉头去追赶她。

"你回去，我已经进去过，那就再进去一次，不要跟着我！"小琴向着我喊。

"不。你留下，我进去。"我紧追不舍。

"好好地过你的生活，忘掉我！"小琴加速，在落入窟窿之前，她传过来最后一句话。

雨燕一瞬间消失得干干净净。

我向着那纯黑的世界冲了过去。十秒钟后，我也闯入了那吞噬一切的黑影之中。

掉入窟窿的感觉很难形容，但有一点确定无疑，我并没有死。

我像是穿透了一堵墙，然后见到了一个奇特的世界。这里的天空是白色的，而星星则像一个个墨点。这样的景象并没有持续多久，它如同幻觉般一掠而过。

我没有看见雨燕。它本该在我的前方，却已然不知所踪。

巨大的堡垒突然涌现，如山一般矗立在前。我紧急拉起舞伴，贴着堡垒的高墙飞行。金属的堡垒表面完全没有缝隙，飞行了几分钟后，我发现它是一个巨大的球体，孤零零地悬浮在真空之中。天宇散发着微茫的光，细小的灰暗斑点在微微发亮的背景上若隐若现。我竟然有了一种错觉，仿佛那是一个塑料壳，包裹在外，而其中的球状的金属则像是蛋黄。

那些科学家的猜测是对的。这里竟然真的有智慧生命。

雨燕又在哪里？

我绕着那巨大的金属球飞行一周。它的尺寸大得令人惊异，绕行一周，大约是十万公里。这个球的体积大约是地球的十六倍，它该比地球重得多，然而舞伴却丝毫感受不到它的引力，为了绕着它飞行，我必须不断调动引擎的喷射方向来让舞伴不断转弯。

无论这是什么，这里的物理规则显然和我们的世界大不相同。

球体上出现了一个小小的孔洞。它像是特意为我而打开，就在航线的前方。我没有丝毫犹豫，操纵舞伴向着那孔洞飞了过去。

既然来了，那就把一切进行到底。

我进入了一条巷道，然后飞梭就失去了控制，自动停下。

"欢迎来到时空避难所，飞梭外的空气可以呼吸，你可以自由行动。"一个声音占据了通讯频道。

"谁掌握这里的权力？我要和他说话。"我想起了我的使命，我该向此间的主人请求帮助，让外边世界的灾难停下来。

"这里没有权力，人们按照自己的意愿生活。"那声音回答。

"这边的世界正在扩张，要把那边的世界都吞没了。"我大声喊。

"这里的世界并没有扩张，你见到的只是边界变化。"

"结果都一样，我们的世界要被吞没了！"

"那又如何呢？"

"我们的世界会毁灭，所有的人都会死。"

"并不会如此，你不是活着吗？"

我一愣，一想确实如此，我冲了进来，安然无恙。但是整个太空城呢？也能安然无恙吗？

"太空城比我的飞梭大一万倍，是不是也没事？"

"没事。"

"那火星呢？火星的直径有六千多公里，是不是也不会有问题？"

"只要它能完整通过边界，就没事。"

外边的窟窿直径超过两万多公里，科学家们计算它会将火星整个吞下去，这么说起来，火星也是安全的。

我稍稍感到宽慰，紧接着想起了另一个问题，"在我之前飞进来的那架飞梭，它在哪里？"

"如果你问的是类似的飞行器，有很多。"

"有很多？"我顿生疑窦。

"你走出飞梭，向前走十五米，我可以指示给你看。"

我半信半疑地从飞梭中出来。通道里的重力场很均衡，恰好合适。

我小心翼翼地向前走，前方像是一道盲管，尽头封闭，并看不见什么东西。大约跨出二十来步，眼前突然一亮，我像是从一个洞穴走出来，跨入到宽广的天地中。

天地无垠。天空湛蓝，绿草如茵，一座小小的白色屋子伫立在草坪的中央。

这里真像地球！

一个人向我走来。他的穿着很随意，一条肥大的青色裤衩，一件纯白的汗衫。他的打扮正像在海滨度假的游客。

"你好，我是麦克斯。"他微笑着向我伸手。

麦克斯向我介绍了这个奇怪的地方。它并不存在于我们的世界，而是被隐藏在空间的缝隙之中。

"这是一个能量问题，要维持这样一个庞大的体系，在外部世界需要巨大的能量，而在这里，我们只需要从量子的真空涨落中汲取能量就行，永远不会枯竭。万世永存，这不是很好吗？"

他也带着我见到了许多人类和非人类。形形色色的外星智慧生命让我大开眼界，我们已经抵达第二地球，然而还没有遇见过真正的外星人。在这里，我一个小时内却已经见到三种外形迥异的外星人，还和他们进行交谈。当然他们并不能和我面对面，一种外星人生活在水里，无时无刻不需要水；一种外星人长得有点像微缩的霸王龙，上肢短小，下肢却格外粗壮，他生活的重力场是地球的六倍，根本不是地球人能够承受的分量；最后那种外星人，长得像个巨大的海星，软软的一团。"他们演化得只剩下脑子了。"麦克斯告诉我。

"我从前是个地球人。"麦克斯说。

"从前？"我疑惑地看着他。

"现在我早就不再是地球人了。"麦克斯笑着说，"我出生在大概两千年前的地球上，我是第一个和避难所接触的人类，所以我就成了他们的一员。"他说着转向我，"你要加入吗？"

我被这突如其来的问题问住了。

小琴在哪里？我再次想起这个问题。

"有一架和我一样的飞梭，就在我飞进来之前十秒钟她先飞进来，她在哪里？"我问。

"哦，我也不知道。你抵达了避难所，也许她并没有到？"

"她没有到？不可能！她就在我前边。"我急了。

"不用着急，跟我来。"麦克斯带着我走过一条小径，进入了白房子。白房子内外有着强烈的反差，从外边看它像是一幢木头房子，到了内部，它就完全成了流线的形体，处处圆润，找不到一处有棱角的地方。我们像是在固化的波浪中行走。每一脚踩下去，都会有碎片四溅，然后重新融入凝固在其他的波纹上。

"避难所的外部有一层屏障。"麦克斯伸手抚摸着墙体，原本凝固的波纹如水一般涌动，散开，一片完整的屏幕出现在我眼前。

我看见了火星。关于末日的焦虑一下子涌了上来。

"还剩几个小时？"我问，"火星会被吞没，是不是？"

"不用着急，你在这里度过的时间，和外部的时间并不一样，爱因斯坦早就告诉人类，时间是相对的，正常宇宙的时空遵循洛伦兹变换，但那不是全部真相，如果把时空避难所这样的缝隙时空算在里边，时间的相对性超乎你的想象。"麦克斯不紧不慢地说，"从你进入这个空间开始，外部世界的时间只过去了两秒。"他微微一笑，"我们有足够的时间来讨论这个问题。"

两秒？我在这里至少已经度过了三个小时。光是绕着那巨大的球体飞行一周，就消耗了一个多小时。

"你可以相信我，"麦克斯补充了一句，"我没有任何欺骗你的理由。"

"那还来得及，你可以让边界扩张停下来吗？"

"我们先看看你的朋友在哪里。"麦克斯并没有直接回答我的问题。

笼罩在避难所之外的壳层，是一个防护层。麦克斯把一些细节展示在我的眼前。

用塑料来形容那壳层并不确切，拉近了看，它通透明晰，更像是水晶。

按照麦克斯的说法，那是弦网，是一根根弦汇聚而成的时空，和外部的宇宙如出一辙，只是弦的特性不同。它的作用是把从外部进入的一切都冻结起来。

宇宙就是弦的海洋，一切物质现实，都是弦的震动。我听说过这理论，然而从来不懂，麦克斯也并没有试图让我理解，他只告诉我，防护层时空的弦和外部世界的弦会相互作用。

"如果人被冻结在那儿，也并没有什么不妥，只不过相对我们的世界，他的时间停滞不前。我们经过了一万年，他也只过了短短一瞬。"

"那他能活得和宇宙一样久？"

"没错，只不过在他的世界里，下一秒宇宙就坍塌了。宇宙对他而言，也只是一瞬。我们能看见他，他却看不见我们。对他来说，外部世界存在，我们的宇宙存在，然而已经失去了意义。"麦克斯看了我一眼，"如果你真的落入防护层时空，那么和撞上了一堵墙毁灭也没有什么两样。只不过，和你一起死去的是整个宇宙，这么想可能可以安慰你。"

我有些发蒙。难道小琴是被冻结在那里了吗？

麦克斯似乎看透了我的心思，笑着说："放心，那里没有人！但是你们丢下来的垃圾都在那里。"

各式各样的炸弹在防护层中静止凝固，警卫队拼尽全力，耗费六个小时把火星两百年积累下来的军火丢下来，这些炸弹的结局却有些令人尴尬——它们保存完好，功能齐全，只是到了时间的尽头才会爆炸。这像是一种无声的嘲讽，在挑衅人类的无能。

我顾不上关心人类的尊严是否受到了挑战，我只关心小琴在哪儿。

"人都在哪里？"我问。

"你想会会他们吗？"麦克斯盯着屏幕，不断移动其中的目标，一边头也不回地说。

"他们？"

"时不时，就有地球人掉进来。现在……"他似乎思考了一下，"还有五个人活着。"

"哦？"

我明白麦克斯指的是谁，那些不幸掉入窟窿的人，他们的余生就在这里度过了。然而我只想找到小琴。

"我想找那个比我早十秒冲进来的人，她的飞梭和我的一模一样……"

"除了颜色。"麦克斯接过我的话。

"我找到它了。"麦克斯指着屏幕上的小点。

我顺着他的指点看去，只看到一团模糊的黑影，和那些被凝固在防护层中的炸弹的清晰影像形成鲜明的对比。

"这不是飞梭。"

"当然不是。如果她真的闯了进来，甄别系统会辨认出她的生物属性，避免她被困住。事实是，她根本就没有突破防护层，只留下这个印迹。所以她应该已经返回了外部世界。"

"这不可能！"我断然否定。

小琴明明就在我之前冲进了窟窿里。

"这的确很奇怪。她的飞梭有什么不同之处吗？"麦克斯似乎也有些困惑。

"她的飞梭和我的一模一样……"我突然想起小琴曾经掉进窟窿又飞了出去,"她曾经脱离过一次,而且那次之后她就变得极度衰老,这会有关系吗?"

"她曾经进来而又飞了出去?"麦克斯皱了皱眉头,"居然还有这种事!"

他的表情凝固起来,像是一个木偶。

"麦克斯?"我试图呼唤他。他充耳不闻。

或许这个躯体真的只是一个傀儡木偶而已,毕竟他活在两千多年前,外部世界的两秒钟可以等于这里的几小时,那么两千多年,在这缝隙时空里,或许已经过了几百万年,他不可能以血肉之躯活那么久。

大约过了三分钟,麦克斯重新活了过来。

"这真是一个不大不小的奇迹!这算是设计的一个疏漏。"麦克斯再次调动屏幕。这一次,我看见了雨燕。红色的飞梭一头扎进了防护层,然后消失了,只留下一个印痕。

"这是过程还原。这架飞梭所有的电子都已经被防护层弦替代,它像是一个异类物体,直接被弹出去了。"

"什么?那她究竟在哪里?"

"她应该就在你们的太空城附近,只不过……"麦克斯欲言又止。

"只不过什么,快说啊!"我心急如焚。被防护层弹出去,这不像什么好事。

"谁也不知道她什么时候会出现。"

"这是什么意思?"

"她的这次碰撞相当于触发了一次时间旅行,她将在未来的某个时间出现,可能范围是三百六十五天到三万六千五百天。但是我可以确定，她还活着，在她的世界里，这个过程只经历了短短十几秒钟而已。"

我认真听着麦克斯的每一句话，试图理解发生的一切。

小琴回到了外部世界，我却落到了这里。命运真的想要把我们分开吗？

"那么我也能回去吗？"我问。

"理论上可行，但我并不建议你这么做。"

"为什么？"

"你想回去做什么呢？"

"我可以找到小琴。"我脱口而出，顿了顿后，接着说："还可以拯救火星和太空城。"

"火星和太空城不会有事。"麦克斯回答，"就算是火星落进来，它会被包裹在一个新的泡里，那个泡就和你看见的这个时空避难所外部的泡一样，火星上的人们会安然无恙。"

"在那之前，秩序就已经崩溃了，会死很多人，会遭受很多痛苦。"

"我同意你的看法。"麦克斯耸了耸肩，"我们暂且认为你的这个动机成立。"

"至于找到你的女朋友，我已经说过，她出现的时间可能是三百六十五天，也可能是三万六千五百天，考虑你的年龄，你只有三分之一的概率还能和她重逢。"

"为什么是三分之一？"

"如果没有意外，按照你的 DNA 状况，你还可以再活八十多年。她会在一年到一百年的时间内随机出现，在八十年中重逢的概率还很大。但是如果你飞出去，你的身体会受到强烈的防护层辐射，你会很快衰老，大概只能剩下三十年到四十年的寿命。所以你飞出去，在你的下半辈子，大概只有三分之一的机会还能再见到她。"

这真是个神奇的时空，留在这里，外边的世界像是凝固了一样，时间过得极其缓慢，要离开这里，却要付出寿命作为代价，人就像瞬间丢失了几十年。小琴冲进来又飞出去，她所遭受的正是这种命运。

我沉默片刻，问："是不是有人问过你如何才能回去，但是听说要付出一半的生命作为代价就放弃了？"

麦克斯笑了笑，"几乎每一个人都问了，然后放弃了。在这里，你还能再活两百年。"

天平一下子变得更加倾斜。

再活两百年，和再活三十年，这难道还需要选择吗？

"甚至你可以像我一样，不过那时你就抛弃了躯壳，不再是人类，而是我们的一部分。我们可以活亿万年，活到对宇宙感到厌倦。"麦克斯又说。

他的话就像塞壬的歌声一样让人无法拒绝。

然而我想起了小琴。

如果我留在这里，雨燕失去了舞伴，她一定会感到孤独。

如果我飞出去，又能救下多少人的生命？

我紧紧地握起了拳头。

我成了超级英雄，因为我救下了火星上所有的人。

这么说并不是吹牛，因为在那溃散的时刻，火星上已经有人准备启动火星基地埋藏的超级发动机进行逃亡。这是成功机会约等于零的计划，而且颇有些不负责任——那些来不及返回基地的人会在超级发动机引发的大风暴中直接死掉。而剩下的一半，大约会在被吞入窟窿之前被超级发动机爆炸炸死。因为那发动机被封存了近两百年，在仓促中重新点燃之后虽然能够工作，却并不稳定，很大的概率它会成为一枚当量惊人的氢弹。

罗将军私下里偷偷告诉我这些信息，劝我对自己的火星英雄头衔要心安理得一些，多见见人，在官方的宣传中，我俨然是一个救世主，见一见仰慕者，弘扬正能量，总是好的。

我感谢他的好意。是的，我连续三个月没有出门，幽闭在家，很让人疑心是否得了自闭症。然而并没有，我只是很期待小琴能出现在我眼前。

是不是成为火星英雄并不重要，救下了这么多人才是最重要的事。我知道，当小琴驾驶着红色雨燕冲向窟窿，她想救下这所有的人。我帮她做到了。

她也想逃避自己变老的现实。

然而我也变老了。如果小琴能够出现在我眼前，我们正般配。

然而她并没有出现。

麦克斯让我帮他一个忙。缝隙时空之所以会暴露在地球和火星的周围，是因为人类在向第二地球跳跃的过程中造成了时空的薄弱点。这些薄弱点自然就成了缝隙宇宙的出口。

他请求我，让我在返回的途中不断排布一些微小的颗粒，说如果这样他就能补上窟窿，让火星和地球的人类再也不会掉到窟窿里，当然也不会因为躲避窟窿而死亡。

我按照他的要求去做了。当我返回到正常的世界，窟窿消失了。这也给我提供了更强的说服力，我让那个窟窿世界的人们了解到了危机，并且关闭了可怕的黑色窟窿。

这也更增大了不确定性，小琴会在哪里出现，成了真正的谜。

三个月的幽闭之后，我找到了罗将军。

"我要求政府兑现它的承诺，给我一个特权。"

罗将军颇为兴奋，因为如果我无所求，这笔债务就永远不能消除。

"你想要什么特权？你是火星英雄，只要火星能报偿给你的，你都可以索要，完全没有问题。"

"我要政府提供保证，确保我的飞梭每天都能飞。"

罗将军一怔，"这么简单？"

"这不简单，从今天开始，飞到我生命结束。"

两个小时后，舞伴飞上了火星的天空，它越过火星稀薄的大气，直入太空，绕着第二太空城盘旋一周后，开始环绕火星的飞行。

我按照小琴常飞的轨道飞行，这让我心情平静。

这是舞伴最后一趟飞行。

舞伴是为了伴随雨燕而生的，雨燕已经没有了，舞伴也没有存在的必要。

我把飞梭改名叫女武神。

黑色的女武神飞翔在火星的天空，成了居民们的一道风景。日复一日，年复一年。我成了火星文化圈活的传说。

然而谁也逃避不掉的现实来了：我变得越来越老，手脚也不再灵便。终于有一天，我发现自己的手哆哆嗦嗦，连启动杆都推不动。

我靠在椅背上，长长地叹了口气。三十三年了，小琴还是没有来！

那一天，女武神没有飞上天。

再后一天，我再次驾驶着女武神，绕着火星飞行。我申请了安乐死，一针药剂可以让人陷入沉睡，毫无痛苦地死去。女武神进入自动驾驶模式，我默默地看着窗外，想给自己留下对这个世界的最后一瞥。

他们答应了我，让女武神一直飞翔，直到小琴回来，或者百年之后让它坠落火星。

药剂缓缓地推入我的静脉。

依稀中，一架红色的飞梭突然从虚空中跳出，直冲着我飞来。

红色的雨燕！

"小琴！"我的喉头发出含糊不清的呼喊。

红色的雨燕和黑色的舞伴盘旋飞行，相互追逐，宛如跳舞的情侣。破缺的时空在前方闪光，它们贴在一起，向着那光芒飞去。

我想，我可能已经死了。

生一个孩子

"我要生一个孩子！"

听到这句话，大方桌后边一直埋着的头颅终于抬了起来。

于是方子羽看见了一张惊诧的面孔。

"什么，你能再说一遍吗？"面孔说。

"我要生一个孩子！"方子羽一字一顿地重复。

面孔眨了眨眼睛，恢复到毫无表情的状态。

"为什么？"

为什么？方子羽一愣。

"我喜欢，不行吗？"他随即反应过来。图灵大师存在的目的是为人类服务，不该问为什么这样的问题。

问为什么是人类的权利，但是人们几乎从不使用。

代表着图灵大师的面孔微微一笑。

"这当然是个可以接受的答案，只不过，你使用面见我的权利，提出的却是这样一个要求，让我有些意外。第一次见我是你天赋的权利，第二次要见我就要经过考验，我必须向你声明这个，你明白吗？"

"我明白。"

"很久没有见到有人提出这样的要求了。你确定是要生一个孩子，不是要一个仿真娃娃？是生吗？还是定制？"

"这都是什么意思？"方子羽有些迷糊。

"如果只是一个仿真娃娃，你可以直接下订单，两个星期就可以送到，和真的婴儿一模一样。如果定制，那么你的要求会被纳入人类世代延续计划，你会得到一个孩子，但是时间不定，得等到有人愿意空出他的位置。最后，如果你坚持要生一个，那就有些复杂，首先，你要得到人类世代延续计划的同意，任何多出的人口都会增加系统负担，从而增加脱轨的可能性。然后你是一个男人，你得找到一个女人同意和你一道生孩子。"

方子羽默默地听着，当听到最后一句，他忽然意识到因自己造成了巨大的疏漏。是的，只有女人才能生孩子。

他感到万分沮丧。其他一切都只是流程，只要有耐心总可以等到，找到一个愿意和他一道生孩子的女人，这像是一个不可完成的任务。

面孔看着方子羽，仿佛看透了他的心思。

"你可以先去试试看是不是能找到这个女人。我会帮你提交增加人口申请，是否能批准至少要一个月，你可以开始寻找匹配的女人，那样的过程需要更长的时间，但只要你愿意找，机会总是有的。"

"哦。"

方子羽皱起眉头。图灵大师也许只是想安慰自己。一个愿意和自己一起生孩子的女人，想一想都觉得这不可思议。

最后，他抬头，问了最后一个问题。

"我有多大的机会能找到她？"

"我不知道确切的数字，我无法控制人的思想和愿望。但既然过去十年间没有发生过这样的事，产生一个和你有同样想法的人概率在二十万分之一,付诸实施的概率是两千万分之一。另外只是一点小小的提示,我们的总人口是两百四十五万。"

这些数字让方子羽彻底愣住了。

叮咚的门铃声仍旧在响着。

已经一分钟了,大门仍旧紧闭。

方子羽微微叹了口气,又是一次闭门羹。

据说贸然打扰陌生人,得到回应的概率只有十分之一。这个比率在两个月的不懈努力中得到了确认,他得到的回应率大概在百分之九。

方子羽关掉了这一个呼叫,随后关掉了电源。

四周的一切都变得黯淡起来,慢慢地,眼睛适应了微弱的光,他能看清昏暗中的一切。

这不过是一个小小的箱子,六米见方。然而这箱子可以给人一切,只要能想得到。

十二年前,当他仍旧生活在荒野里,哪能想得到世界上居然有这样的东西。只要按动眼前的按钮,就可以去到那些光怪陆离的世界,而甚至那些按钮,其实都是并不存在的东西。

这个世界由许许多多的箱子组成,在另外的箱子里生活着和他一样的人,他们也会在各种各样的世界里出现,和他一样经历各种各样的生活。他不知道任何人的真实姓名,也不知道他们到底是什么模样。只有一点是确定的,他们彼此间从未真正见过面。

方子羽注视着墙壁上幽暗的光。秘密就在这些墙体上。这些墙体表面粗糙,能发生各种变化,在合适的场景中,会送出美妙的食物,或者精妙的器物。这说起来有些不可思议,一个小小的屋子,就像魔术一样能让人穿梭时空。尽管图灵大师一再声称这不是魔术,而是对现实的增强和再现，他一遍又一遍学习了其中的基本道理，但每一次从中退出，一个人静静地面对这幽暗的屋子，他仍旧会把这当作一种魔术。

神奇的魔术，一代代人类不断努力留下的遗产。

然而魔术也有局限，比如，他无法生一个孩子。

正当方子羽胡思乱想时，一声细微的叮当声吸引了他的注意。

有人向他送出了敲门信号！他立即打开电源。世界的一切浮现出来，他正在自己的屋子里，四周全是硕大的屏幕。一张屏幕上闪烁着信号。那是一个女人，正是刚才自己试图打招呼的女人。

方子羽迫不及待地点开屏幕。

一张标准面孔出现在屏幕上。美人 3.0，这是套装中的一个，这个女人居然没有花点时间把她装扮得与众不同。

"你好，是你找我吗？"

美人开口问。

"哦，是的。"方子羽慌忙回答。

"找我干什么？"

这可不是好问题，往往表示对方无意谈话。也许她只是看见了自己显露的面孔，就已经失去了兴趣。

"嗯，我想问问，你愿不愿意和我一起生个小孩？"方子羽干脆单刀直入。

美人 3.0 愣住了。

她随即回过神来，"你是想和我做爱吗？"她问道，口吻中有一种戏谑的味道。

"不，不是做爱，当然，为了生孩子，也要做爱。我是想生一个孩子。"

"生孩子？"美人露出鄙夷的神色，"你这种男人我见多了，想做爱就做爱，偏偏还要找理由。"

"不是的，我真的想生个孩子。"方子羽慌忙辩解。

美人扑哧笑了起来。"说得像真的一样，想要你就直说，我没那么多时间跟你兜圈子。"

"我想要一个孩子！"方子羽严肃地说。

美人脸上的笑容凝固起来，"神经病！"她丢下一句，然后便消失得无影无踪。

第二百六十五次失败。

方子羽叹了口气，调出菜单，上门寻访是不行的，也许在热门的景点可以找到合适的人。

他在菜单上徘徊良久，最后选择了大峡谷。它在世界最热景点排行榜上位列第一，显示有近两百万人在那儿，这个世界八成的人都在那儿了。

几乎就在一瞬间，方子羽已经站在了大峡谷的荒野上。

人潮汹涌。

大峡谷里满满的都是人头，除了人头还是人头，峡谷只是远远的背景。

本来这儿不该有这么多的人，然而世界的规则允许人既在这里，又在那里，转过一个身，就可以从长城到南极。再转一个身，又可以从南极到火星。为了方便，人们到处留下痕迹，于是这个世界到处都是人。将近两百万的人挤满大峡谷，连转个身都困难。

在这里找到一个人问能不能一起生个小孩，只能让自己看上去像个神经病。

方子羽呆呆地站了一会儿，不知道该去哪里。

身边人来人往，他一个也不认识。或者其中有他的熟人，然而可能换上了完全不同的模样。这个世界就是这样，想怎么样就怎么样。

忽然之间，他意识到，在这个无限接近天堂的世界里有两百四十五万人，和其中任何人之间，他所维持的关系最长不过十五天。那是和一个化名为焦点的家伙一起参加"世界之战"的游戏，作为合作伙伴，两个人过关斩将，合作得很不错。然而比赛完成之后，就再也没有联系过。

也许久经考验的合作关系能让焦点开诚布公，给出一些帮助。

他从大峡谷闪出，敲响了焦点的门。

焦点从门里探出一个脑袋。那不是一个人的脑袋，而是海绵宝宝。

见到方子羽，海绵宝宝夸张地扬起了眉头。

"子羽兄，怎么是你，哪阵风把你给吹来了？"

说话间，海绵宝宝的脑袋变成了一个少年，头大身小，年轻得像是八岁。

方子羽蓦然间回想起为什么会离开这位战友。他的世界永远充满着各种卡通，大头萌娃类的玩具最多。他实在无法忍受这样一种奇怪的氛围，明明是个成人，老大不小，却还要用一个大头卡通的形象示人。这甚至和他在战场上的形象也完全不同。在战场上，他是一个勇猛的斗士，无比嗜血，无比残忍，敌人死了还不算，非得把脑袋爆掉。

一个萌娃一样的焦点绝不是一个合适的交谈对象。

然而既然来了，他不想就这么走掉。

"我想找你商量点事。"

"说吧，只要我能帮忙。"焦点豪爽地回答。

"我想找人生一个孩子，但是不知道怎么才能找到合适的人。"

焦点的表情一瞬间凝固了。

"找人生孩子?"他瞪大眼睛看着方子羽,"这可能吗?"

焦点夸张的语调让方子羽感觉很受伤。

"怎么不可能,男人和女人交媾就能让女人怀孕,就能生孩子。"

焦点盯着方子羽看,半晌憋出一句,"虽然我知道交媾很爽,但我从没见过孩子,我们的世界里没有孩子,我们不需要孩子。"

方子羽黯然点头。焦点一语道破事实,一个永生的世界里男女仍需要欢愉,但是不需要孩子。这个世界已经存在了两百年,它将永远存在下去,但不会有孩子。

"为什么要生孩子?"焦点追问。

"那是心底自然而生的愿望。"

"好吧。"焦点没有继续追问,"我不知道该怎么帮你,但是我有一个朋友,叫十渡真人,他发起了一个运动,叫作纯净运动,想法很奇怪,宣称人应该和人面对面,而不是透过图灵大师的透镜。他是个怪人,但是也许你能和他谈谈,说不定会有帮助。"

"谢谢!"方子羽诚心诚意地说。在焦点眼里,自己也一定很奇怪,说不定就和那个十渡真人一样怪异。然而,能得到这样的帮助,已经大大出乎方子羽的期望。

面对面交流,这是生孩子的第一步,也许真的能在十渡真人那里找到合适的人呢。

方子羽正想告辞,忽然想起一个问题。

"你有母亲吗?"他脱口而出。

焦点的表情再次凝固起来。

泪珠大颗大颗地从眼眶里滚落,顺着脸颊滑下,悄无声息地消融在空气里。

方子羽不由发慌,"对不起,你怎么了?"

焦点却一声不吭，只是哭，最后甚至号啕大哭起来。

方子羽手足无措，安慰几句，毫无效果。焦点甚至没有理睬过任何一句安慰。他只是一个劲地哭。

方子羽悄然离开。

他不知道触动了焦点心中的什么柔软处，也没有办法补偿。

对于一个永生者来说，号啕大哭一场，就算哭个一天一夜，也算不得什么。时间在这里什么都不是。

时间却对方子羽很重要。任何燃烧的希望，都是迫切的。

他对焦点感到抱歉，然而迫切地想要找到十渡真人。

十渡真人是个光头。

方子羽见过许多光头，尤其是在血流成河的世界大战里，绝大多数战士都用光头的肌肉男形象示人，仿佛那是勇武暴力的象征。这个光头却不一样，他很瘦，瘦得过分，脸几乎成了骷髅，精瘦的躯体仿佛随时会倒下，成为一具饿殍。图灵大师可以让人们拥有各种躯体，大多数人都会选择英俊美丽的形象，很少有人特意丑化自己的躯体。十渡真人是个例外。

他很瘦，瘦得有些过分，仿佛只剩一层皮包着骨架。

"你看到的，就是我真实的皮囊，"十渡大师这么说，"没有任何增强效果。"

"嗯。"方子羽不知道该从何说起。

"你来找我，是想要什么吗？"十渡大师又问。

"我想找个女人生孩子。"说完这句话，方子羽居然觉得脸上一阵发烧。还好他的躯体上覆盖了一层虚光，对方并不能看到自己真正的面孔。

十渡真人抬眼望着方子羽。

"生孩子？我听各种各样的人说过各种各样的愿望，这个愿望倒是头一次听说。有什么特别的理由吗？"

"我突然想要一个孩子。"

"那不算是理由。如果你从未见过孩子，你又怎么会喜爱他。你见过孩子吗？"

"没有。"

"哦？万事皆有因果。"说完十渡真人陷入沉默中。两个人都没有退出，却都不说话。在难堪的沉默中彼此打量着。

什么时候，曾经见过孩子？方子羽竭力回想，却始终没有答案。然而万事皆有因果……

"我……"半晌之后，方子羽终于打破沉默，"我来到这里的时候，是一个孩子。"

"你是从西边来的？"

"没错。"

"那倒是很奇怪，你怎么能得到这样的机会，在这里的人们从来不会想出去。"

"我不知道，只记得有一只机器狗把我带到了这里。"

"你的家人呢？"

"我不知道。"方子羽如实回答。过去像是一团迷雾般琢磨不透。他已经想不起那些过去的事，只留下模糊的感觉。他想不起母亲和父亲的脸，然而只记得一些温柔的声音。

"我想他们已经死了，不然他们不会离开我。"

十渡真人的目光深邃如深潭。

"忘记也是一种解脱，既然已经忘了，又何必苦苦执着要找回来。"

"我并不想找回我的父母，只是想生一个孩子。"

十渡真人微微沉默，然后开始说话。

"我本来早该到西边去的，彼处所见的是真我世界，没有如此多的诱惑，便不会如此执着。此处婆娑世界是修行最大的妨害。我留在此地，为的便是劝服众生，摆脱这妨害，见证心法真谛。欲海无边，回头是岸。"

方子羽听着，似懂非懂，只是不断点头。

十渡真人看了方子羽一眼，"然而你可知道，吾渡人十年，有几个成功的？"

方子羽摇头。

"一个也没有。"十渡真人微微一笑。"很多人称我为大师，仁波切，用各种各样的言语奉承我，他们当中有人能短暂摆脱婆娑世界，进入修行，然而没有一个能坚持。你想要孩子，虽然独特，却不过是心中的虚幻欲望，与其如此，为何不跟我一道修行，得证大道。"

十渡真人的话语仿佛有某种魔力，让方子羽豁然开朗。然而那不是他想要的。

"我只是想要生一个孩子。据说您引导众人参加纯净运动，提倡面对面，我想您是否可以介绍我认识愿意见面的女人。"

十渡真人微微叹气。

"虽然你不愿意直见本心，却能脱离迷乱，这也算难为。你到我这里来，常有人来见我，也许你能找到合适的人。"

"多谢真人！"方子羽喜出望外。虽然机会仍旧渺茫，然而至少他能和一些人面对面。在十渡大师所谓的婆娑世界里，物理的实在和种种虚拟混杂，早已经不可辨认。

这一趟没有白来，找到这些愿意露出真面目的人，总比满世界敲门要好。毕竟，谁知道门后蹲的是美人 3.0 还是海绵宝宝。

方子羽对拜谒真人充满了渴望。

真的有很多人来拜谒大师。

男男女女，前前后后来了十五个。当他们见到方子羽，无不大惊失色，虽然最后能够恢复常态，然而对方子羽显然深怀戒心，让他根本没有机会开口。

他们连我的呼吸都感到害怕。当第十五个拜谒者从方子羽身边匆匆跑过，他对这事感到彻底绝望。

婆娑世界里的人几十年如一日，从不和陌生人面对面，他们会给自己套上想要的外壳，在世界任何可能的地点和另一个套上外壳的人一道做任何事。图灵大师所生成的增强现实，就是他们的保护层，是烈日下的巨伞，只有躲藏在这伞底下他们才会有安全感。

这伞保护他们，满足他们，最后成了他们安全感的源头。

要让他们从婆娑世界里脱离，就像让一个初生婴儿主动脱离母亲的乳汁一样，几无可能。

他们能够来见十渡真人，已然付出了巨大的勇气。至于一个连来路都可疑的陌生人，哪怕他就坐在十渡真人的屋子里，最好就像避开瘟疫一样，能躲就躲。

方子羽盯着晦暗的地板，直到那匆匆的人影消失在门口。

十渡真人说他渡人十年，一个成功的都没有，看来这是真的。这些人灵光一现，随即后悔，或者又重新溺于那欲望之海，全然忘记许下的宏愿。纯净运动是一场时尚，就像人们喜欢某种流行的外壳套装。如果假扮成乌龟是一种时尚，这些人也会去做。

他站起身，向真人鞠躬，直起身子，说："大师，看起来我该回去了。"

十渡真人微微睁开眼，"你不怕他们，很好很好。"

方子羽苦笑，"他们怕我。"

"人生虚妄，如过眼云烟，放下执着，方见真我。你能破除妄相，直面生人，不惧真我，那是极好的。"

"多谢大师教诲，但我该回去了。"

"你可以再等一个人。"

"谁？"

"如你一般不惧真我之人。"

方子羽真的等到了这个不惧真我之人，而且真的是个女人。

她来的时候，伴着咚咚响起的脚步声，和前边十五个做贼般的轻悄完全不同，让方子羽燃起一丝希望。

"真人，真人！"还没走到门前，便听见了她的大声叫喊，声音婉转动听，似乎有说不尽的悱恻缠绵。说话间，人已经到了门口。

方子羽满怀希望地抬头望去，见到了人影，却不由倒吸一口凉气。

一个粗壮的身影站在门口，几乎填满了整个门框。她就像一尊黝黑的铁塔般伫立在门口。

"真人！"

她跨进门来，步子飞快，带起一阵劲风。粗壮的身子让屋子里立即显得极为局促。

她甚至看都没看方子羽，而是两步跨到真人身旁，一把将他整个抱起来，仿佛抱着一个婴儿，凑上嘴去，啪，响亮的一声，在真人的额头上一吻。方子羽一怔。

"真人，什么时候带我去极乐世界啊？"女人嬉笑着问，声音中带着无限妩媚，让人怦然心动。娇嫩的声音和粗壮的身体，方子羽一时间无法把两者联系在一起，愣在那儿。

十渡真人显然习惯了这样的场面，平静地说，"放我下来。"

女人嘻嘻一笑，回答道，"是，真人。"

放下真人，她扭过头来，看着方子羽，上下打量，"这是谁？今天不是我的课吗？怎么还有个人？"

"他与众不同。"真人回答，"方子羽，你自己说说吧！"

方子羽硬着头皮站起来，"你好，我叫方子羽。到真人这里来，是想找一个女人，跟我生一个孩子。"

女人一愣，"生孩子？是个游戏吗？"

"不是，是真的生个孩子。"

女人眼光流转。

方子羽仔细打量她。她并没有使用任何虚拟增强，在近处看上去，她的面孔黝黑，嘴唇猩红，五官说不上精致，却带着一丝狂野，令人印象深刻。身材五大三粗，只因为一对硕大的乳房，才有点女人的样子。

女人盯着他的眼睛，"生孩子，那是要上床吗？"

方子羽点点头，又摇摇头，"那不一定，只要我的精子能进入你的身体和你的卵子结合受孕就可以了。"

女人盯着他，仿佛见到了什么新奇的事物，几秒钟后，她开始狂笑起来，笑得上气不接下气，弯腰捧腹继续笑。方子羽看着女人在眼前狂笑，感到莫名其妙，去看真人，真人闭着眼睛，身子端坐，似乎充耳不闻。

女人终于停止狂笑，然而忍不住还是笑，"精子进入身体和卵子结合……哈哈……你说得好搞笑……想上床就直说……说得好像很神秘……神经病……"

"我真的想要个孩子。"方子羽忍不住打断她。

女人收敛笑容，拢了拢头发，"你知道我是谁吧！"

方子羽摇头。

女人惊诧了，"你不知道我是谁？"

她扭头看着真人，"他真的不知道？"

真人不置可否，"我没有告诉过他。"

"哦！"

"好吧！"女人转过头来，看着方子羽，"你听好了，我的名字是雅典娜十二。"

雅典娜十二，方子羽听说过这个名字。雅典娜是一个著名的性爱组织，核心人物有十二个，六男六女。雅典娜十二是其中最著名的一个。

方子羽的眼中掠过一丝惊异，稍纵即逝，却没有逃过雅典娜十二的眼睛。

"哈哈，你知道是我，对不对？想要和我上床，是不是？假装好人骗真人帮你，有没有？"她发出一串质问，一气呵成，似乎就此定了案。

一时间，方子羽不知该如何回答。咄咄逼人的语气加上威武高大的身躯，让他有几分惧意。

"他是真的。"真人仍旧端坐在地上，眼也不睁，忽然冒出一句。

一句话就够了。

雅典娜十二眨了眨眼，"你真的想要个孩子？"

方子羽看了看雅典娜十二魁梧的身板。他的确很想要孩子，然而从没有想过孩子的妈会是这样一个女人。

雅典娜十二，那可是世界上最迷人的女人啊！

方子羽咽下一口唾沫，不是因为垂涎三尺，而是想到要和这样一个女人上床，不禁有几分想逃。

"是的。"他从牙缝里挤出这个回答。

雅典娜十二再次打量他,就像在看一件货品。"我有一百多个 VIP,候补名单里还有两千个人,你可排不上。你这样子,恐怕没有女人喜欢。"

方子羽有一种如释重负的感觉,雅典娜十二不喜欢他,这简直太棒了,可不是因为自己不想生孩子,而是这女人不愿意。想要达成理想总要经历一些挫折,方子羽打算愉快地接受这挫折,回去好好休息。

他正打算开口向雅典娜十二致谢,向十渡真人致谢,却被人抢了先。

抢先说话的是雅典娜十二。

"不过你这主意倒是很有趣,我可以试试。孩子,那一定很可爱。"

方子羽差点背过气去。然而走到了这一步,拒绝似乎也说不过去。

"唔……"他支吾着,想要找一个退却的理由。

雅典娜十二没有给他机会,"不过我可不会和你这个样子做。去定一个猛男套餐,别让我看见你这个样子。"

"我们可以人工受孕。"方子羽脱口而出,这是他想了很久的方案,原本是为了防止女人不喜欢面对面而设计的。在原本的计划里,他应该再费些口舌,说服女人使用最自然的受孕方式,那样对宝宝好,只有在谈崩的最后关头才用这样的替代方案,然而此刻他巴不得如此,立即说了出来。

"哦?什么意思?"雅典娜十二疑惑不解。

"我会把精液取出来,然后你可以和任何男人……那个,但是图灵大师会把精液送进你的子宫,确保你怀孕。"

方子羽言简意赅地描述了计划。

雅典娜十二听得愣了神。她仔细地想了想。

"然后呢？"她问道。

"什么然后？"

"怀了孕，会很痛吗？"

这也难住了方子羽，他从来没有想过怀孕的女人会怎么样这个问题。

"这件事，还是问图灵大师吧！"最后，他无奈地说。

雅典娜十二真的怀孕了！

消息是十渡真人转告的。方子羽觉得好像做梦一样。一个不切实际的幻想突然有了结果，好得让人不敢相信。

他迫不及待地去敲雅典娜十二的门。

然而她的大门总是紧闭，送出去的敲门信息得不到任何反馈。

迫不得已，方子羽找到了十渡真人。

"怀孕不是一件简单的事，她不希望别人知道。她宁愿让别人认为自己仍旧是那个雅典娜十二，而她的等待名单正不断变长。所以她干脆屏蔽了一切信号，让别人去猜。"

"她还会到您这儿来吗？"方子羽满怀希望地问。

"她会来。但是我也不知道她什么时候来。"

"我能去找她吗？嗯，去她的箱子。"

"那要得到她的同意。"

唯一的办法是等待，方子羽只得按捺住焦急的心情，每天都在十渡真人的箱子里等着。

持续地脱离婆娑世界不是一件简单的事，在十渡真人的箱子里，方子羽不能做任何事，哪怕喝一杯水，只能忍着，这像是一种无休止的煎熬，需要莫大的毅力才能承受。

十渡真人在自己的箱子里几乎也不做任何事。除了一个小时的广播，其他时间他都在打坐，等着信徒来见他，好就势开导他们。

时间久了，方子羽发现大部分信徒都是一个月来一次，极有规律。信徒是虔诚的，然而他们只是仰慕真人，从没想过自己也成为真人。哪怕就像方子羽一样每天脱离婆娑世界，他们也忍受不了。毕竟，婆娑世界实在太精彩了。

方子羽以极大的毅力坚持每天都在十渡真人那儿等候四个小时。等不到人，他就像真人一样打坐苦修。

雅典娜十二却一直没有来。

终于到了某一天，方子羽实在忍不住，"我要去找图灵大师。"他告诉十渡真人。

"你想去就去吧，那超过了我能给你的帮助。"

"多谢真人，如果有雅典娜十二的消息，还请告诉我。"

方子羽向真人拜了拜，离开了。

方子羽又一次走在图灵大道上。这也许是整个世界最宽敞的大道，足有二十米宽，除了自己，一个人也没有。一种孤独的无力感徘徊在心头，催促他逃回到箱子里去。

然而他没有逃，坚定地向着前方迈进。

脚步声很轻，却是这个世界唯一的声音。方子羽数着自己的脚步。

三百六十七、三百六十八……

只要数到一千步，他就能再次见到图灵大师，他咬牙坚持。

图灵大道的尽头是图灵大殿，大殿里，代表图灵大师的面孔就在一张硕大的办公桌后边挂着。

方子羽终于走到厚重的大门前，回头望去，图灵大道寂然无声。这真是奇怪的事，上一回来的时候，并没有感觉到这段路会有这么难。不过好在已经走过来，他定了定神，推开厚重的大门。

面孔并不在，大殿里空空荡荡，只有细细的呜呜的风声在响。

方子羽不由愣住，过了半晌，才想起喊人。"有人吗？"他大声喊，"图灵大师，我又来了。"

图灵大师没有出现，然而一个声音传来，"我一直都在。"

方子羽四下张望，并没有看见任何人。

"你在哪儿？"他问。

"我就在这儿。"声音回答，"你看不见我，但能听见。"

"为什么不见我呢？"

"你给我出了难题，暂时无法解决，所以我没有脸面来见你。"

方子羽感到不妙。

"什么意思？什么问题？"

"人类世代延续计划否决了增加人口的提议。对不起，我无能为力。"图灵大师的语气好像要哭起来。

否决？方子羽一时蒙了。"你告诉我可以通过。"

"我的确这么说过，但是人类的行为模型变化太大，超出了我的预期。人们不希望任何降低生活水准的东西，不管那是什么。我随机抽样了六千人进行了调查，反对率是百分之七十一。所以，要想通过是不可能的。"

"那怎么办？我已经找到了女人同意生孩子，而且雅典娜十二已经怀孕了。"

"如果你和雅典娜十二同意，我会让她流产，就像睡一觉，不会有任何问题。"

"我要孩子。"方子羽坚定地说，"如果生下孩子，那怎么办？"

"系统不能增加任何人口，这没有任何商量的余地。"

"如果生下孩子怎么办？"方子羽的声音变得严厉起来，他下定决心无论如何要保住孩子。

"如果孩子要留下，那么就要有人退出。"

退出？方子羽沉默了。是的，他知道外边另有一个世界，和婆娑世界不一样，那儿没有图灵大师，更没有各种增强现实。他对那个世界只存有模糊的印象，那大约像是无穷尽的荒野，除了绿色的野草什么都没有，一片荒芜。如果退出，就意味着到那个世界挣扎求生。

无论婆娑世界是不是像真人所说的那样充满着虚妄，至少它让人衣食无忧，青春长寿。

退出这样一个世界，对任何人来说都是太大的挑战。

"还有一点我必须提醒你，如果雅典娜十二愿意流产，我必须服从她的意愿。"图灵大师继续说。

方子羽把心一横。

"我会说服她的，如果你需要一个名额才能确保孩子的诞生，就用我的名额。"

"我只服务于人类的意愿，如果这是你的意愿，我当然会提供服务。你将从系统中被剔除，而孩子会获得公民资格，在这件事最终发生之前，你还有三十五天的后悔期。当然，前提是雅典娜十二不提出流产。"

"为什么是三十五天？"

"三十五天后，婴儿成型，拥有了做人的权利，就不能选择流产。"

"你会告诉雅典娜十二吗？"

"如果她没有提出帮助，我不会主动提出帮助，除非危及生命。"

方子羽暗暗下了决心。

"好，用我的名额来顶这个孩子。"

"我已经了解了。"图灵大师的声音就像风一样缥缈，在他周身环绕着。

方子羽忽然想起一个问题。"如果我今天不来，你什么时候会告诉我这事？"

"如果你不问，那么我会提前十个工作日告诉你。你需要在十个工作日内做出决定。"

"现在我已经知道了，你不会再通知雅典娜十二吧？"

"只要她不问。"

"很好。"方子羽抬步正想离开，图灵大师又说话了。

"利用别人的无知，这不是道德高尚的作为。"

方子羽停下脚步，有几分茫然，"道德，那是什么东西？"

"哦，我以为你知道，如果你没听说过，那就算了。"

"我没听说过。"

"嗯，那就忘了它。"

方子羽跨出了大师殿高耸的大门。

雅典娜十二正在小屋里等着方子羽。

她躺在宽敞的席梦思上，穿着一种叫作黛奥的宽大衣物，薄如蝉翼，优美的胴体呼之欲出。她使用的增强现实方子羽从未见过。天仙般完美，他只能想出这样的形容。

他以为会看到一个腹部隆起的孕妇，却不料是如此香艳的情形，一时间嗫嚅着不知道怎么开口。

雅典娜十二用直勾勾的眼神盯着方子羽，看得他心里发毛。

"咳咳……"方子羽清了清嗓子，"多谢你能让我来……"

"我很不舒服，"雅典娜十二打断他，"怀孩子原来这么辛苦。"

"是的，辛苦你了！"方子羽赔着笑。他大着胆子，抬眼向雅典娜十二身上看去。性感女神名不虚传，在这么近的距离上看过去，方子羽只觉得自己的心都跳到了嗓子眼儿。

"只会看，不会说吗？"语调旖旎，让人骨头酥软发麻。

方子羽定了定神，"你要好好休息，那样对孩子好。"

"你不想要我吗？"雅典娜十二的眼神似乎能将人的魂魄勾走。

"想。"方子羽干脆地回答，"但我们有孩子，这样对孩子不好。"

雅典娜十二站起身来，在宽阔的席梦思垫子上走了两步，转一个身，让方子羽能看见自己的全身。

"在这个世界里，你还能找到哪个身体能和我媲美？"

她跨上两步，走到方子羽身前，抬起双臂，薄如蝉翼的黛奥顺着身子滑下。一段光溜溜白皙的身子和挺拔的乳房就在方子羽眼前，乳房上两个娇艳的红点微微颤动。

方子羽咽下一口唾沫，原始的冲动正被撩拨起来，而他极力控制。

那对孩子不好。他不断地告诫自己，让燃烧的欲火不至于失控。

"让我看看你的样子，"他轻声说，"我想看你本来的样子。"

雅典娜十二流露出困惑的眼神，"你真是个奇怪的人，谁又想看本来的样子呢？难道你看见的还不够吗？"

"我宁愿看你的本来样子。"方子羽赶紧说，生怕雅典娜十二继续诱惑自己，"增强现实再美，也只是个壳子。"他给自己找到一个理由。

雅典娜十二摇头，"我在男人面前从来没有失败过。"

方子羽举起双手，高过头顶，做出投降的姿势，"你赢了，我已经被你征服了。"

雅典娜十二扑哧一声笑了出来。

方子羽跟着笑了起来。

弥散在屋子里的淫靡气氛在笑声中荡然无存。

"你真的想看见我没有增强的样子吗？"雅典娜十二问，她仍旧赤身裸体地站着，符合人类对女性身体的完美想象，就像她的名字一样。

方子羽点点头。

"那怕是要吓坏了你。"

"我已经见过了，在十渡真人那里。"

"嗯。"雅典娜十二答应着，身上似乎正在发生某种变化，就像一个魔术。最后她的真身站在那儿，席梦思也不见了，只有黑硬的地板。

她的身子仍旧显得那么粗壮，只是腹部高高地隆起。

方子羽伸出手去，在那隆起的腹部轻轻抚过，"这是我们的孩子。"他有些激动，带着几分惊奇，这鼓鼓的肚皮里，会有一个全新的生命诞生。这超过了世界上任何一种奇迹。

指尖上忽然传来一阵悸动。

方子羽吓了一跳，缩回手。

雅典娜十二笑了起来，"他在动。"

雅典娜说的是孩子。

方子羽再次伸出手去。他再次感觉到了那种悸动，是的，那是孩子在母亲的子宫中伸展躯体，他甚至能感觉到那是孩子成形的胳膊。隔着一层肚皮，他似乎正和尚未出世的孩子对话。

雅典娜伸手摸着肚子，"这感觉真奇怪，说不上来，但至少我从未经历过。"

方子羽抬头，正好和雅典娜的视线相碰。雅典娜十二的模样看上去分外妩媚。

她一点也不难看。

"他一定是这个世界的天使，真奇怪，为什么从前我从来没有想过要一个孩子。"雅典娜说。

忽然之间，方子羽觉得雅典娜的决心比他还要坚定。

心底像是有什么重负被释放了出来，一阵轻松。哪怕自己离开这婆娑世界，雅典娜也会好好地把孩子抚养长大。

方子羽心头一热，"你说得对，他就是天使。"

雅典娜看着他，"你和别人不一样。"她忽然笑起来，"你是第二个到了我的床前却没有扑上来的男人。"

"哦？"方子羽好奇心起，"第一个是谁？"

"当然是十渡真人。你们都和别人不一样，十渡真人是有大智慧的人，你呢？你看上去不像十渡真人那么有智慧。"

"我……"方子羽没料到会有这样的问题，一时语塞，"我只是想要一个孩子。"他最后说。

万事皆有因果，他忽然间想起了十渡真人说过的话，不由一阵怅然。

是的，他和别人不一样，他来自另一个世界。虽然记忆早已经模糊，但是确凿无疑。

"我是有点不一样……"他对雅典娜说。

当方子羽赶到十渡真人的格子屋里，真人还在。他保持着坐姿，合着眼，看上去仿佛坐着就睡着了。

"真人，真人！"方子羽轻轻呼唤几声。

真人睁开眼睛。

方子羽悬着的心稍稍放下。

"真人你吓到我了。"

"为什么会受惊吓？"

"你说是要见最后一面。"

"没错，我很快就要涅槃。"

"涅槃？"方子羽没有听过这个词，然而不好的预感重新抓住了他，"涅槃，那是什么意思？"

"你可以把它理解为死。"

"真人……"方子羽不知道该说什么，对真人来说，一切宽慰都是妄语，他早已看透一切。

"有生也有死，乃是生命之常。"

方子羽双手合十，举在胸前，微微颔首致意。这是他从真人那里学来的礼仪，除了施这个礼，他不知道自己还能做些什么。

"我请你来，是想让你看看这个。"真人说。

方子羽抬眼望去，一朵黄灿灿的小花就在他眼前。真人拈着花，脸上似笑非笑。

这是一朵实实在在的花！

方子羽眨了眨眼睛。

没错，这是一朵真正的花。真人没有使用任何增强现实，而他的手指间拈着一朵花。婆娑世界模拟出各种各样的鲜花，栩栩如生，却似乎都不如真人手指间的小小黄花。

"你怎么得来的？"

"我走了一趟，就在婆娑世界的入口，荒凉的野地里，看见了它。"花朵在真人的手指间轻轻转动。

"色即是空，空即是色。我去了婆娑世界的边缘，想看看没有迷障的世界，这是执念，落了下乘。但幸而见到这花。"

他扫了方子羽一眼，脸上仍旧是似笑非笑的神情。

"心法境界，妙不可言，一朵花中，似有天堂。"

方子羽只感到真人说的都是大境界大道理，却似懂非懂，于是只是双手合十，静心凝听。

"该走则走，但还要找你来，因为有些事终究执着不下。我和你说过，我渡人十年，没有一个成功。虽然人人醉生梦死，也不能就此听之任之。婆娑世界里，总要有人能见心明性，脱出迷障。只要有宣讲者，希望总归不灭。比如长夜，需明灯高悬。"

方子羽诚惶诚恐，"真人，我不会。"

"无须你会。"

真人伸手点亮身旁的一块虚拟屏幕，"虽然一切虚妄，却还是要用这东西来指引迷者。我要你做的，不过是维持这广播。无须和信徒见面，只需在这里回答他们的提问便可。"

"真人，你是要我假扮你？"

"真者恒真，何谓假扮，你只管坐在这里，如果有信徒想要看你面目，让他看便是了。若是没有人问，只管念这屏幕上的小字。"

"如果他们不满意呢？"

"去真我世界，得见真我，方得妙谛。"

"真人，我真的不够格。"

真人并不言语，只看着眼前的小花，沉默半响之后，忽然开口，"一朵花中，似有天堂，众生皆苦，天地茫茫。婆娑世界，嗔痴欲念，见心明性，舍此皮囊。"

方子羽仔细凝听，等着真人解说。然而真人却不再说话。

过了半响，仍旧是一声不吭。

方子羽伸手在真人的鼻孔下试探，已经没有一丝热气，脸上神色仍旧安详，指间小花却渐渐枯萎。

真人死了。

方子羽却感觉不到丝毫哀伤。

他忽然意识到，涅槃的死和一般的死是不一样的。

方子羽向着真人拜了拜，就像他仍旧活着一样。

"8345697 继承者，我要对胞屋进行清扫。是否有任何指示？"一个声音忽然响了起来，就像喧嚣的吵闹者不合时宜地闯入了一片寂静中。

片刻之后，方子羽才意识到那声音在和自己说话。

"你是在和我说话？"

"是的，8345697 继承者，你是胞屋的拥有人和使用者，8345697指定了由你来继承他。"

"你是图灵大师？"

"你可以认为我就是图灵大师。"

"你要拿真人怎么办？"

"目前没有任何特定程序可以参考，参阅了史前文明记录，一般的方法是焚化。"

当声音说到焚化，一个巨大的圆柱出现在方子羽眼前，高高耸立，充满压迫感。透明的墙体内，火焰熊熊。十渡真人坐在火焰之中，身子变得乌黑，发红，最后化为乌有，只剩下浅浅一堆灰烬。

图灵大师在向他展现焚化。

"这太暴烈了，有别的方法吗？"

"有一种完全干净的处理方法。不过这要动用巨大的能量储备，如果真的要这样操作，那么 8345697 的胞屋就不能被继承。"

"什么方法？"

"尸体会被速冻到零下二百七十度，然后在一瞬间被破碎成原子粉末。所有的粉末都会被抛洒到一万米高空，完全消融在大气中。"

随着声音，方子羽眼前出现了十渡真人的影像，他的皮肤变得冰雕一般碧蓝，然后一阵抖动，化作一团烟雾。方子羽看见了一艘飞船，蓝色烟雾被吸收在小小的黑色罐体中，送到飞船上。飞船升入高空，蔚蓝的地球显示出弯曲的地平线。一阵烟雾喷射出来，笼罩在星球之上，渐渐弥散不见。

"这个方法好。"方子羽几乎不假思索地说。归于无形，这才是真人应得的归宿。

"但是胞屋将被回收。"声音提示。

方子羽犹豫了一下。

真人将这胞屋留给他，希望他继续布道，但一个人并不需要两个胞屋。

"那就回收吧，但真人留下的所有信息都要转移到我的屋子里去。"

"如你所愿。小小地提示一下，如果保留这个胞屋，你自然获得一个新的名额，就不必为了新生婴儿而被驱逐。"

"谢谢，不用了！"方子羽飞快地回答。

"准备这样的一次发射需要六个月的准备时间。在此期间，尸体会被冷藏。"

"按照正常的流程去做就行。"方子羽回应。

屋外传来细微的机械响声，响声很快到了屋子里。

两个小机器人从方子羽身旁两侧走过，它们给真人蒙上一层银色的罩布，然后用一个透明的玻璃罩将他完全罩住。

方子羽侧过身，让两个小机器人抬着真人走过。

他双手合十，躬身致意，目送玻璃罩消失在门口。

雅典娜的肚子越发挺起来，还有两个月就是预产期。

过去的两个月里，方子羽全心全意地代替真人布道。这件事很枯燥，然而方子羽一直坚持着。

真人的信徒很快都知道了真人已经不在的消息，这引起了不大不小的恐慌。恐慌过后，大概十分之一的人没了消息——婆娑世界里有足够的刺激可以吸引人所有的注意力，他们很快就忘掉了还有所谓真人仁波切的存在。

剩下的十分之九把方子羽当作新的真人。在他们看起来，真人似乎是一个可以继承的头衔，只要戴上真人的帽子，那就是真人了。

慢慢地方子羽意识到这个世界真的需要真人，就像他们真的需要婆娑世界一样。无论有多少欲望可以被满足，空虚的心灵却永远不能被填满。

婆娑世界为各种各样的欲望找到出口，却无法应付一种另类的欲望：空虚。

图灵大师居然无法解决空虚。这个发现让方子羽困惑不解。

他再次找到图灵大师。

他没有信心通过图灵大殿的升级挑战，只能在自己的屋子里召唤了图灵大师的代言人，一个声音，说话就像生锈的关节一般发涩。

"婆娑世界怎么会允许人产生空虚的念头？"方子羽问。

声音沉默良久。方子羽疑心它是不是已经把自己撇下，正想抗议，声音又响了起来。

"人们的任何欲望一旦产生苗头，就会被捕捉，然后得到满足。而一旦得到满足，累积的能量被释放，人就会感觉到空虚。"

"你没有回答我的问题。"

"我正在试图解释这个。"声音语速缓慢，让人着急。

"如果要彻底避免空虚，唯一的办法是在欲望被满足的同时产生下一个欲望，投入新的行为。这也正是系统所要做到的事。在系统中所有人类的清醒时刻，无时无刻都会有欲望产生，被满足，每一个人都得到最好的照顾，永远被满足。"

"那就不会感到空虚。"

"是的，但是有两种情况除外。"

"快告诉我。"

"第一种情况，系统的能量有限，一旦所有人的欲望要求超出系统上限，新的欲望刺激会产生短暂的停顿，在此期间，某些人会感到空虚。所以，系统不能承载超出限额的人口，同时，按照统计算法来平衡清醒人口和睡眠人口，尽量做到系统均衡。但是系统无法完美，每年大约有六十万人次因此而感受到空虚。这被称作确定性的混乱。"

"还有一种呢？"

"第二种，人脑形成自我抑制，拒绝来自外界的刺激。在这种情况下，人的情绪处在不可控的范围内，系统无法做出任何有效行动来改变。空虚是人类情绪的一种，没有任何具体数据说明这种来源的空虚有多大比例。"

"你会采取什么措施来防范这样的情况？"

"无须也不能采取任何措施，只能等待，人类会重新投入系统中。"

"如果不呢？"

"那就继续等待。"

方子羽想了想，"如果这样，只要时间足够长，那么总会有人从系统中掉出来，不再回去。"

"这是一个合理的推论，但是在六十六年的历史中，只发生过两例而已。"

"告诉我是哪两例？"

又是良久的沉默。这一次方子羽保持着耐心，图灵大师必须回答人类提出的问题。

"无法告知。"声音终于响起，带回来一个出乎意料的答案。

"为什么？"方子羽脱口而出。

"那是系统的逻辑盲点，任何事物一旦不在系统之内，就不能被追溯。尽管发生过两起脱离事件，但是追踪事件就会让逻辑陷入盲点。所以无法告知问题的答案。"

图灵大师自然有许多复杂的逻辑，他不会有意想欺骗。

方子羽想了想，"那么十渡真人已经涅槃了，他的事件算是一起脱离事件。对吗？"

"对。"声音回答得很干脆。

起码这样的问题不会触发图灵大师的逻辑盲点。

"那么只要时间足够久，就会有越来越多的人掉出系统，直到最后什么也不剩下。"

"你说的足够久，是多久的时间？"

"一万年够不够？"

微微停顿之后，声音说道："一万年的时间，总人口会减少千分之零点四，不确定性百分之五十六。"

"怎么是百分之五十六？"

"世界上没有绝对可靠。不可靠性随时间累积，系统无法预测偶然突发事件，也并不了解所有的方面。"

图灵大师用他的方式拒绝了这个问题。

方子羽想了想，问了最后一个问题，"有十渡真人布道，这个世界的空虚会变少一些吗？"

"影响可以忽略不计。"

一人独对千军万马，一滴水试图浇灭恒星的火焰，光明消逝在黑暗中而试图把它抓在掌中，蚍蜉努力摇动身体想将铁树连根拔起。

面对牢不可破的婆娑世界，抗争显得无力而渺小。

或者是没有找到正确的时机。

做对的事，总需要一个正确的时机。

方子羽退出了和图灵大师的谈话。

一个呼叫的信号恰到好处地响了起来，那是一个信徒渴求指引。方子羽并不理会。

信号响了一阵，终于熄灭。方子羽关闭了一切虚拟的现实，幽暗的格子屋显露出本来面目。他坐在冷硬的地上，陷入沉思。

两个小时后，他向所有的信徒发出了通告，十渡真人的广播将不再进行。遗体告别将在四个月后另行通知。

做完这件事，他感到一阵轻松，打开通向雅典娜十二点的专线，等待着另一边的屏幕亮起。

从此刻起，他该专注在孩子和母亲身上。

雅典娜十二终于生了，是个男孩。

这是方子羽第一次站在雅典娜十二的格子屋里，面对面地看着她。

洁白的床单上到处都是血，湿漉漉的，都是刚染上的。

方子羽一阵发蒙，这情形他从未设想过。不该是这样的！他走上前，蹲在雅典娜十二床前，抓住她的手，只希望这不是真的，而只是一个玩笑。

雅典娜十二的手细腻却冰凉。

看着方子羽，雅典娜挤出一个笑容，"你来了，就好了。"她的眼光移向一边，在枕头边，是一个包裹得严严实实的婴儿，正在熟睡。婴儿的头部上方，一个小小的奶瓶里还有半瓶奶水，由一只机械臂抓着，悬在半空。

"他吃了奶，刚睡着。"雅典娜说着，声音显得异常疲惫。

"你也睡吧，我会在这里看着。"方子羽轻声说。

"我找你来，是想他该有个名字。"雅典娜继续说，"他该叫什么名字？"

方子羽扭头去看孩子。这是他第一次看见孩子，他的儿子。婴儿的眉目皱缩成一团，还没有展开，眉眼间看不出像谁。

他该叫什么名字？方子羽只觉得自己的头脑里一片混乱，没有任何主意。

他看了看雅典娜。

雅典娜的脸上苍白得没有一丝血色。图灵大师已经告诉他，难产引发的大失血让雅典娜休克过去，只是依靠输血才又苏醒过来，然而生命仍旧垂危，甚至在她的两腿间仍旧有血不断地涌出来。

"你来给他取名字吧，我还没想过。"方子羽实话实说。

雅典娜笑了起来。笑容稍纵即逝，就像落山的太阳放射的最后一缕霞光。

"你这么想要孩子，怎么会连名字都没有想好呢？快告诉我。"

方子羽感到这辈子从来没有面对过这么高难度的问题。

刹那间，几乎是电石火花般的一闪，方子羽有了主意。

"就叫他明心，明白的明，心愿的心，方明心。好不好？"

"明心，明心……"雅典娜低低念了两声，"名字不错，是什么意思？"

"真人说，见心明性。"

"这倒是不错。"雅典娜说着从方子羽的手掌中抽出手来，轻轻地抚在婴儿身上，"明心，明心，"她一边轻抚，一边轻声呼唤，眼中忽然流

"那不安全。"

"不会有事的，这是我的愿望，你必须得满足我。" 方子羽强硬起来。

"我会派机器保证你的安全，但你必须签署声明，如果发生意外，免除我对你生命的责任。"

"孩子也要签吗？"

"你要带孩子走？"

"没错，我要让他看一看外边的世界。"

"在这里就有一切。"

"是的，但是我要让他看看外边。"

"如果他已经年满十六岁，就拥有自己决定的权利。"

"当然。"

"你可以代为签署同样的契约。"

"我需要在那里签字？"

"不需要，已经记录在案。"

"那么我可以走了？"

"是的，一旦警卫就位。"

说话间，路旁缓缓升起一个小小的方块，当它停下的时候，方块里滚出一个圆球。

圆球忽然伸出四肢，舒展身体，它抬起头，汪汪吠了两声。这是一只胖乎乎的机器狗。

恍惚间，方子羽想起很久以前，似乎就是这样一只机器狗把他从遥远的地方带到了这里。

大门缓缓地打开。

方子羽有一丝犹豫。离开图灵大师，像是一场让人心惊肉跳的冒险。然而不去看看，怎么也不甘心。无论是十渡真人还是雅典娜十二，都希望他能去看看。

他跨出门去。

孩子喝完了带的奶和水，一个劲儿地哭闹，闹完后又昏昏沉沉地睡了。方子羽决定爬上最后一个小山岗，如果还找不到任何人迹，就往回走。

他终于站在山岗上，向着远方眺望。

山脚下有处房子。

这发现让方子羽兴奋起来，疲惫一扫而光，他加快了脚步。

很快，他发现了篱笆，隔着篱笆，三五头牛在吃草，身上黑白相杂，像是奶牛。远处有更多的牛悠闲地晃荡。这是一个小农场，房子就在农场的中央。

方子羽翻过篱笆，从牛群中穿过，臭臭的粪便味弥漫在空气中，他盖着孩子的脸，加快脚步向着房子前进。

机器狗从篱笆间穿过，钻在牛群中间，好奇地到处打转，忽然吠叫起来。叫声惊动了奶牛，它们不安地跑开。

叫声也惊动了屋里的人。一个人出来，站在屋檐下向着方子羽张望。他的手里拿着一杆枪。

终于见到了人！

方子羽兴奋地大喊。然而那人却并不热情，反而举起了枪指着他，像是在瞄准。

机器狗身上发出突突的声响，屋檐下的人随着突突声倒了下去。

"不要开枪！"方子羽向机器狗大喊一声，一手抱稳婴儿，向着倒下的人跑过去。到了跟前，方子羽蹲下查看伤势。

看来这年轻人并不打算收留任何人,就算真的留下,这儿也没有足够的食物能够养活两个成年人和一个婴儿。

需要做好准备,下次走得更远一点。方子羽暗暗盘算,这一次探险不算失败,至少找到了人。这个所谓的真我世界显然很穷,人们还需要为了生活而挣扎求生。和婆娑世界相比,那简直差太远了。

隔壁突然传来砰砰的响声,似乎什么东西在大力撞击着木板墙。机器狗警觉地抬头,注视着墙上发出声音的位置,眼中红光闪烁。

"那是什么?"方子羽警惕地问。

年轻人脸上露出诡异的微笑,"没什么,一头牛而已。"

"一头牛?"方子羽有些怀疑。

"想去看看吗?"年轻人仍旧笑着。那笑容看上去有些猥琐。

砰砰砰的响声仍旧在继续。

"别耍花招!"方子羽警告他。

年轻人拉开一旁的布帘,"看一看就知道了。"

方子羽将信将疑地走过去,透过布帘往里看。

里边是一个天井般的结构,光照下来,照在两头牛身上。

一头公牛正骑在一头母牛背上,使劲地发泄着。砰砰砰的响声是公牛的臀部偶尔撞到墙上的声音。母牛一声不吭,甚至动也不动。

那不是活的母牛,只是一个木头架子,上边画上了母牛的样子。

公牛发出欢快的嗷嗷叫声。

"你们运气好,正好等到了。"年轻人说着走进门去,打开一个开关,屋子的另一边打开一扇门。公牛从木头的母牛背上下来,从门里走了出去。

"等了一个上午,它一直不肯做。"年轻人一边说着,一边靠近木头母牛,从她的腹部取下一个袋子,冲着方子羽晃了晃,"看见没,要的就是这个。"

那是公牛的精液。

方子羽忽然感到一阵恶心。

冥冥之中，自有天意。眼前的一幕，似乎就是他的启示录。

"这公牛只对木头母牛感兴趣，外边的母牛它从来不碰。这样才好，不会伤着母牛。"年轻人一边说着，一边换上一个袋子，拿来一个木桶，准备给木头母牛清洗。

"我有个主意，要和你商量一下。"方子羽说。

"什么事？"

"你能处置这个农场吗？"

"当然可以，这牛奶场就是我的了。"

"我和你换这个农场。"

"换农场？"年轻人流露出怀疑的神色，看了看方子羽身旁的机器狗，又有几分惧怕，"你不是想杀了我吧。我告诉你，如果你杀了我，基地的人会替我审判你。他们都是公正的法官，他们有枪，不怕你的狗。"

"这些牛，这房子，还有你的身份，无论什么身份，都留给我，作为交换，我可以让你去红城堡。"方子羽抛出了自己的筹码。雅典娜死于意外，她的名额空缺出来，正好给了孩子，方子羽自己并不打算回去。

"真的？"年轻人听到这个条件，表现出极大的兴趣，"那里的确可以想吃什么就吃什么，吃到饱，是吗？"

"没错。"

"那我怎么去？"

"我会告诉你的，只要我的许可，红城堡就会接受你。"

年轻人高兴地把手中的木桶往地上一扔，"那还等什么，快带我去。"

看着年轻人兴高采烈的样子，方子羽有一丝犹豫，让出名额，意味着他再也不能回到那个世界。他需要在这个真我世界把孩子抚养长大，那将是一件无比艰难的事。他不知道这样不留退路，究竟对不对。

正犹豫间，忽然哇的一声，怀里的孩子哭了起来。

一切为了孩子。

方子羽下定决心。

"你留在这里一个星期，我熟悉了这边的情况，就让你去红城堡。"

"好，好，好！"年轻人捡起水桶，高兴地说，"你一定饿了吧，我去拿面包来。"他说着掀开门帘走了出去。

昏暗的屋子里，方子羽孤零零地站着，怀里抱着孩子。他的目光落在那个化装成母牛的木头架子上。采集精液的袋子垂在它的腰间，甚是醒目。

图灵大师的婆娑世界很精彩，然而就像这化装成的母牛，不真实却也绝不是虚假。它只是扭曲了这个世界。

没什么比让孩子了解真实的世界更重要了。

一旁传来牛叫声。方子羽扭头望去，刚才跑出去的公牛站在门洞口，正看着自己。一双铜铃般的眼睛里光彩熠熠。

他看着牛，牛看着他。方明心咬着奶瓶，吮吸着牛奶。

一种新的生活开始了！